늑대 영주의 아가씨 2

Princess of The wolf lord.2

「당신을 좋아합니다.」

「이러면 곤란해— 내가 먼저 말하려고 했는걸.」

「다녀왔습니다.」

여기서 살아가자. 나라는 사람으로서 살아가자.

모두 똑같이 나를 불러 줬다.

울고 웃으면서 나를 기다려 주었다.

바보 같은 팀, 바보 같은 윌프레드.

나나 당신이나 어리석었어.

라이우스는 이제 그때와는 다른 내일을

바라보고 있는데.

왜 과거에만 사로잡혀 있었을까.

「아가씨.」

「셜리.」

「그때는 세상을 배신하고

그 사람과 함께 악마가 될 거야.

이번에는 내 의지로

악마가 될 거야.」

「……당신들은…… 정말이지……

늑대 영주의 아가씨
Princess of The wolf lord
2

모리노 이온

일러스트 : SUZ

표지 · 본문 일러스트
SUZ

Princess
of The
Wolf lord.2

c o n t e n t s

재스민

영주 저택의 메이드.
셜리와 같은 방을 쓴다.

이자도르 기미

기미 령의 적자.
카이드의 악우.

사무아

영주 저택의 집사.

팀

영주 저택의 신입 견습 집사.
전생은 '아가씨'의 약혼자 윌프레드.

캐롤리나 폭스

영주 저택의 메이드장. 15년 전에
'아가씨'를 수행했던 메이드.

아르템

코르키아 대표. 카이드가
어릴 때부터 그를 섬겨 왔다.

조블린 다리히

다리히 영주. 유별난 거구.

세실 폭스

캐롤리나의 남편. 화가.

아델 폭스

캐롤리나의 딸.

셜리 힌스
영주 저택의
신입 메이드.

전생
'아가씨'
라이우스에서 악정을 펼치
던 영주 일가의 외동딸. 그
미모 때문에 훗날 '라이우스
의 무성화'라고 불린다.

카이드 팔루아
라이우스 영주로, 통칭 늑대 영주.

15년 전
헬트
악행을 폭로하기 위해 영주
일가에 하인으로 잠입한 첩
자. 혁명의 기수.

늑대 영주 의 아가씨
2
등장인물 소개

제5장 당신과 나, 함께

잿빛 경치가 펼쳐져 있다. 바위와 돌이 데굴데굴 굴러다니고, 흙보다 모래가 많아 보이는 빛깔의 산이 이어졌다. 근처 들판에도 풀보다 흙이 압도적으로 많았고, 초록색은 지극히 일부만 보였다.

길이 울퉁불퉁해서 마차가 좌우로 흔들렸다. 평소라면 기분이 상했을 조블린이었지만 지금은 기분이 아주 좋은 나머지, 오히려 그 흔들림을 즐기고 있었다. 색채가 적은 경치가 별 볼일 없다고 하면서도 통통 튀는 목소리로 크게 웃었다.

누군가가 내게 자신은 선명한 경치를 본 적이 거의 없다고 말했었다.

눈에 갇힌 폐쇄적인 땅. 식물이 자라기 힘들어서 녹음을 볼 수 있는 시기는 아주 잠깐이고 흰색과 갈색 사이로 거친 회색만이 보이는 지면. 하늘조차도 검은빛이 도는 회색이라 선명한 색이라면 지긋지긋한 눈의 하얀색밖에 모른다고 했다. 그래서 일 년 내내 계절마다 꽃이 피고, 굶주린 짐승이 잡초 뿌리까지 파먹어 산이 휑해지는 일 따위는 없는 경치가 아름답다며 웃던 그 사람의 모습은 연심과 순수한 경탄과 함께 머릿속에 새겨져 있다.

이제 막 핀 작은 꽃이 흔들리는 모습을 바라보는 옆얼굴은 언제나 쓸쓸해 보였지만, 고향 이야기를 하고 난 뒤에는 무조건 웃어줬다. 살아가기에는 가혹한 땅이지만 그만큼 상부상조를 당연하게 여기는 착한 사람들이 사는 따듯한 땅이라며 자랑스럽게 미소 지었다.

그 사람을 키운 차가운 땅과 따듯한 풍습. 라이우스를 줄곧 지킨 그 사람이 맨 처음 지키고 싶다고 생각한 곳은 분명 이 잿빛 마을이었으리라.

마을에 도착하자 잿빛 경치가 급변했다. 지금까지 지나친 마을처럼 이곳에도 밤의 장막이 드리웠다. 고요한 돌무더기 마을. 눈이 안 쌓이도록 경사지게 만든 지붕과 창문에도 검은 천이 둘러쳐졌다. 중심부로 다가갈수록 건물이 늘어났는데, 어디나 예외 없이 검은색으로 물들어 있었다.

월프레드가 마차 안에서 창문을 가린 천을 살짝 걷고 바깥을 보며 휘파람을 불었다.

"대단하군, 어디나 새까매. 역시 그 녀석의 출신지라 이건가."

고개를 숙이고 계속 손가락만 바라보던 나는 '자, 한 번 보지 그래?'라는 말을 듣고 천천히 고개를 들었다. 한겨울도 밤이 깊은 것도 아닌데 고요한 돌무더기 마을.

라이우스와 다리히의 경계에 있는 이곳은 라이우스 최북단

지역 코르키아. 영웅을 낳은 극한지이자 카이드의 고향이다.

'언젠가 같이 가요.'

그 사람이 그렇게 말했지만 내가 어긴 약속의 땅.

　

폭풍이 지나가 마침내 출발하게 되었지만, 큰비가 끼친 영향은 컸다. 길은 질퍽거렸고 곳곳에서 산사태가 일어났다. 주로 이용하는 가도는 대부분이 봉쇄되어 사람의 왕래가 원활하지 않았다. 사람과 물자의 유통이 모두 막힌 상태로는 가도 복구도 제대로 할 수 없다. 그래서 가는 데 보통 반나절 정도 걸릴 거리였지만 꼬박 하루가 지나도 도착하지 못했다.

게다가 그렇지 않아도 재해 때문에 힘든데 라이우스는 현재 영주 부재 상태였다. 이럴 때를 대비해 임시 영주직을 맡은 자가 있었지만, 그들이 아무리 애써도 카이드가 혼자서 처리하던 업무량은 도저히 처리할 수 없었다. 그리고 영주 암살 소식을 듣고 사방에서 밀려오는 해명을 요구하는 목소리에도 대응해야 했다.

라이우스는 15년 전 한 영웅으로 인해 멸망을 면했다. 영웅은 전례 없는 멸망에서 라이우스를 구하고 다스려서 과거의 아름답고 풍요로운 영지를 영지민에게 되돌려줬다. 영웅 한 사람이 불러온 안정은 그 한 사람을 잃자 급속도로 무너지려 했다.

이것은 15년 전, 모든 것을 한 영웅에게 떠맡긴 라이우스 백성과 카이드의 고독이 초래한 결과다. 이렇게 허무하게 라이우스가 종말을 맞을 것이었다면 15년 전 일어난 피의 혁명은 대체 뭐였던 걸까. 무엇을 위해 카이드는 왕족 살해의 오명을 짊어지면서까지 자신의 몸에 저주를 내린 것일까.

넓은 마차 안, 운전 방향을 향한 의자는 조블린이 차지하고 있었다. 조블린 본인의 마차이니 상관은 없었지만, 혼자 앉기에도 갑갑해 보였다.

진행 방향을 등지고 앉은 내 옆에는 윌프레드가 있었다. 문쪽에 앉은 윌프레드는 자신의 무릎 위로 턱을 괴고 나를 들여다봤다. 유치하게 지은 미소는 그야말로 천진난만한 어린아이처럼 보였다. 기뻐서 참을 수가 없다. 그런 얼굴로 윌프레드가 웃고 있었다.

"얼굴이 엉망인걸."

나도 알고 있다.

머리카락을 매만질 마음도 안 들었기에 그대로 풀어헤친 채로 늘어져 흔들리는 옆머리를 보았다. 15년간 계속 보아온, 기억에 선명한 그 색이 아니라 훨씬 옅은 색을 띠었다. 이대로 가다가 백발이라도 되는 걸까. 그럼 얼굴 역시 부쩍 나이를 먹었으리라. 안 그래도 음침한 얼굴인데 머리까지 세면 마녀로 보이지 않을까. 차라리 마녀였다면 뭐라도 할 수 있었을까, 하는 바보 같은 생각이 머릿속을 스쳤다.

그로부터 이틀 가까이 지났지만 전혀 못 잤다. 잘 수 있을 리가 없다.

"난 네가 쓰러져 울 줄 알았어."

세상에 밤이 내려앉은 그날부터. 아니, 그날에도 눈물 한 방울 흘리지 않았다. 그런 내게 윌프레드는 신기해하면서도 유쾌하다는 듯이 말했다.

'사람이 너무 슬프면 눈물도 나지 않는다.' 그 말은 나도 알지만 지금은 그걸 뛰어넘어 슬프다는 생각조차 할 수 없었다. 카이드의 죽음이 실감이 나지 않아서 내 마음이 따라가지 못했다. 하지만 사실이라며 억지로 들이댔다. 눈앞에 앉은 다리히의 영주와 옆에 앉은 윌프레드가 즐겁게 웃는 목소리가 사실이라고 말하는데도 내 슬픔은 사실을 따라가지 못했다.

그 모습이 마지막이었던 걸까.

카이드와 마지막에 무슨 이야기를 했더라…… 그래. 점, 점이다. 점이 난 곳을 이야기하는 게 왠지 어색해서, 침착하지 못한 마음으로 서로 안절부절못하다가. 낯간지러운 기분이 들어서. 생각하면 생각할수록 그날의 따뜻한 분위기가 가슴에 사무쳤다. 방의 공기, 음성, 눈동자 색. 그 모두가 따뜻하고 울음이 나올 듯이 사랑스러웠다.

하지만 새빨갛게 물든 카이드가 내 붉음을 닦아 내고 미소를 짓고…….

그리고 끝이라고?

이제 카이드는 없는 거야?

어디에도 없는 거야?

이 세상 어디에도 카이드가 없는 거야?

헬트가 사라지고 카이드가 나타났다. 이번에는 카이드가 없어졌지만 더는 아무도 나타나지 않는다. 왜?

단단히 쥐고 있던 손을 놓고 빤히 쳐다봤다.

이 손으로 그 사람에게 차를 내렸다. 내 손이 그 사람에게 독을 건넸다. 아아, 왜 먼저 마셔 보지 않았을까. 내가 먼저 마셨다면 그 사람에게는 절대로 마시게 하지 않았을 텐데. 왜 바로 의사를 부르러 가지 않았을까. 주저앉아 있을 때가 아니었는데. 왜 해독제가 없었을까. 무슨 수를 써서라도 얻었어야 했는데.

왜 그 사람이 죽어야만 했을까.

아직 아무것도, 그 사람을 위해 아무것도…….

아무, 것도…….

더는 참지 못하고 윌프레드가 터뜨린 웃음소리에 나는 느릿느릿 얼굴을 들었다. 가림막이 올라간 창문 저편으로 낮고 경사진 지붕이 이어지는 가운데, 다른 집들과는 어딘가 다른 모양의 건물이 눈에 띄었다. 그것은 일반적인 주거용 건물보다 크고 높았다. 이곳 건물은 어디나 거의 같은 모양으로 지어졌기 때문에 처음 보는 나도 그것이 무엇인지 알 수 있었다. 그도 그럴 것이, 나는 원래 카이너의 이웃 마을에 있는 같은 모양의 건물에서 한평생을 보낼 예정이었기 때문이다.

비슷한 모양을 했지만 다른 땅에 있는 건물. 저것은 수도원이다.

이런 마을 한가운데에 있었구나. 내 시선이 작고 네모난 창문이 달린, 익숙하지만 전혀 다른 땅에 존재하는 건물을 계속 좇았다. 움직이는 마차에 타고 있어서 순식간에 시야에서 사라졌지만, 나는 그 건물이 있던 곳을 계속 바라봤다.

그 사람이 나를 보내려 했던 장소. 내가 여생을 보낼 곳으로 그 사람이 고른 장소.

땅은 척박하지만 거기 사는 사람들은 따듯하다고, 착하고 부드럽다고 했던 그 사람의 고향. 그 한가운데에서 내 여생을 보내게 하려 했던 걸까.

그런 미래도 있었을지 몰라, 하는 생각이 잠깐 머리를 스치다가 곧장 흩어졌다. 아니, 내가 죽지 않고 살아있는 미래는 카이드의 파멸과도 같다. 그런 미래가 있어서는 안 된다. 괜찮을 리가 없다.

꼭 쥔 두 손가락에 힘이 실렸다.

그럼 이런 미래는 있어도 되는 거야? 이자도르는 카이드가 라이우스의 미래라고 말했다. 순종적인 노예이기에 어진 영주라고 불리는 거라고. 그렇게까지 해서 다시 라이우스를 일으키고 열심히 라이우스를 지킨 착한 이의 결말이 이래도 되는 걸까.

그럴 리가 없다. 절대로 그래선 안 된다. 그럼에도 대체 왜.

이곳은 땅 자체는 넓지만 사람이 살 만한 곳은 극히 적었다. 우리는 바위투성이 땅에 밀려나 밀집한 집들이 만들어 낸 마을을 곧장 지나쳐, 가까스로 정비한 듯한 돌길을 덜컹거리며 지나갔다.

콸콸 흐르는 강물 소리가 들렸다. 어제까지 내린 비로 물이 불어난 강이 먼 아래쪽에서 우렁찬 소리를 내며 흘러갔다. 그 소리는 마치 누군가를 규탄하는 듯했다. 이 땅에서 태어난 소중한 자식을 빼앗은 집단에 불같이 화를 내는 듯한 소리가 땅속에서 솟아올랐다.

그 사람이 자주 올라갔다는 큰 나무는 어디에 있을까. 마차의 작은 창문으로는 찾을 수 없었다. 고향을 한눈에 볼 수 있는 커다란 나무라고 했다. 비가 내리고 눈이 쌓이고 벼락이 쳐도 결코 흔들리지 않고 꺾이지 않고 당당히 서 있던 나무다. 벌써 몇백 년이나 이 땅을 지켜봤다고 자랑스레 가르쳐 줬다.

카이드가 좋아했던 거목 역시 그 사람을 빼앗은 우리를 단죄하고 싶다고 생각할까.

"나는 네게 이용 가치가 없어서 다행이라고 생각해."

윌프레드는 턱을 괴고 바깥 경치에는 눈길 한 번 주지 않은 채, 히죽거리며 나를 보고 있었다.

"너는 나만이 데려갔으면 했거든. 만약 지금 네게 이용 가치가 있었다면 이렇게 대화를 나누기는 어려웠을 테니 더더욱 그래."

대답하지 않고 그저 바라보기만 하는 나를 앞에 두고 뭐가 즐거운지 윌프레드는 계속 웃기만 했다.

"이용 가치가 있다고 생각해서 입을 다문 게냐?"

"아닙니다, 조블린 님. 이 녀석은 자신의 존재가 우리에게 득이 되고 라이우스의 해가 된다고 판단하면 바로 혀라도 깨물 겁니다. 지금까지 살아 있던 건 죽을 이유가 없었기 때문이니까요. 재갈을 물리면 대화를 나눌 수 없지 않습니까."

"후후, 참으로 유쾌하구나."

조블린은 코르키아가 분노하는 소리를 기분 좋게 흘려듣고 마치 콧노래로도 들리는 목소리를 냈다.

"죽을 이유가 없다는 건 딱해. 가엾군."

윌프레드의 손가락이 내 볼과 턱을 천천히 쓰다듬었다. 장갑 너머로 느껴지는 것이 아니었기에 직접 만져도 무섭다는 생각은 들지 않았다. 손가락을 치우고자 팔을 들 기력조차 안 났다. 지금이라면 큰 벌레가 기어간대도 가만히 있을 것이다.

이 허무함은 예전에도 느낀 적이 있다. 원한 때문에 눈을 부릅뜬 부모님의 목을 앞에 뒀을 때, 불타는 저택을 보고 있을 때 느꼈다. 하지만 지금은 그때와는 달리 가슴속에 허무함 외에도 다른 감정이 있었다.

"카이드 팔루아가 죽은 지금, 네게서 가치를 찾아 낼 남자는 나뿐이야."

"……그런다고 내가 기뻐할 거 같아?"

"네가 기뻐하든 말든 넌 내 거야. 영원히, 평생, 몇 번을 되살아나도 넌 내 거야."

가슴속에 있는 감정은 부글부글 끓기는커녕, 동상을 입을 듯이 차가운 얼음덩어리가 되어 버티고 있었다. 마치 처음부터 거기에 있었던 것처럼 내가 느끼는 감정과 잘 어울렸다.

"지금 나는 아무런 가치도 없어."

내 턱을 만지던 손가락이 턱을 잡더니 방향을 바꿨다. 서로 마주 보고 주고받은 시선에 담긴 것은 녹아내릴 정도의 열기도, 친밀감 따위도 아니었다. 그런데도 윌프레드의 눈동자는 황홀하게 녹아내릴 것만 같았다.

"너만이 누구도 이해 못 하는 우리의 악몽을, 같은 과거를 공유하지. 이 이상의 가치가 이 세상에 있을 것 같아?"

"난 당신에게 도움이 안 된다는 걸 알잖아. 우리 둘이 함께 있어 봐야 가라앉는 것밖에 못 해."

"피가 통하는 따듯한 몸으로 우리의 악몽을 보전해 주기만 하면 돼. 살아 있는 몸으로 나와 같은 악몽을 안은 채, 함께 돌아다니기만 하면 돼. 네가 있으면 난 춥지 않아. 그러니 나는 절대로 널 놓치지 않을 거야. ……도망칠 생각은 마, 공주님. 너도 알다시피 나는 집념이 강하니까. 이제 내 집념이 향할 곳은 라이우스와 너뿐이야."

한숨이 뒤섞일 만큼 가까운 곳에서 나온 말은 마치 저주 같았다. 그런데도 내 몸은 떨리지 않았다. 위축되지도 않았고 시선을 피하지도 않았다.

"여봐라, 팀. 너무 괴롭히지는 마라."

"좋아하는 여자는 괴롭히고 싶은 성격이라서요."

"여자의 원한은 무서운 법이야. 집념이 강한 데다 상관없는 일까지 전부 엮어서 물고 늘어지며 죽을 때까지 괴롭히거든."

기분 좋은 조블린이 부엉이보다 짧고 낮은 탁한 웃음소리를 냈다.

"그런 것보다 결혼식 얘기를 하지. 도착하면 바로 식 준비를 시작하겠다. 내가 바쁠 정도니 라이우스는 엉망이겠지. 실질적으로 늑대가 혼자서 이끌어온 곳이니 말이다. 도적이 들끓으면 좋겠어. 병이 퍼져도 좋고. 물건 유통이 막히는 것도 좋지. 15년 전으로 다시 돌아가는 거야."

손가락을 구부려 꼽아가는 사항 중 어느 하나라도 이 남자가 손을 대지 않은 것이 있을까.

"그놈은 아주 성가신 남자였어. 그놈 혼자서 이끈 영지니 그놈이 사라지면 무너지겠지. 반대로 그놈이 있는 한은 무너지지 않아. 그놈 하나만 있으면 어떻게든 되니까. 아주 지긋지긋한 짐승이야."

15년 전에 붕괴를 면한 라이우스가 쪼개진다. 라이우스라는 영지가, 이름이 사라진다. 그 사람이 지켜온 라이우스를 눈앞의 남자가 빼앗는다. 15년 동안…… 그보다 훨씬 전부터 호시탐탐 라이우스를 노려온 남자의 송곳니가 라이우스에 닿는다.

내가 바라보니 "훗." 하고 유쾌한 목소리가 살 사이로 새어 나왔다.

"……눈빛이 마음에 드는구나. 숨통을 물어뜯길 것만 같군. 너 이러고도 정말 그 늑대의 짝이 아니라고? 팀, 조심하지 않으면 밤일을 하다 물려 죽을게다."

여전히 나를 들여다보던 윌프레드가 참을 수 없다는 듯이 입가를 끌어올렸다. 재미있어서 못 견디겠다는 얼굴이 아니라 오히려 뒤틀린 환희로 가득 찬 얼굴이었다.

"좋아…… 오싹해. 지금의 너라면 새빨간 드레스도 잘 어울리겠어."

그런 것을 입을 바에야 불꽃을 둘러 새빨갛게 물들여 주겠어. 그리고 그 불꽃으로 이 마차를 태운다면 라이우스는 구원받을 수 있을까. 15년 전에도 라이우스를 구한 건 붉은 불꽃이었다. 지금 우리를 없애고 라이우스를 구한 정화의 불꽃이 필요하다. 내 몸을 불을 붙일 수 있다면 윌프레드와 조블린 중 어느 쪽을 끌어안는 게 좋을까. 가능하다면 양쪽 다 이 세상에서 불태워 라이우스로부터 멀어지게 하고 싶다.

내가 바라보니 윌프레드가 멍하니 웃었다.

"하지만 식을 올릴 때는 같이 검은 옷을 입자. 상복을 입고 결혼하는 거야. 우리한테 딱이지?"

거무칙칙한 무언가가 가슴속에서 마구 날뛰었다. 억눌렀던 모든 감정이 거기에 휘말려 내 몸속을 태워 갔다. 내 눈동자가 탁하게 흐려졌다는 것을 보지 않아도 알 수 있었다. 이것은 결코 빛이 아니다.

윌프레드는 내 눈을 들여다본 채 마치 어린아이처럼 순수하게 웃었다.

"죽고 싶어?"

"죽이고 싶어."

불쑥 새어 나온 말에 윌프레드는 이번에야말로 소리 높여 웃기 시작했다. 슬픔은 못 느껴도 증오만은 마치 숨을 쉬듯이 자연스럽게 느낄 수 있었다.

배를 잡고 웃는 윌프레드에게 하지만, 하고 말을 이었다.

"라이우스에서 재판받고 싶어."

한순간 무표정해진 얼굴이 흔들렸다. 윌프레드에게 뺨을 얻어맞았다. 나는 신경 쓰지 않고 윌프레드의 멱살을 잡아 올렸다. 체중을 실어 끌어당긴 몸이 그대로 늘어졌다. 입술이 닿을 만큼 얼굴이 가까웠지만 그렇다 한들 서로 부끄러움을 느낄 사이는 아니었다. 친밀한 사이는 전혀 아니었지만 동시에 지금 우리는 누구보다 가까운 존재였다. 서로 바란 건 아니었지만 그 사실은 이곳에 이 시간 속에 실재했다.

"라이우스의 백성으로서 라이우스 영주에게 독을 먹인 죄를 라이우스에서 재판받자. 우리가 무슨 짓을 하든 라이우스의 백성인 건 변함없으니까."

카이드가 죽으면 난 당신을 절대 용서 안 할 거야.

그 말에 거짓은 없다. 평생 용서하지 않을 거야. 죽어서도 용서할까 보냐. 만약 다시 살아난다고 해도 절대 용서하지 않겠어.

죽어 버려.

죽여 주겠어.

어떤 의미에서 상반되지만 같은 결과를 바라는 말이 머릿속을 빙글빙글 맴돌았다.

등을 굽힌 채 이 세상이 끝날 듯한 소리를 내며 계속 피를 토하던 그 사람과 같은, 아니 그 이상의 고통을 맛보게 한 뒤에 죽이고 싶다고 생각했다. 그다지 슬퍼하지도 않으면서 증오만은 걷잡을 수 없이 샘솟았다. 질척하게 흐르는 흙탕물과도 비슷한 감정이지만 마치 정당한 권리를 가진 감정인 양, 망설임 따위는 없었다.

용서할 수 없다. 그것은 아무리 부정하려 애써도 명백한 사실이었다.

하지만.

여기서 내가 그를 죽인다 한들 큰 의미는 없을 것이다. 죽인다고 해서 마음이 풀리지도 않을 테고, 뭔가가 돌아오는 것도 아니다. 윌프레드를 죽여도 카이드를 잃었다는 사실은 변하지 않는다. 조블린이 라이우스를 포기할 리도 없다.

아무것도 돌아오지 않는다. 아무것도 되돌아가지 않는다. 어디로도 돌아갈 수 없다. 불가능에 가까운 살인을 성공시켜도 무엇 하나 돌아오지 않는다. 단 하나의 변화가 일어난다 해도, 만약 기적이 일어나 다시 카이드와 만난다 해도 카이드의 손은 잡을 수 없을 뿐이다.

카이드는 영지민을 위해, 라이우스를 위해 자신을 희생하며 마지막까지 영주로서 살았다.

우리가 무너뜨린 라이우스를 계속 지켜왔다. 그렇게 자기 자신을 희생하면서 내가 짊어진 것까지 지키려 했다.

그런 카이드가 미소 지어줄 삶을 내가 지금부터 살아갈 수 있을까? 언젠가 다시 만났을 때, 당당하고, 부끄럼 없이, 도망치지 않고 너를 똑바로 바라보며 웃을 수 있다면.

이번에야말로 만나서 기쁘다며 내 마음을 솔직하게 전하며 웃을 수 있다면.

그때서야 비로소 내가 눈물을 흘리게 될지도 모른다.

내가 윌프레드를 죽인다고 해도 그 사람은 기뻐하지 않으리라. 분명 그 쓸쓸한 웃음을 지으며 나를 슬프게 바라보기만 할 것이다. 지금이라면 알 수 있다.

불행을 좇지 않기로 결심했다. 짊어지지도 좇지도 않겠다고 결심한 것이다.

내가 보아야 할 것은 과거가 아니다. 사람은 뒤만 봐서는 앞으로 나아갈 수 없기 때문이다. 나는 앞이 보이지 않아서 멈췄다. 구멍을 못 보고 넘어졌고, 내밀어준 손이 안 보여서 그대로 떨어져 갔다.

앞을, 미래를 보지 않으면 나아갈 수 없다. 설령 그 사람이 과거에만 존재하더라도.

미래를 보며 밝은 곳으로 데려가기로 결심했다. 내가 끌어내리고 만 널.

전부 혼자 짊어지지 않아도 된다. 시행착오나 결단 모두 혼자서 하지 않아도 된다. 그 사람의 주위에는 그만한 사람이 모여 있었다. 그래서 전부 혼자서 짊어지지 않아도 됐다. 누군가와 의논하고 책임과 고뇌를 나누며 나아가도 되는 것이다. 그 저택에 있던 사람들은 모두 그리고 싶어서 카이드의 등을 계속 좇아갔지만 그 사람은 누구의 손도 잡지 않았다. 내가 그렇게 만들고 말았다.

그 사람에게서 무언가를 빼앗고 싶은 것이 아니다. 권력에 기대고 싶은 것이 아니다. 모두 카이드를 뒷받침하고 싶었던 것이다. 지금의 평화로운 라이우스를 지켜주는 카이드를 뒷받침하려는 사람들로 가득 차 있었다. 빼앗고 밀어내며 자신만이 행복해지기를 바라야만 살아남을 수 있던 시대는 끝났다. 모두가 자신뿐만 아니라 다른 이도 함께 행복해지기를 바랐다. 그래서 당신도 행복해지기를 바랐는데.

꼭 남의 것을 빼앗아야지만 재산을 모을 수 있는 것이 아니다. 꼭 묵묵히 버텨야지만 살아남을 수 있는 것이 아니다. 다른 이를 밀어내야만 뭔가를 지킬 수 있는 것도 아니다. 도덕이나 존엄을 잃지 않아도 미소 지으며 내일의 행복을 믿을 수 있는 나날이 일상이 됐다.

당신이 그 길을 만들어 준 거야. 정작 당신은 나 때문에 그 길 위에서 떨어졌지만. 당신은 라이우스에 길을 만들어 줬어. 부서진 포석을 다시 깔고, 사람들의 부풀어 오른 욕심을 가라앉히고, 무너진 벽을 다시 세우며, 하늘을 뒤덮은 분노를 잠재워서.

배곯는 아이에게 알사탕을, 희망이 없는 가족에게 꿈을, 죽어 가는 아기에게 내일을.

어리석은 여자에게 사랑을.

네게 강요한 건 많았지만 내가 줄 수 있던 건 하나밖에 없었다.

그 자리에 놓고 온 건 착한 아이가 내게 주고, 내가 망가뜨린 목걸이.

네게 바친 푸른 꽃.

푸른 히아신스.

부디 당신에게 사랑을.

어리석은 여자에게 사랑을.

부디 변함없는 '사랑'을.

윌프레드도 마찬가지로 내 멱살을 잡았는데 역시 힘이 더 셌다. 내 목을 바짝 졸라서 발돋움을 했다. 조블린의 거구에 맞춰 만들어 천장이 높은 마차는 열다섯 살인 우리 키라면 충분히 일어서고도 남을 정도였다. 서로 가슴팍을 잡고 끌어내리고 올리기를 반복해 옷을 구긴 우리는 어느 쪽도 절대 시선을 피하지 않았다.

"아아, 지금 네가 정말 좋아. 외모만 괜찮았던 시시한 여자와는 차원이 달라. 내 신경을 거스르고 싶다면 절대로 굴복하지 마. 굴복하지 말고 계속 내 역린을 건드리라고. 지금까지 그렇게 한 녀석들은 모두 죽여 버렸지만 너만은 용서해 줄게. 아아, 네가 약혼자라서 다행이야. 널 사랑해. 이건 진심이야. 너뿐이야. 날 아는 사람은 너로 족해. 나라는 정원에 피는 꽃은 너 하나면 돼."

사랑이라는 껍데기를 뒤집어쓰려고 했지만 실패한 걸까, 아니면 처음부터 그럴 생각도 없었던 걸까. 윌프레드는 사랑한다고 말은 하면서도 정작 일반적으로 사랑을 표현하는 것과는 전혀 다른 말을 했다.

월프레드의 모습도, 본인은 사랑이라 하지만 사랑과는 전혀 어울리지 않는 말들도 흘려들으려고 하면 얼마든지 그럴 수 있었다. 하지만 도저히 흘려들을 수 없는 부분이 있었다. 팀이 월프레드라는 사실을 알았을 때부터 줄곧 마음 한구석에 걸렸던 것이다.

"……와이퍼의 특사가 네 역린을 건드리기라도 했어?"

월프레드가 처음으로 꿈틀거린 눈썹이 곧 대답이나 마찬가지였다. 멱살을 쥔 손힘이 갑자기 약해졌다.

"당신 정체를 안 뒤로 계속 신경 쓰였어. 와이퍼의 특사는 왜 죽었지?"

이 남자가 월프레드가 아니었다면 신경 쓰지 않았으리라. 단순히 이 남자가 말했던 것처럼 잘못을 저지른 사람에게 벌이 내려졌다고 생각했을지도 모른다. 하지만 눈앞에 있는 이 남자가 월프레드라는 사실을 안 이상 그것을 단순한 우연으로 치부할 수는 없었다. 더구나 눈앞에서 조용히 표정을 지운 월프레드를 보면서 우연이라고 생각할 수 없었다.

라이우스의 악마 월프레드. 그 별칭은 월프레드가 죽이고, 죽게 만든 이가 워낙 많아서 붙은 것이었다. 직접 죽인 경우도 있었지만 말로써 죽음으로 내몬 사람의 숫자는 셀 수 없을 정도였다. 나와 월프레드는 똑같이 살인죄라는 죄목으로 죽었으니 말이다.

윌프레드가 아주 느릿하게 눈을 깜빡이다가 멍하니 웃었다.

"죽어도 아무도 슬퍼하지 않을 만큼 해롭고, 죽어도 아무도 기뻐하지 않을 만큼 무해한 남자가 한 명 죽었다고 그렇게 소란 떨 일은 아니잖아?"

"그 사건 때문에 무서운 경험을 한 건 재스민이었고 맞은 건 사무아였어. 특사가 직접 당신한테 무슨 짓을 한 게 아니라면 왜 죽인 거야. 대체 뭐가 당신의 역린을 건드린 거냐고."

윌프레드는 살며시 미소 지었지만, 그 표정은 전혀 웃는 얼굴로 보이지 않았다. 확실히 입모양은 웃는 것처럼 호선을 그렸고 부드러움마저 자아냈지만 그것이 감정을 표현한 것으로는 보이지 않았다.

"특사에게 다친 건 사무아와 재스민이잖아. 만약 그걸 용서하지 못한 거라면, 당신은 어째서 지금 여기에 있어? 왜 그 애들을 울리고 우리는 여기에 있는 거냐고!"

분노가 겨우 솟았다. 증오도 허무도 슬픔도 아니고 확실하게 열기를 내뿜는 그것이 분노라고 겨우 자각할 수 있었다.

그 아이들은 평화의 상징이었다. 악몽의 시대를 모르는 최초의 세대이자 희망이었고, 재건해 나가는 라이우스 그 자체였다. 그런 아이들이 울고 있었다. 상처입어 슬프고 초라해져 지친 채, 배신당했다는 고통으로 울고 있었다. 라이우스의 악몽이었던 우리 때문에 라이우스의 희망이, 미래가 울고 있었다. 그런 고통은 그 아이들이 몰라도 되는 것이었다. 15년 전에는 일상과 같았던 절망이었지만, 지금의 아이들은 그런 걸 모르고 살았으면 했다.

라이우스의 행복 그 자체인 아이들을 증오하지도 멀리하지도 못했던 주제에 우리는 뻔뻔하게 지금 이 자리에 있다.

우리를 태운 마차는 빛을 등지고 나아갔다. 마차의 주인인 조블린은 빛을 향해 가고 있는지도 모른다. 하지만 나와 윌프레드는 빛을 등지고 스스로 만든 그림자를 향해 나아가는 것과 마찬가지였다. 등을 비추는 게 빛이라는 걸 알면서도 그림자로 향하고 있는 걸 보면 우리가 얼마나 어리석은지 알 수 있다. 그리고 아무 대가 없이 우리에게 웃어준 그 아이들을 울린 죄책감이 그림자를 만들었다는 것을 안다면, 우리가 더 이상 구제할 길이 없는 어리석은 자라는 것도 깨달아야 한다.

"……어쩔 수 없어. 우리 둘이 모이면 라이우스의 슬픔이나 다름없는 걸."

"……당신은 날 어쩌려는 거야?"

"그건 잠자리에서 알려 주지."

윌프레드는 마치 기사처럼 무릎을 꿇고 걸쭉한 흙탕물과 비슷한 눈빛으로 나를 올려다봤다.

"나의 독화(毒花), 나와 결혼해 줘."

"싫어. 아무도 행복해지지 않으니까."

"적어도 난 행복해. 밤일은 조심하도록 하지. 지금 넌 늑대를 낳을 것 같거든."

"…………절대 싫어."

윌프레드는 여러 가지 의미로 상상하고 싶지 않은 말을 하더니 즐겁다는 듯이 큭큭 웃었다.

"그야말로 짐승 놈의 배로구나!"

윌프레드가 한 말의 진짜 의미는 모르면서 조블린은 혼자서 크게 웃었다.

"좋구먼. 자네들 결혼 생활을 구경하면 질리질 않겠어. 그래, 팀. 살짝 낡긴 했지만 옛날에 귀인을 숨길 때 썼다는 저택이 근처에 있는데 쓰겠나? 자네에게 주도록 하지."

"모든 창이 창살로 막힌 그 저택 말씀이십니까? 말씀은 감사하지만 그건 밖에서 불을 지르면 저도 도망칠 길이 없으니 사양하겠습니다."

"많진 않지만 안에서 빠져나가는 길도 있다. 건물 자체는 좀 낡았어도 내부는 전성기 라이우스 영주 저택에 버금가는 호화 저택이지."

호오, 하고 휘파람이라도 불 듯한 목소리가 나왔다. 들뜬 목소리를 낸 얼굴이 다가와 내 턱을 잡아 고정했다.

"어쩌지, 공주님? 난 낭비는 좋아하진 않지만 공주님을 꾸밀 돈은 아낄 생각 없어. 아내로 맞아들이는 거니 남자의 책임 정도는 완수해 주지. 어떻게 살고 싶지? 넓은 정원은 어때? 산더미 같은 드레스를 줄까? 파묻힐 만큼 많은 보석은? 식후엔 얼음과자도 내어 줄까? 아아, 그것도 부족하다면……."

일그러져서 올라간 입가는 서로의 입술이 닿을 듯한 거리에 있었다. 숨결이 겹치는 거리에 있으면서도 우리는 체온을 나누지 않았다.

"독이 든 먹이를 먹고 죽은 불쌍한 늑대의 가죽으로 코트를 만들까? 분명 무척 따듯할 거야."

말을 하며 오가는 숨결은 얼어붙을 정도로 냉기를 띠었다.

"……그런 게 없으면 따듯해질 수 없는 당신은 그 늑대보다 훨씬 불쌍해."

나는 턱을 잡은 손을 뿌리쳤지만 다시 잡혔다. 어린아이처럼 손가락을 감아쥐고 흔들어 대는 모습은 천진난만하기까지 했지만 나오는 말은 악랄함 그 자체였다. 그건 분명 나도 마찬가지이리라.

"하하하! 누구보다 불쌍한 건 그런 남자가 제멋대로 굴어도 저항 하나 못 하는 너지, 공주님. 네 남은 인생은 날 위로하다 끝나게 될 거야."

"그래, 비참하네."

"그럼."

"여자 마음 하나 잡지 못하고 빼앗을 수밖에 없는 당신이 말이야."

"하! 늑대에게 홀리는 괴벽스러운 여자를 유혹할 방법은 모르거든. 허나 공교롭게도 나는 입맛이 고약한 데다 편식도 심해서 너 한 사람만 있어도 충분히 배가 부르단 말이지."

정말로 고약한 입맛이다. 내가 노려보자 윌프레드는 만족한다는 듯이 웃었다.

"날 독을 품은 꽃이라 불러놓고도 먹을 생각이라면 식탐이 많은 게 아니라 그냥 멍청한 거야."

"자기 독이 뭔지 슬슬 알겠어?"

"멍청하고 오만한 무지겠지."

독의 주인인 나는 그 독으로 몸을 망치고 있는데, 그것을 알면서도 피하기는커녕 자진해서 접촉하려 하다니 정상이 아니다.

내가 말한, 죽어서야 겨우 깨달은 독의 이름을 듣고 월프레드는 소리 높여 웃었다.

"널 파멸시킨 독과 주위를 말려들게 한 독은 똑같지 않아. 의식적인 독과 무의식적인 독. 그 차이를 즐길 정도가 못 되면 공주님을 감당할 수 없거든. 아름다운 꽃에는 가시가, 달콤한 열매에는 독이 있는 법이지. 그렇지 않으면 남김없이 먹힐 테니까? 하지만 네 독은 특별해. 중독성이 있거든. 그 늑대조차 빠진 독이니까. 그런 걸 독점할 수 있다는 우월함을 넌 이해 못 할 거야. 그걸 아는 녀석이라면 이런 독을 가질 리 있겠어?"

"……그 독으로 당신을 파멸시킨다면 더할 나위 없겠어."

"네 독이라면 기쁘게 먹고 죽어 줄게. 그게 내 사랑이야, 공주님."

녹아내릴 듯한 얼굴로 속삭인 사랑의 말이 불쾌하게 썩은 내를 풍기는 걸 보니, 이미 그 원형을 유지하기 힘든 것처럼 보였다.

"신혼 생활을 보내러 가는 건지, 잠결에 서로 목을 따러 가는 건지 알 수가 없구먼!"

뭐가 그렇게 우스운지 조블린이 그 거구로 숨이 막힐 듯이 큰 소리로 웃자 마차가 세차게 흔들렸다. 아마 밖에서 봐도 상당히 흔들렸으리라. 전에 마중 나왔을 때 본 바로는, 가만히 있을 때도 마차가 심하게 기울어졌었기 때문이다.

"주인님, 주인님."

밖에서 조심스럽게 조블린을 부르는 목소리가 들려서, 처음에는 마차가 흔들림을 알리려 한다고 생각했다.

"음?"

웃음을 거두고 고개를 숙인 건지 아니면 그저 흔들렸을 뿐인지 알 수 없는 움직임을 보인 조블린이 재촉해 윌프레드는 습기가 끼지 않도록 열어둔 작은 창문으로 다가갔다.

그곳에는 말을 타고 마차와 나란히 달리는 다리히의 집사가 있었다. 백발이 많이 섞인 모습을 보아 나이가 상당하다는 것을 알 수 있었다. 오래 일했으리라. 집사는 익숙한 모습으로 윌프레드를 거치지 않고 조블린에게 직접 말을 걸었다.

"후방에서 기미 일행이 주인님을 뵙고 싶다는데 어떻게 할까요?"

"흠…… 대표는?"

"이자도르 님입니다."

조블린이 두툼한 혀를 찼다. 날카로운 소리가 아니라 끈적끈적한 소리가 울렸다.

"친구가 죽었다고 뛰쳐나왔군. 영주 대리 직함만 없었어도 무시했을 텐데. 어쩔 수 없지. 행렬을 멈춰라. 팀, 돕거라."

"넷!"

양쪽 영주가 만나는데 한쪽이 마차에서 내리지 않은 채 대응할 수도 없었다. 하지만 솔직히 말해 조블린의 거구는 윌프레드가 지탱할 만한 몸이 아니었다. 조블린이 조금만 미끄러져도 윌프레드가 깔려 납작해질 것이다. 더군다나 지금은 열다섯 살의 몸이라 다 자란 것도 아니었다. 옛날의 나보다 몇 살이 많아도 그건 달라지지 않으리라.

하지만 딱히 걱정은 하지 않았다. 어차피 그런 상황이 벌어지면 윌프레드는 조블린을 놓고 피할 테고, 아마 조블린도 그걸 타박하지 않을 것이다. 그런 일로 타박하고 버릴 만큼 윌프레드의 가치가 낮지는 않으리라. 그렇지 않으면 타 영지의 영주를 암살한 범인을 같은 마차에 태울 리가 없다. 만약 윌프레드가 버림받는다면 그것은 조블린의 진퇴양난의 위기에 처할 때뿐이리라.

나는 재빨리 닫힌 창문에서 물러나 두꺼운 커튼이 쳐진 뒤쪽 창문을 바라보았다.

이자도르…… 무슨 생각인지는 몰라도 제발 무모한 짓만은 하지 마. 여기에 있는 건 이미 인간이길 포기한 남자야. 남을 해치는 데 망설임이 없는 인간뿐이라고. 네가 기미 영주 대리일지라도 사람 눈이 없는 곳에선 무슨 짓을 당할지 몰라.

이 마차가 다리히 령으로 돌아가면 더 이상 손쓸 방도가 없다는 건 알지만, 라이우스에서는 이자도르 역시 손님 중 한 명에 지나지 않는다. 아무리 카이드의 소중한 친구라 해도 라이우스에서 권한을 가지는 것은 라이우스 사람뿐이다.

그리고 타 영지의 영주에게 힘을 행사할 수 있는 건 라이우스 영주뿐.

현재 부재중인 라이우스의 영주뿐인 것이다.

서서히 다가오는 말발굽 소리와 반대로 이쪽의 발굽 소리는 잦아들었고 흔들림도 멎었다.

조블린은 밖에서 웅성대는 사용인의 손을 닥치는 대로 잡고 마차에서 내렸다. 손을 빌려주어 조블린의 방향만을 바꾼 윌프레드는 뒤에서 나를 껴안았다. 시야에 들어오지 않는 어딘가에서 작은 병이 달그락달그락 소리를 내며 존재를 주장하고 있었다. 나이프를 꺼내지 않은 건 목덜미에 닿는다 해도 이제 와서 내가 겁먹지 않는다는 것을 알기 때문이리라.

"기미 차기 영주를 사고사하게 만들고 싶지 않으면 얌전히 있어. 그 울보였던 도련님이 모처럼 잘 자랐잖아. 이대로 살려두고 싶지?……그렇게 노려보지 마, 입맛 돌게."

나는 곧장 노려보던 시선을 거두고 바깥으로 의식을 집중했다.

조블린의 거구에도 견디도록 튼튼하게 만든 벽은 두꺼웠다. 입구가 닫히자 바깥소리가 완전히 차단됐다. 밖을 확인할 수 없어 약간 눈살을 찌푸린 윌프레드가 커튼 너머로 창문을 살짝 열자 비로소 바깥 소리가 들렸다.

"오오, 이자도르 님! 어쩐 일이십니까."

뻔히 과장해서 놀라는 모습이 눈에 보였다.

"급하게 가시는 길 같은데 죄송합니다. 오는 길을 같이하지 못해 가는 길은 꼭 함께하려 했으나, 어느새 이미 출발하셨다기에 황급히 쫓아왔습니다."

"이거야 원, 죄송하게 됐습니다……. 지인이 결혼한다는 연락이 와서 어서 가서 축하해야겠다며 돌아가려던 참에 그런 보고가 도착해서 말이지요……."

애도의 뜻마저 느껴지는 목소리를 듣고 소름이 가시지 않았다. 요 며칠 동안 나눈 대화로도 이 남자의 악한 마음이 뻔히 보였는데, 같은 입으로 자신이 죽게 한 거나 마찬가지인 상대에게 애도의 말을 내뱉다니.

혐오와 분노가 가슴속에서 소용돌이쳐 구역질이 날 정도였다. 회개하란 말은 아니다. 조블린에게 참회를 요구할 만큼 이 남자의 인간성을 기대한 것도 아니었다. 하지만 그게 카이드의 죽음을 모독하는 행위를 용서할 만한 이유는 아니었다. 카이드의 죽음을 초래하고 진심으로 기뻐하던 모습보다도 지금 더러운 입으로 애도의 말을 올리는 것이 더 용서할 수 없었다.

소리치고 싶을 만큼 강렬하게 감정이 요동쳐서 손톱을 세워 팔을 찔렀다. 안 된다, 소리를 질러서는 안 된다. 이자도르가 사람을 얼마나 데려왔는지 모르니까. 여기서 내가 소리쳤다가 만약 이자도르가 위험해진다면 스스로를 용서할 수 없을 것이다.

스스로를 억누르기 위해 팔을 찔렀는데도 이상하게 고통이 안 느껴졌다. 그 대신 귓가에서 신음 소리가 들렸다. 시선을 내려 보니 나를 안은 윌프레드의 팔에 손톱을 박아 넣고 있었다.

"…………미안."

"……일부러 한 게 아니었나?"

나는 바로 사과하고 나서야 딱히 사과 안 했어도 됐는데, 하고 깨달았다. 무심코 사과하고 나서 뭐라 말할 수 없는 마음이 들었다. 시선을 내린 내 눈동자에 비친 것은 손톱에 찔려 팬 팔이었다. 그때 잠시 윌프레드의 옷자락이 걷혀서 손목에 있는 점이 보였다. 윌프레드는 상처가 난 곳도 아닌데 어느새 점이 난 곳을 어루만지기 시작했다.

그렇게 확인하지 않아도 되는데.

어째선지 갑자기 그런 생각이 들었다.

눈으로 보고 나서야 옛날의 나와 같다는 것을 알았다. 그렇게 매달리듯이 몇 번이고 확인하지 않아도 우리는 여기에 있다. 바라든 바라지 않든 우리는 우리로서 살아왔다. 저택을 나온 뒤로 그 동작을 하는 모습을 자주 봤다. 저택 안에서는 그러는 걸 거의 못 봤으니, 이건 윌프레드 스스로도 의식하는 버릇이겠지.

윌프레드는 손끝으로 몇 번이고 점을 확인하는 것처럼, 혹은 애지중지하는 것처럼 자신의 저번 생의 증거를 어루만졌다. 하지만 이내 방향을 바꾸어 내 목덜미를 만졌다. 그곳에는 내 점이 있었다. 내가 15년 전 삶에서 가지고 온 눈에 보이는 환생의 증거였다.

윌프레드가 내게 말하는 뒤틀린 사랑의 표현보다도 훨씬 더 뒤틀린 채 움직이는 손끝을 뿌리쳤다. 뭐가 우스운지 귓가에서 큭큭거리는 웃음소리를 무시하고 바깥소리로 귀를 기울였다.

"······제 친구도 끝까지 걱정했습니다. 귀공을 배웅하지 못해서."

내 의식은 쥐어짜는 듯한 이자도르의 목소리로 향했다.

"오오······ 참으로 송구한 일이오. 걱정할 것 없다고 전할 수 있다면 얼마나 좋을지······."

"늑대 영주라 불리는 제 친구도 사람입니다. 걱정하는 것이 당연하지요······. 그래요, 제 친구는 사람입니다. 줄곧 그렇게 생각했는데············."

"아아···아아, 이 얼마나 원통한 일인지! 그 마음 충분히 이해합니다."

"정말로······."

갑자기 괴로운 듯이 말이 끊겼다.

이자도르, 우는 거야······?

그 모습이 보이지 않아 안타깝다. 여기서 나갈 수 없는 것이 원통하다. 만약 뛰쳐나갈 수 있다면 이자도르의 머리를 안고 카이드를, 우리의 소중한 사람을 애도하고 싶은데. 악다문 입술에서 비릿한 맛이 퍼져 갔다. 그날, 카이드와 만난 마지막 날에 맡았던 냄새와도 같았다.

얼마나 괴로웠을까. 얼마나 고통스러웠을까.

나는 카이드가 괴로워할 때마다 곁에 없었다. 그 손을 잡아 끌어안고 고통을 나눌 수 없다.

이를 악물고 비릿한 피를 삼켰다. 이런 붉음 따위가 뭐 어쨌다는 거야. 붉음에 두려움을 느끼고 감정을 소모할 여유가 있었다면 카이드를 끌어안으러 갔어야 했는데.

그 붉음을 삼킨 나는 다음 순간 크게 눈을 떴다.

그도 그럴 것이, 밖에서——.

"아니, 그러실 것까진 없습니다, 조블린 님. 손님을 초대해 놓고 배웅도 못 해서야 라이우스는 예절을 모르는 땅이라며 비웃음을 사겠죠. 더구나 영주가 앞장서서 그러면 빈축을 사는 것으로 끝나지 않을 테니 황급히 달려왔습니다."

믿을 수 없는 목소리가 들렸기 때문이다.

입에서 튀어나왔다기보다 힘없이 빠져나왔다는 표현이 더 어울리는 목소리가 귓가와 벽 너머에서 들렸다.

그리고——.

"……사람인 줄 알았는데 말이지."

기가 막혀 하는 이자도르의 목소리가 들렸다.

조금 전까지 차분히 가라앉았던 주위 목소리가 단숨에 커졌다. 웅성거림이 눈에 보이는 듯했다. 바깥의 경악은 두꺼운 벽이 달린 마차 안에도 전해져서, 나를 누르는 팔이 떨리기 시작했다.

"제 저택에서 일어난 불상사를 진심으로 사과드립니다. 깜빡하고 사죄와 배웅을 드리지 못했습니다. 아무래도 요즘 쌓인 피로가 올라왔는지 깊게 잠이 들고 말았지 뭡니까. 저도 이제 나이인가 봅니다."

앞쪽에서 목소리가 들렸다. 수많은 발굽 소리와 쇠가 부딪혀 나는 소리도.

"게다가 아무래도 저희 사용인이 폐를 끼치고 있는 듯싶어 서둘러 데리러 온 참입니다. 거듭 사과드립니다. 선물로라도 그런 것들을 드린다면 라이우스의 불명예가 됩니다. 그러니 조블린 님, 마차를 조사해 보고 싶습니다. 어차피 조그마한 사용인 두 명이니 어딘가에 숨어들었을 겁니다. 분명 숨기 쉬운 가장 큰 귀공의 마차를 노렸겠죠."

기억하는 것보다 목소리가 살짝 쉰 건 독 때문에 목이 상해서 일까.

아니, 독이 상하게 한 것은 목뿐만이 아닐 터다. 그렇게 많은 피를 토했을 정도다.

그래서 거리에, 라이우스에 밤이 내려앉았었는데.

"……그럴, 리, 가, 없어."

그런 떨리는 목소리를 윌프레드가 낸 것인지 내가 낸 것인지 판단이 서지 않았다.

그도 그럴 것이, 잘못됐다면 다시 일어설 수 없다. 그리고 아마 윌프레드는 카이드가 잘못되지 않으면 서 있을 수 없게 될 것이다.

반대 방향의 공포로 몸을 부들부들 떠는 우리를 내버려두고 목소리는 이어졌다.

"후훗…… 무슨 말씀이신지 영. 쥐새끼도 아닌데 그런 짓이 가능할 리가 있겠습니까. 아아, 그나저나 이럴 수가…… 전 그대가 틀림없이 세상을 뜬 줄로만 알았습니다."

"아무래도 첫 정보만 전달된 모양이군요. 부끄러울 따름입니다. 하지만 정보가 퍼지는 속도만큼은 자랑할 만하군요."

"이거야 원…… 정말이지……."

"팀, 이리 나와! 라이우스 밖에서까지 술래잡기를 할 겨를이 없어서 말이다. 아무 대접도 못 해 미안하지만 고향에서 실례하마!"

다른 영주의 말을 가로막았다……기보다 무시하고 눈에 보이지 않을 인물에게 곧장 향한 말에 각오를 굳힌 것은 당사자인 월프레드가 아니었다.

"아니?! 설마 정말로 마차에 숨어들었단 말인가?! 나는 하마터면 극악무도한 자의 도망을 도울 뻔했나! 에잇, 기분 나쁘구나! 내 소중한 마차에 몰래 숨어 있다니!"

조블린은 손바닥을 뒤집는다는 말은 이런 것이라고 말하는 듯 주저 없이 월프레드를 버렸다. 조블린의 거구가 마차에서 멀어지는 소리가 났다. 방금까지 이야기를 나눴던 상대의 죄에 연루될 것 같다고 판단하자마자 아예 모르는 척하는 이기적인 처세술을 더럽다고 생각할 여유는 없었다.

내가 불쑥 손을 뻗었지만 월프레드는 잡지 않았다. 그러기는커녕 나보다 먼저 월프레드가 손을 뻗어 손잡이를 잡고 몸통박치기를 하는 듯한 자세로 밖으로 몸을 날렸다. 여전히 나를 놓지 않았기에 같이 굴러떨어졌다.

그때까지 우리는 약간의 빛과 소리만 들려오던 세상에 있었지만 순식간에 그것들이 넘쳐나는 세상으로 뛰쳐나갔다.

쏴아아, 하고 울려 퍼지는 강물 소리. 그런 강물 소리에 뒤지지 않는 바람 소리. 새 울음소리에 어딘가 안심하는 듯도, 깜짝 놀란 듯도 한 병사들의 한숨. 다리히 일행이 과장스럽게 경악하는 소리가 들렸다.

"여어, 팀. 제법 자극적인 선물을 보내줘서 고맙다. 번거로웠을 텐데 미안하군."

카이드의 목소리가 살짝 잠겼다.

그렇게 말하고 말에서 뛰어내린 그 사람은 눈에서 빛을 내뿜었다. 밤하늘에 빛나는 별보다 강하고 태양보다 부드러운, 라이우스의 빛 그 자체인 금색 빛이다.

왼쪽 뺨과 귀 뿌리 부분부터 목에 이르는 곳까지 이어진 화상을 입은 듯한 자국은 독의 영향 탓일까. 그리고 사람이 눈에 띄게 야위었다. 눈 아래가 움푹 꺼지고, 얼굴 살이 빠져 볼이 들어갔고, 목소리는 쉬었으며, 안색은 마치 죽은 사람처럼 창백했다. 몸을 제대로 지탱할 수 없는지 그만큼 불안한 동작으로 어깨를 올렸다 내리며 말에 기댔다.

하지만 눈빛만은 예전과 그대로였다. 강한 생명력을 가진 그의 금빛 눈동자. 사별을 한 번 겪고 15년 전 보름달을 지나 목소리의 온기는 사라졌어도 마지막까지 내 안에 남아 있던 빛. 그 빛은 꿈이나 환상이었던 게 아니라고 주장하듯이 확실하게 생명력을 품고 있었다.

마차 뒤쪽에는 이자도르가 이끄는 기미 령 무리가 있었다. 이자도르만이 한순간 안심한 표정을 지었다가 바로 지웠다.

앞쪽, 우리가 나아가는 방향에 카이드 일행이 있었다. 나란히 선 무장 병사 뒤쪽의 모퉁이 부근에 목책 같은 것이 보였다. 즉, 길이 막혀 있다. 이 상황을 보면 카이드 일행이 여기에 도착한 것은 방금 일이 아닐지도 모른다.

그렇다. 그런 게 아니라면 우리 앞쪽에서 튀어나올 리가 없다.

"…………왜 살아 있지?"

윌프레드가 나를 안은 채 겨우 쥐어짜낸 목소리는 땅을 기는 듯한 신음 소리였다.

"어떻게 여기에 있는 거냐, 카이드 팔루아!"

짐승의 포효 같은 목소리가 바위 표면을 지나 하늘까지 울려 퍼졌다. 귀청을 찢는 고함이자 사람의 목소리로 들리지 않을 정도로 격정만이 담긴 분명한 포효. 가까스로 문장을 구성했을 뿐인 분노.

공기와 쇳덩어리를 찌릿찌릿하게 뒤흔들 정도로 울려 대는 목소리에 라이우스 병사 중 한 사람이 넋이 나가 중얼거렸다.

"팀…… 정말로, 네가, 영주님을……?"

팀은 나보다 먼저 저택에 들어와서 다른 사람들과 훨씬 많이 어울렸었다. 팀과 사이가 좋았던 사람은 사무아와 재스민뿐만이 아니라 아주 많았다. 병사도 그중 한 사람이리라. 병사 휴게실에서 과자를 집으며 웃고 있는 모습을 자주 봤다. 식당에서도, 집사나 메이드들의 휴게실에서도 사람들에게 둘러싸여 놀림당하거나 놀리고, 농담하거나 농담을 듣고, 위로하거나 위로를 받고 있었다.

아무튼 웃는 모습을 자주 봤었다.

"왜…… 왜 그런 거야, 팀!"

라이우스 병사 사이에서 탄식이 터져 나왔지만 카이드만은 표정을 바꾸지 않고 가볍게 어깨를 으쓱거릴 뿐이었다.

"네가 원하던 대로 죽었지. 오랜만에 아버님을 만나고 왔을 정도야. 하지만 아무래도 우리 집 사용인이 엄해서 말이야. 메이드장이 두들겨 깨웠지. 말 그대로 심장을 두들겨 맞았어. 캐롤리나는 의사가 됐어야 했는데. 천사의 주먹은 강렬하더군. 사족이지만, 내가 소생했는데도 눈치를 못 채고 한 대 더 때리는 바람에 다시 죽을 뻔했어."

카이드가 답답해 목이 쉰 기침 소리를 내자 낯익은 병사들이 움찔했다. 그것을 제지한 카이드는 작게 긴 숨을 토했다.

"되살아나 보니 설마 네가 그런 강렬한 선물을 준 데다 셜리를 데리고 가는 작별 선물까지 줄줄은 몰랐다. 너무 고마워서 눈물이 다 날 지경이야, 팀. 무슨 일이 있어도 직접 인사를 하고 싶어서 여기까지 왔을 정도야. ……네가 누군지는 몰라도 제멋대로 구는 게 좀 지나친 거 아니냐?"

"……사이에 끼어든 게 네놈이라고 말하면 알아듣겠나, 촌 구석의 가난뱅이 귀족아."

윌프레드가 분노로 몸을 떨자 몸에서 작은 병들이 달그락 달그락 부딪치는 소리가 났다. 내가 날 잡은 팔이 흔들릴 만큼 발버둥 쳤지만, 팀의 가느다란 팔 어디에서 힘이 나오는지 꿈쩍도 하지 않았다. 아까처럼 손톱을 세워도 이번에는 신음 소리 하나 내지 않았다.

윌프레드의 말을 듣고 카이드가 입가를 추켜올렸다. 입가로 보이는 송곳니가 마치 엄니 같았다. 그리고 웃음이라 하기에는 너무나도 비장한 표정으로 변해 으르렁거리듯이 웃었다.

"아하. 싸움에 진 개가 꼬리를 말고 도망치지 않은 것만은 칭찬해 주마."

"주인을 물어 죽인 똥개가 입만 살았군."

"말해두겠는데 내가 아무리 죄송하다고 말해도 부족할 정도로 후회하는 건 그분뿐이고 너한테는 너무 관대하지 않았나 후회할 정도야."

"잡종 개자식이."

"패배자가 뭐라고?"

앞쪽에서는 카이드가 통솔하는 라이우스 병사가, 뒤쪽에서는 이자도르가 통솔하는 기미 병사가, 그리고 어중간한 위치에 다리히 령 무리가 있었다. 완전히 물러나지 못한 건 조블린의 다리가 느린 이유도 있겠지만, 조블린이 둘의 대화의 한마디 한 구절도 놓칠 수 없다는 듯 살에 파묻힌 눈을 번쩍번쩍하게 뜬 걸 보면 그 이유가 대략 짐작이 간다. 윌프레드는 조블린에게 자기 신상을 이야기하지 않았을 것이다. 그래서 왜 윌프레드가 라이우스의 영주 자리에 집착하고 카이드를 증오하는지 모를 터다.

모르는 건 조사해서 찾는다. 그것이 숨 쉬는 것보다 당연한 일이라고 여기는 조블린은 지금도 탐색하고 있었다. 아마도 대화가 이어질 때부터 줄곧 그랬겠지. 게다가 내가 눈치챘을 정도니 아마 두 사람 역시 그것을 파악했을 것이다. 아슬아슬하면서도 자초지종을 모르면 정답에는 도달할 수도, 결코 결정타가 될 수도 없는 응수가 반복되고 있었다.

느릿한 동작으로 말에서 등을 뗀 카이드는 방해가 된다는 듯이 망토를 뒤로 젖히고 검대를 흔들었다.

"……이쯤 해 둬. 가장 큰 이점이었던 네 가면은 벗겨졌고 의지하던 밧줄은 널 끊어버렸다. ……네게 돌려줄 건 아무것도 없고 돌려줄 생각도 없지만, 술을 마시며 투정 정도는 들어주마. 그러니까 이제 그만해. 난 널 위해 죽어 줄 수 없어."

"공주님 손엔 못 죽어 주겠다고?"

카이드는 작게 웃었다.

"바랄 나위 없는 죽음이지."

"그렇다면 그냥 죽어, 똥개가."

윌프레드가 내뱉은 말에 카이드는 대응하지 않았다. 오히려 아주 편안한 목소리로 웃었다.

"하지만 우시며 그런 건 싫다고 하시더군. 난 아가씨를 울릴 바에야 몇 번이든 살아날 거다.

그러기 위해서라면 사람이 아니게 되더라도 상관없어."

내 귓가에서 혀 차는 소리가 들렸다. 앞뒤에서 겨누는 화살의 표적이 되는 것을 피하려고 나를 앞으로 내보내 작은 동작 때마다 잡아당기며 흔드는 윌프레드의 팔을 붙잡았다. 뿌리치려 했던 손은 어째선지 반대로 나를 꽉 쥐었다.

그 손에 몇 번이나 닿았을까. 다과회 때마다 부르러 온 그의 손은, 가끔 무도회에서 춤 출 때 쥔 손은 분명 따뜻했다. 그때도 사람의 온기를 지녔었고, 지금도 피가 통하는 따뜻한 손인데, 어째서 우리는 사람답게 인생을 마무리 짓지 못했을까. 무성화와 악마라고 불리며 인생을 마무리했던 우리는 어째서 사람답게 인생을 마무리 짓는 길이 있다는 걸 빨리 알아채지 못했을까.

"……이제 그만해. 이런 짓을 해봤자 돌아오는 건 아무것도 없고 돌아갈 곳마저 잃게 될 거야. 당신도 알잖아?"

"어쩔 수 없어. 이렇게라도 안 하면 내가 나로서 살아온 의미가 없거든."

"그건 아직 모르는 일이야."

"너도 평범한 삶은커녕 도망치지도 못하고 그저 가라앉으며 살아왔던 주제에. ……이제 와 바뀔 수 있을 것 같아?! 우리가 우리인 이상, 여기가 라이우스인 이상, 저 남자가 살아있는 이상, 바뀔 수 없어! 너도 그렇잖아!"

"맞아! 바뀔 수 없어! 그런 마음을 품고 있는 한 남들처럼 살 수 없어! 그래도 난 태어나길 잘했다고 말하고 싶어! 여기서, 라이우스에서 그렇게 살고 싶어……. 그렇게 생각할 수 있게 도와줬어. 당신은 그 저택에서 아무것도 못 얻었어? 당신을 그 자리에 머물게 한 이유가 아무것도 없었어?"

그 착하고 밝고 즐거운 사람들과 함께 지내며 생각한 바가 아무것도 없었던 걸까. 나처럼 붙임성도 없고 음울한 분위기였던 사람조차 꺼리지 않고 웃어준 사람들과 보낸 나날을, 그 무렵 우리와는 가장 인연이 먼 천진난만한 아이들의 웃는 얼굴을 정말로 가차 없이 버리고 온 걸까.

"그 아이들을 상처 준 남자를 살려서 돌려보낼 수 없을 만큼 용서 못 했다면…… 내가 눈치채기 훨씬 전부터 다른 길도 보였을 거야!!"

똑똑한 사람이었다. 교사에게 배운 것을 곧이곧대로 생각하기만 하는 나보다 훨씬 머리가 좋은 남자다. 그러니 알아차렸을 터다, 보였을 터다, 지금과는 다른 오늘을 선택할 수 있었을 것이다.

윌프레드는 마주 선 나를 지나 라이우스 병사를 봤다. 그러더니 잠시 눈을 가늘게 뜨고 입을 열어 말을 꺼내려다 느릿하게 다물었다.

그리고 부드럽게, 꿈꾸는 어린아이처럼 미소 지었다.

"그럼 당신도 나와 같이 죽어 줄 텐가? 공주님."

"팀!"

"……글렀어, 살아서는 안 돼. 나는 나인 채로 살 수밖에 없어. 이 원한만이 내 길잡이야. 이 기억만이 나라는 확신을 줘. 그리고 너만이 내 삶을 증명해."

부드러운 목소리와는 반대로 믿을 수 없을 정도로 강한 힘이 몸을 휘감더니 그대로 포옹해서 몸 안에 끌어들이려고 하듯이 내 몸을 억눌렀다. 필사적으로 밀어내려 했지만 너무나도 강한 힘에 숨조차 쉴 수 없었다.

"혼자서 사라지긴 싫어."

힘은 아주 셌지만 목소리는 길 잃은 아이보다도 연약했다.

윌프레드가 아무리 함께 죽기를 바라도, 아무리 힘을 써서 끌어안아도 우리는 같은 사람이 될 수 없다. 그런데도 윌프레드는 떼를 쓰듯이 싫다는 말만 중얼거렸다.

"이제 그만해. 부탁이야, 이거 놔!"

"……싫어."

"나랑 죽어도 당신은 구원받지 못하잖아!"

윌프레드의 용태가 변했다. 입가에 지나치게 힘이 실린 나머지 벌벌 떨렸고, 크게 뜬 눈에는 핏발이 섰고 어딘가 공허했다.

"누구보다 먼저 네가 시든 이 땅에서 이제 와 구원을 바랄 것 같아?! 만약 구원과 비슷한 무언가가 있다면 너와 지옥에 떨어지는 것뿐이야!"

"무슨…… 너, 무슨 소리를 하는 거야?"

"……너도 정말이지 가련한 여자야. 나도 그렇고 늑대도 그렇고, 네 주변엔 제대로 된 남자가 없었지. 더 제대로 된……

사무아 같은 남자가 있었다면 좋았을 텐데."

천천히 길을 벗어나는 윌프레드에게 나도 질질 끌려갔다. 원래도 가까스로 정비된 수준인 거친 길에서 벗어나 바위와 모래가 뒤섞이고 흙이 드문드문 깔린 듯한 지면으로 바뀌었다. 지면에 발이 닿는 소리, 그것이 지면에 질질 끌리며 나는 소리 역시 불안정하게 변했다.

그 아래, 지면 더 깊은 곳에서 요란한 소리가 났다. 골짜기 바닥에서부터 부는 바람이 모든 이의 머리카락을 말아 올렸다.

"데려가게 두진 않아. 네가 그곳에서 떨어져도 난 반드시 너희를 붙잡을 거다."

벼랑 끝까지는 아직 거리가 있었다.

나를 끌고 점점 절벽으로 향하는 윌프레드에 맞춰 우릴 둘러싼 원도 점점 작아져갔다. 라이우스 병사, 기미 병사, 석벽 위에 선 병사가 올가미를 든 모습이 보였다. 다리히 사람들은 한 걸음도 움직이지 않았다. 방해할 마음이 없는지 말없이 사태가 굴러가는 모습을 지켜보고 있었다. 방해가 되는 건 나다. 알고 있지만 윌프레드의 힘이 너무 강해서 숨조차 제대로 쉴 수 없었다.

"네 것이 아니야."

윌프레드는 내 목덜미를 붙잡아 힘껏 끌고 갔다. 피부에 천이 쓸려 통증이 퍼졌다. 단추가 떨어지고 천이 찢어진 것을 소리를 듣고 알 수 있었다. 떨어진 단추가 뺨에 닿았다가 바로 땅에 떨어졌는데 작은 돌멩이와 섞여 어디 있는지 알 수 없었다. 단추가 떨어진 곳 주변의 땅을 짓밟으며 윌프레드가 입가를 끌어올렸다.

"이 녀석은 훨씬 전부터 내 거였어."

"…………그래서 어쩌란 거지? 난 약속을 받았다. 그런 도발엔 안 넘어가."

무슨 소리인지 몰라서 고개를 갸웃거리려다가 멈췄다. 내 턱을 강제로 누르는 윌프레드의 손 안에서 작은 병이 흔들렸다. 이런 건 이제 나를 죽이거나 스스로 목숨을 끊는 데에나 쓸 수 있을 텐데 어지간히도 소중히 들고 있었다.

"그러냐. 하지만 이 녀석이 내 것임엔 변함없지!"

윌프레드가 팔을 휘둘러 들고 있던 작은 병을 전부 내던졌다.

누군가가 망토로, 방패로, 짐으로, 무언가로 스스로를 방어했다. 병사 몇 명은 카이드 앞으로 뛰쳐나와 방패를 들었다.

그러나 작은 병은 그 누구도 노리지 않았다. 작은 병이 빛을 반사하며 허공을 날았다. 모든 시선이 병을 좇았다.

"모두 피해라!"

누구보다 빨리 병의 정체를 알아차린 카이드의 고함과 날카로운 말의 울음소리가 겹쳤다. 전력으로 던진 작은 병이 곧장 말에 맞아 부서져서 그 피부를 태웠다.

조블린의 거구도 견디는 마차에 주인을 태우고 달리는 튼튼한 말 여섯 필이 갑자기 퍼진 격통과 혼란에 빠진 채로 라이우스 병사에게 돌진했다. 살아 있는 흉기로 변한 말과 마차는 마구 날뛰며 마치 벌레라도 쫓듯이 라이우스 병사와 다른 말을 들이받았다. 엄선된 말 여섯 필은 라이우스 병사가 데려온 군마보다 컸고, 초식동물이라고는 생각할 수 없는 포효를 지르며 모든 것을 쓰러뜨렸다.

"다음 생에서 보자, 늑대!"

윌프레드는 순식간에 나를 껴안더니 마치 짐이라도 내던지듯이 땅의 균열로 나를 내던지고 그 기세 그대로 자신도 뛰어내렸다.

"아가씨!"

카이드는 부서진 마차 파편에 뺨을 베였지만, 그런 것은 눈치채지도 못했는지 걸음을 전혀 멈추지 않았다. 설마 했던 다음 순간, 카이드 역시 땅의 균열로 몸을 날렸다.

살아 있는 흉기가 돌진했을 때와는 다른 날카로운 소리가 이곳저곳에서 울렸다. 그것들은 전혀 신경 쓰지 않은 채 힘껏 내민 손을 향해 나도 무심코 손을 뻗었다.

"하, 하하하하하! 다음엔 네놈도 이쪽이겠군! 일그러진 삶을 마음껏 즐겨 봐라, 늑대!"

윌프레드는 배를 잡고 혼자서 떨어져갔다.

단둘이 된 우리도 별다를 바 없이 탁류 속으로 사라져갔다.

제6장 당신과 나의 다음 생

"——."

"——."

나를 부르는 바람 소리가 들려서 몸을 빙글 돌렸다.

알록달록한 꽃이 만발한 꽃밭 안에 커다랗고 하얀 양산이 보였다. 어릴 때부터 밖에 있는 테이블에 앉을 때는 이 새하얀 양산 아래 있었다. 아무리 공들여 손질해도 시간이 지남에 따라 양산이 누레져서 그때마다 장인에게 완전히 똑같은 것을 만들게 했다고 들었다. 아름다운 양산 테두리가 레이스 모양 그림자를 만들어 지면을 물들이는 모습을 보고 어린 내가 손뼉을 치며 기뻐했다고 가족이 그리운 듯이 말했었다. 아무리 나이를 먹어도 나를 어린아이처럼 걱정하는 가족이 눈웃음을 지으며 행복한 듯이 나를 보며 미소 지었다.

이 양산 아래서 17년 동안 계속 웃고 있었다. 새 드레스를 입고 따뜻한 햇살을 받으며 달콤한 과자를 먹고 아름다운 보석을 봤다.

이미 15년 전에 새까맣게 탔을 양산이 햇빛을 하얗게 튕겨 내는 모습을 멍하니 올려다봤다.

커다랗고 새하얗고 아름다운 양산. 모두가 그 아래에 펼쳐진 둥근 테이블을 둘러싸고 있었다.

한 걸음 발을 내디디려다 위화감이 들었다. 자칫 발이 엉킬 만큼 천을 풍성하게 써서 만든 치마를 무의식중에 잡아들었다. 어째서일까. 이런 드레스는 늘 입는 건데 어째선지 살짝 불편했다. 고개를 갸웃거리며 가족에게 갔다.

"——, 배고프지?"

"——, 네가 좋아하는 왕도에서 사 온 과자란다."

"——, 자, 여기 앉으렴."

"——, 그쪽은 춥지? 양산 아래 앉아라. 여기는 따듯해."

할아버님, 할머님, 어머님, 아버님이 웃고 있었다.

하얀 테이블 주위에 놓인 하얀 의자 다섯 개. 그중 하나가 비스듬히 나와 있었다.

여기가 내 자리다. 나를 위해 나와 있는 의자를 말없이 내려다봤다.

테이블 위에는 왕도 장인이 정성 들여 만든 아름다운 설탕 과자가 차려져 있었다. 꽃밭의 꽃에도 뒤지지 않는 아름다운 과자를 모두가 입안 가득 먹고 있었다.

손에 들자마자 흐물흐물 녹아 꽃밭에 떨어지는 설탕 과자를 맛있게.

날씨 좋은 날이면 매일같이 모두가 이렇게 차를 마셨다.

하지만 오늘은 평소와 조금 달랐다.

할아버님은 따지도 않은 작은 술병을 기쁜 듯이 빛에 비추며 흔들었다.

할머님은 콧노래를 부르며 다양한 톤의 보랏빛 실 중에서 하나를 뽑아 예쁜 보라색 꽃 자수를 놓았다.

아버님은 평소라면 피우자마자 바로 버렸을 엽궐련을 입에 물고 불은 안 붙인 채 미소 짓고 있었다.

어머님은 평소 하는 것에 비하면 훨씬 덜 화려한 머리 장식에 몇 번이고 손을 갖다 대며 기쁜 듯이 거울을 보았다.

늘 보는 광경일 텐데도 가슴이 답답해서 괴로웠다. 아프고 또 아파서 눈물이 넘쳐흘렀다.

“——, 왜 그러니?”

“——, 어디 아프니?”

“——, 큰일이구나. 어서 이리 앉아라.”

“——, 어디가 아프니? 이 어미한테 보여 주렴.”

안색을 싹 바꾸고 슬픈 얼굴을 한 모두에게 고개를 저었다. 부드러운 손길이 열을 재려고, 비틀거리는 몸을 부축하려고 뻗어 나왔다.

“……읍!”

그 누구와도 다른 목소리가 나서 입가가 일그러졌다.

뭔가를 말하려 했던 가슴속에는 눈물이라도 가득 찼는지 아무리 숨을 들이쉬어도 공기가 들어가지 않았다. 항상 텅 비었을 그곳에 이미 뭔가가 가득 차 있는지 밀려 나왔다.

괴롭다. 가슴이 아프다. 가슴이, 목이, 눈 안쪽이 뜨겁고 아파서 견딜 수 없었다.

늘 보는 광경이었다. 흔한 일상이었다.

따뜻한 환영.

입에 담으려 했던 말은 갑자기 넘친 눈물에 가로막혔다.

할아버님. 할머님. 아버님. 어머님.

당신들께 묻고 싶은 것이 있어요.

걱정스럽게 나를 올려다보는 가족에게 입 밖으로 소리를 내지 못한 채 입으로만 말을 자아냈다.

당신들은 어째서 스스로가 정의라고 가르치며 키우지 않았나요.

당신들은 사람을 괴롭히고, 존엄을 짓밟고, 생명을 업신여기고, 내키는 대로 빼앗아 왔으면서 어째서 그것이 악이라고 곧이곧대로 제게 가르치셨나요. 자신들이 해 온 일을 왜 당연하지도 용서받을 수도 없는, 결코 올바르지 않다고 만인이 인정할 만한 악행이라고 가르치셨나요.

나는 외동딸이었으니 윌과 결혼했다면 그대로 가문에 들어왔을 테고, 내가 집에서 나갈 일은 없었겠지. 그리고 죽을 때까지, 라이우스가 멸망할 때까지 그 모형 정원에서 살았을 것이다. 주어진 것만 보고, 내게 허락해 준 범위만을 바라보고, 들려준 말만 들으며. 그리고 가족이 악행을 저질렀다는 것을 모른 채 살아갔을 것이다.

어딘가 모순됐다는 것을 깨닫지 못한 채.

할아버님. 할머님. 아버님. 어머님.

나를 밖으로 내보내지 않았던 건 자신들이 나쁘다는 사실을 알리기 싫어서였나요?

내게 악을 악이라고 가르친 것을 후회하고 있나요?

남에게는 다정히 친절하게 행동하고 난폭한 말을 해서는 안 된다. 남이 싫어하는 짓을 해서는 안 된다. 때리려고 손을 들어서는 안 된다. 자신이 당해서 불쾌할 짓을 상대에게 해서는 안 된다. 자신에게는 별것 아니어도 상대에게는 소중할 수 있으니 그것을 매도해서는 안 된다. 남이 소중히 여기는 것을 무시하거나 빼앗아서는 안 된다. 떳떳하지 못한 짓을 해서는 안 된다. 악의 어린 시선을 보내지 않고 사람을 믿자. 함부로 사람을 의심하거나 선의를 의심하지 말고 웃으며 지내자. 숨은 의도를 찾으려 하지 말고 사물을 있는 그대로 느끼자. 밝은 생각을 하자. 다 같이 즐겁게 지내자. 사람은 따뜻한 존재라는 것을 믿자. 다른 이를 비난하기보다 장점을 찾자. 다른 사람을 때리는 것은 당치도 않은 일이다. 우리의 손은 누군가를 끌어안고, 부드럽게 쓰다듬고, 다른 이의 손을 잡기 위해 있는 거니까.

그리고 이렇게 가르쳤지요. 사람에게는 그 사람 나름의 가치관이 있으니까 그것을 부정해서는 안 된다. 남에게 부드럽게 대하자. 상냥해라. 상냥하고 착한 아이여야 한다.

남들이 좋아할 만한 다정한 아이여야 한다.

늘 그렇게 말하셨지요.

"……읍!"

이제서야 깨달은 모순.

나를 타이르던 그 입으로, 나를 쓰다듬던 그 손바닥으로, 넘어진 내게 달려오던 그 다리로 당신들은 무슨 짓을 한 건가요.

어째서 당신들의 행동이 옳은 것이라고 가르쳐 주지 않았나요. '우리 신분이라면 남을 괴롭혀도 용서받는다.' 왜 그렇게 말해 주지 않은 거예요.

만약 그랬다면, 만약 그렇게 자랐다면 제 영혼은 분명 원망으로 가득 찼을 텐데. 당신들이 제 눈앞에서 무참한 짓을 일상적으로 벌였다면 저는 그것을 당연하다고 생각하며 자랐겠죠. 그 단죄를 받아들이지 못 한 채, 세상을 저주했을 거예요. 다정함을 믿지 않고, 미소를 원망하고, 저주하고, 시기하고, 그리고 선한 이들의 따뜻함을 소중히 여기지 않았겠지요. 겨우 악몽에서 해방된 사람들에게서 미소를 없애려고 원망을 퍼부었겠죠.

저는 당신들이 준 것만 먹고 살아왔으니까요.

저는 당신들에게 어떤 존재였나요.

변할 수는 없었던 건가요. 저는 그 계기가 되지 못했나요.

시야가 흐려져 가족이 안 보였다. 가슴속에서 넘친 감정의 홍수가 눈에서 흘러 뚝뚝 떨어졌다.

당신들은 선은 선이고 악은 악이라고 알고 있었잖아요. 선이 선이라는 것을 모르고, 악이 악임을 모른 채 라이우스를 파멸로 이끌었을 리는 없다. 선은 존중받아야 하고, 악은 용서

받지 못한다는 것을 알면서도 내게 가르쳤다. 그렇게 가르쳐 줬다. 그런데 어째서, 어째서죠. 어째서 우리는 그런 결말을 맞이할 수밖에 없었던 건가요. 어째서 자신들만이 행복한 폐쇄된 낙원에서만 안심할 수 있었나요. 무엇이 당신들에게 그 길을 고르게 만들었나요.

제게 선을 설명하는 그 순간에 아무것도 느끼지 못한 것은 아니라고 믿어도 될까요. 그때만큼은 당신들도 사람이었다고 생각해도 될까요.

제게 준 다정함을 어째서 다른 사람에게도 베풀지 않은 거죠. 하다못해 악행을 단념할 계기로 삼을 수는 없었던 간가요, 하는 말이 머릿속을 맴돌았다.

하지만 내게도 분명 할 수 있는 일이 있었으리라. 그것을 찾으려고 하거나, 찾아서 충고를 받았더라면.

그랬다면 당신들은 지금도 이 세상에 있었을까.

아니면 그래 봤자 결과는 같았을까.

모른다. 이제 그 누구도 모른다. 가족은 아무것도 하지 않았던 나의 죄를 뒤집어쓴 채 흙 속에 잠들어 있다.

그 사람의 손에 해방돼 다시 꽃이 핀 라이우스 안에.

"_____."

"_____?"

"_____."

"_____."

나를 걱정하듯 부드러운 목소리로.

가족이 내 이름을 불렀다.

"……씨!"

그 이름을 불러주는 건 당신들뿐이었죠. 왜 아무도 불러주지 않는지 궁금했는데, 부르는 것을 허락하지 않은 것이었군요. 제 주변에 가족 말고 다른 사람이 다가서는 것을 당신들은 허락하지 않았죠.

윌프레드가 결혼해서 우리 집안으로 들어오게 된 것도, 단순히 제가 외동딸이라는 이유 때문만은 아니라는 것을 이제 알았어요.

"——."

그 이름을 부르는 건 당신들뿐이었지만 이제 당신들은 없어요.

그러니까 그대로 가져가 주세요. 그대로 묻어 두세요.

예쁘고 아름다운 철자와 소리를 가진 그 이름을 무척 좋아했어요.

그러니 부디 다시는 되살아나지 않도록 당신들이 들고 가 주세요.

귀 안쪽에까지 감정이 가득 차 흔들렸다.

어느새 꽃이 지고 내 의자가 사라졌다. 다만 가족만은 변함없이 나를 걱정했다. 부드러운 손, 목소리, 말, 눈빛을 사랑했다.

꽃밭이 사라진 자리에 한 송이 꽃이 오도카니 피었다.

물속에서 흔들리는 꽃이 마치 태양빛을 쬐며 바람에 노래하듯, 또 기뻐하듯 활짝 피었다. 하지만 아무리 해도 무슨 색인지는 안 보였다. 아름답게 핀 그 꽃잎이 몇 장인지도 셀 수 있는데 도무지 색만은 알 수 없었다.

"……감사했습니다."

낳아줘서 고마워요.

길러줘서 고마워요.

할아버지로서, 할머니로서, 아버지로서, 어머니로서 곁에 있어줘서 고마워요.

아무것도 돌려주지 못해서 미안해요. 아무것도 못 해서 미안해요. 아무것도 하지 않아서 미안해요. 아무것도 되지 못해서, 당신들의 파멸을 끝낼 무언가가 되지 못해서 정말 미안해요.

사랑한다. 가족을 사랑한다. 그건 지금도 변함없다.

하지만.

"……가씨!"

미안해요. 미워하지 못해서 미안해요. 그 사람을 사랑해서 미안해요.

이 15년 동안 그렇게나 당신들 곁으로 가고 싶다고 바랐는데, 이 삶에서 의미를 찾지 못했었는데.

지금은 살고 싶다고, 살아 보고 싶다고. 살아가고 싶어졌어요. 그리고 많은 것을 알고 싶어요. 옛날에는 그 저택에서, 지금은 카이드에게서 벗어날 일이 거의 없었던 저지만, 이번에야말로 수많은 것을 보고 들어서 스스로 생각하고 싶어요.

"아가씨!"

"……부디 용서해 주세요."

그 사람과 살고 싶다고 바라고 만 이기적인 저를 부디 용서

해 주세요.

"아가씨!"

숨을 들이마셨지만 가슴속에 가득 찬 물에 막혀 폐까지 닿지 못했다. 가슴에 퍼진 격통에 밀려 위가 뒤집힐 기세로 물을 토했다. 반사적으로 몸을 옆으로 틀어서 공기인지 물인지 모를 것을 모두 토해낼 때까지 기침했다.

몸을 굽히는 바람에 숨이 막혔는데 어디선가 나타난 팔이 내 온몸을 끌어안듯이 지탱해서 토하기 쉽도록 몸의 방향을 아래로 기울여 주었다. 분명 내가 토하는 건 물인데, 몸속은 열기와 고통으로 괴로웠다. 공기를 들이마셨다가 내뱉고 싶었지만 목 안쪽에선 물만이 날뛰었다. 몸은 살고 싶다는 일념으로 반사 작용을 일으켜서 필사적으로 모든 것을 토하게 했다.

탁한 공기가 목 안쪽에서 약하게 새어나왔다. 혹사당한 목은 그 틈새로 바람 소리 같은 것만 냈다. 타는 듯한 목과 가슴의 통증을 신경 쓰고 나서야 비로소 나를 안아준 카이드에게 물을 토했다는 것을 깨달았다. 힘이 들어가지 않는 손으로 눈앞에 있는 사람을 밀어냈다.

"더, 더러워져."

나는 필사적으로 떨어지려 했지만 카이드가 날 다시 끌어안았다.

"그런 건 지금 됐습니다. 전부 토해 내세요!"

"다…… 토했, 어."

숨을 뱉을 뿐인 헛기침을 콜록거리자 몇 번이고 혹사당한 나머지 목이 화상을 입은 것처럼 아팠다. 코 안쪽도, 눈 안쪽도, 머릿속도 모든 수분이 다 빠져나간 것처럼 아팠다.

멍하게 흔들리는 머리와 타는 듯한 가슴을 누르며 잠시 몸부림쳤다. 호흡하는 것조차 얼얼해서 아프고 괴로웠다.

카이드는 기침인지 숨인지 모를 공기를 토하는 내 등을 받치다가 내가 의식을 차린 것을 확인하고 겨우 몸의 힘을 뺐다. 나를 받치는 팔에서 안도감이 전해져서 나도 살짝 진정했다. 이제서야 상황을 확인할 여유가 생겼다.

몇 번이고 몸속을 태우던 열기 때문에 눈이 침침했고 날카로운 통증마저 느껴졌다. 통증을 진정시키려고 눈을 문지르려 했지만 그럴 힘도 없어서 눈을 가늘게 뜨는 게 고작이었다. 주위를 보니 벽은 물론이고 땅이며 천장이 모두 암벽에 둘러싸여 있었다. 암벽을 반원형으로 잘라낸 형태다. 조금 떨어진 곳에서는 물이 안으로 들어오려다 힘이 부친 듯 돌아갔다. 우리가 있는 곳이 그리 크지 않은 것을 보면 아마도 물이 바위를 깎아 자연적으로 생긴 공간인 듯했다.

주위를 보는 동안에도 유목이나 풀이 계속해서 물에 밀려 올라왔다. 그 반대편에서는 반원으로 뻥 뚫린 풍경 속에서 빛과 탁류가 뒤섞여 지나갔다. 여기에 올 때까지 계속 들렸던 으르렁거리는 코르키아의 분노가 끊임없이 흘러갔다. 어쩐지 부드럽게도 들리는 소리는 질책하는 것처럼은 안 들렸다. 눈에 보이는 거리로 가까워지면 멀리서 세차게 들리던 소리가 부드럽게 들리는 것이 신기하다고 생각하면서 흐릿한 시야로 바라봤다. 몇 번인가 눈을 깜빡이자 시야가 선명해지고 통증도 가라앉기 시작했다.

강 옆인데도 벽이나 땅에 거의 이끼가 안 꼈다. 원래는 마른 곳이었던 걸까. 며칠간 이어진 호우로 평소에는 불어나지 않는 곳까지 물이 흘러들어 왔을지도 모른다.

한층 크게 물이 밀려들려다가 그러지 못하고 튕겨나자, 밀려나간 날나무가 유목 속에 뒤섞였다.

"코르키아에서 행운의 주머니라고 부르는 곳입니다. 상류에서 빠뜨린 물건은 보통 이곳으로 흘러오죠. 아까 데려온 사람 중엔 제 옛 친우가 있으니 가장 먼저 이곳을 찾아올 겁니다."

"…………윌은 어디 있어?"

그리 넓지 않은 이곳에서 아무리 시선을 돌려봐도 그 작은 몸은 보이지 않았다. 카이드는 조용히 고개를 저었다.

"작은 지갑도 걸리는 곳인데……."

카이드는 눈을 살짝 내리떴다.

"구조받기 싫었나……? ……바보 같으니."

그 목소리는 짜증을 내는 것 같기도, 애도하는 것 같기도 해서 나도 가만히 눈을 내리떴다.

"……이 물은 어디로 흐르는 거야?"

"다리히입니다."

"그래…………."

"…………누가 구해 주든 말든, 그 근성이라면 대륙 반대편까지 가더라도 돌아오겠죠."

복잡해 보이는 얼굴로 카이드는 짓무른 목덜미를 긁었다. 애처롭게 색이 변한 피부는 과연 나을 수 있을까. 염증이 나아도 피부가 그대로라면 어떻게 해야 하나. 나는 입술을 깨물고 손가락을 꼭 쥐었다.

15년 전 존재가 지금의 라이우스를 상처 입히게 놔둘 수는 없다. 이 이상 15년 전 악몽이 라이우스를 괴롭혀서는 안 된다. 하물며 카이드를 상처 입히다니.

상처를 남길 필요가 없다. 아니, 남아서는 안 된다. 라이우스를 파멸로 이끈 15년 전의 우리는 라이우스에 어떤 영향도 미치지 않은 채 사라져야 하니까. 그것이 영지민의 뜻이자 내 바람이기도 하다.

나는 양손으로 얼굴을 가리고 물과 온도가 같아진 숨을 토했다.

"월……."

조블린과 손을 잡으면서까지 월은 라이우스에 집착했다. 조블린 말이 사실이라면 그 손녀딸이 월에게 호감을 보였으니 다리히에서는 옛날처럼 살 수 있었을지도 모른다.

그러나 라이우스가 아니면 안 됐던 것이다.

우리는 라이우스를 파멸로 이끌었다. 그래도, 그렇다 해도 이곳이 우리의 고향이다. 라이우스의 백성에게 벌을 받아 쫓겨났다 해도…… 아니, 오히려 쫓겨났기 때문에 여기로 돌아올 수밖에 없었다.

월은 이번 생이 이어졌다 해도, 다음 생에서도 이곳을 노릴 것이다. 라이우스에서 태어나 라이우스의 백성으로 살아가도 라이우스를 노릴 것이다. 갈 곳이 없고 어디로도 돌아갈 수 없다 해도, 라이우스를 노리면서 살 수밖에 없었다.

"춥다고 했잖아."

머리를 꽉 쥐고 입술을 악물었다.

혼자는 쓸쓸하다고, 너무 추워서 견딜 수 없다며 울었잖아. 그랬는데 왜 양지를 등지고 살 수밖에 없는 거야. 남이 내민 손을 뿌리치고서 혼자는 싫다며 울던 라이우스의 악마. 내 약혼자였던 사람. 평생을 함께 걸어가라고 부모가 정해 준 사람.

그리고 한 해 몇 번밖에 만난 적 없는 유일한 소꿉친구였던 사람.

감정을 가지고 갈 곳이 없었다. 애도, 슬픔, 분노, 동정. 어느 것도 맞지 않는다고 생각한다. 약혼자였던 월을 사랑하진 않았고 애정도 없었다. 하지만 아무 감정이 없는 것은 아니었다. 분명 정은 있었다. 그저 그 감정에 이름을 붙이지 못했을 뿐이다. 지금도 잘 모르겠다. 분명 월도 마찬가지였으리라.

「월이라 불러.」

우리는 단순히 소꿉친구라고 부르기엔 소원하고, 약혼자라 부르기엔 관심이 없었으며, 친구라 부르기엔 서로 마음에 드는 점을 찾지 못했다. 하지만.

「가족 말고 그렇게 부르는 사람은 없지만 언젠가 가족이 될 테니까 공주님만은 윌이라고 불러도 돼.」

슬플 만큼 누구보다 가까운 사람이었다.

내 주위 사람도, 윌의 주위 사람도 눈이 빙빙 돌 정도로 빠르게 바뀌어 갔다. 지금이라면 그중에는 분명 죽은 사람도 있었으리란 걸 안다. 그런 와중에도 계속 변함없는 사이였던 내 또래 윌은 바라든 바라지 않았든 누구보다 비슷한 환경에서 살아왔다.

죄를 깨닫고 있었는지의 여부만이 달랐던 거울 속 사람.

윌에게 어떤 감정을 가지면 좋을지 나는 아직 정하지 못했다.

거친 물보라를 바라보던 시선을 천천히 올렸다. 마찬가지로 반원으로 잘린 풍경을 보던 금빛 눈동자가 내 시선을 눈치채고 내려왔다.

"아가씨?"

내 손은 젖어 있었다. 아까 힘껏 물을 토한 데다 진흙도 묻어서 아주 차가웠다. 그래서 소용없었다. 알고 있는데도 손이 멈추지 않았다.

힘이 들어가지 않는 손을, 이를 악물고 필사적으로 들어 카이드의 얼굴로 뻗었다. 카이드는 그 손을 피하지 않았고, 이내 그 진흙 묻은 볼에 내 손바닥이 닿았다. 차갑게 식은 내가 달아오를 만큼 볼이 뜨거운 건, 한 번 식은 몸이 체온을 유지하려고 필사적으로 온도를 올리고 있기 때문일까.

손바닥에서 전해지는 체온을 느끼자 눈물이 고였다. 나보다 훨씬 따뜻한 피부의 온기는 죽은 이나 무기물과는 달랐다. 확실한 삶의 온기였다.

"살아 있어……."

"네, 살아 있어요."

"카이드야."

"네, 접니다. 곰잡이 독을 이겨냈다면 늑대 영주 이름은 반납하고 코끼리 영주가 되어야 한다면서 이자도르가 시끄럽게 굴긴 했지만 아무튼 살아 있습니다."

"부고를 들었어."

검은빛이 마을을 뒤덮고 탄식이 하늘을 뒤덮었다.

만지고 대화를 나눠도 눈앞의 현실을 받아들일 수 없었다. 지금도 믿지 못해서 만지고 있는 손을 커다란 손이 잡았다. 볼과 마찬가지로 따뜻한 그 손을 잡으면서 들고 있을 수 없어진 손을 천천히 내렸다. 커다란 손을 쥔 내 손이 다리 위로 내려갈 때까지 시선으로 좇다 카이드는 다시 입을 열었다.

"한 번 죽은 건 진짜고 사망 확인까지 받았습니다만………… 캐롤리나가 말이죠."

"캐롤……?"

카이드는 뭔가를 떠올린 듯이 가슴을 눌렀다.

" '아무리 그래도 이건 너무 이르잖아요! 지금 죽어 봤자 우리 착한 아가씨는 걱정이 앞서 아마 화도 못 낼 거예요! 아가씨가 거리낌 없이 원망하고 화를 낼 수 있도록 제대로 행복해진 다음에 죽으라고요!' 라며 울면서 심장을 내리쳐서 절 되살렸습니다. 게다가 다시 살아난 걸 눈치 못 채고 더 세게 두 방

째를 때려서…… 다음엔 제대로 의사가 소생시켜 줬지요."

"…………캐롤은 그…… 주저하는 법이 없거든."

그 광경은 아마 단어로 표현하자면 '장엄'이 알맞으리라. 하지만 그 한마디로는 부족할 것 같았다.

어떤 표정을 지어야 좋을지 고민하던 나를 보고 카이드가 금빛 눈동자를 크게 떴다.

"……아가씨, 나중에 해독제를 마셔 두세요."

"……왜?"

"심장이 한 번 멈췄으니까요."

"아아…… 어쩐지 어머님을 만났어. 그런데………… 소생에 독이라도 썼어?"

그런 소생법은 들어 본 적 없지만, 세상에는 내가 모르는 것으로 가득하니 그런 방법이 존재한다 한들 과언이 아니리라.

모르는 것을 알고 싶어서 올려다보자 카이드는 곤란한 듯이 얼굴을 돌렸다.

"…………구조를 기다리다가는 늦겠다고 판단해 제가 처치했습니다. 전 아직 독이 완전히 빠지지 않았을 수 있으니 만일을 위해 꼭 드십시오."

"…………고마워."

카이드의 설명을 듣고 이해한 순간, 아무 이유 없이 몸을 살짝 움직였다. 볼이 달아오르는 것 같기에 빨개진 얼굴을 보이면 곤란하니 양손으로 가렸다. 볼은 젖어 있었다. 조금 전까지 물에 빠져 있었으니까 당연하다.

볼은 아무리 지나도 물기가 마를 기미가 없었다. 나는 볼에서 한 손을 떼어 아까부터 욱신거리는 가슴을 쥐었다. 아픈 이유는 여러모로 짐작이 가지만 이 통증은 그것 때문만은 아닌 것 같았다.

"카이드, 가슴이 아파."

"죄송합니다. 힘은 조절했지만 너무 반응이 없으셔서 조금 세게 했습니다. 늑골에 금이 갔을지도 모르지요……. 금이 간 건 제 탓입니다만, 너무 마른 것과 영양 부족으로 뼈가 약해진 것도 원인 중 하나입니다. 제대로 식사를 해 주세요."

"응, 고마워."

"갑자기 많이 드시라곤 못 하겠지만, 조금씩 양을 늘려 주세요. 그리고 고기도 드시고요. 고기가 싫으시면 생선이라도 괜찮습니다."

"응."

"주방장이 젊은 여성은 보기 좋게 꾸미면 먹어주겠거니 하고 당근으로 고양이를 만들려다 괴물을 창조해내더군요. 그러니 되도록 있는 그대로 드셔 주세요. 요리 솜씨는 일류지만 꾸미는 데 영 재주가 없는 사람입니다. 정기적으로 장식 만들기에 도전하다가 이용자를 기절시키는 데에 천부적인 재능을 가졌으니 조심하시고요."

"응."

갑자기 술술 이야기하기 시작한 카이드에게 고개를 끄덕이는 것밖에 할 수 없었다. 놀라거나 당황한 것은 아니었다. 정말로 그것밖에 할 수 없었다.

"아아, 그렇지. 해방제 이름을 바꾸고 싶다는 요청이 들어왔습니다. 앞으로는 부활제로 하고 싶다고 합니다. 다만, 늑대 부활제는 조금 별로라고 생각해 아직 보류 중인데, 혹시 아가씨께서는 희망하는 이름이 있으십니까?"

응, 하고 대답할 생각이었다.

하지만 아마도 카이드가 원하는 대답이 아니었을 테고, 애초에 목소리도 나오지 않았다.

"……울지 마세요."

몸에 있는 수분은 이미 전부 토해 냈을 텐데도, 눈물이 멈추지 않고 계속 흘렀다. 아무리 지나도 그치지 않았고, 마치 호흡보다도 우선한 작용인 것처럼 세상에 터져 나왔다.

내가 만지고만 있던 카이드의 팔이 조금 망설이더니 힘을 실었다. 그대로 상처가 눌리지 않도록 껴안은 몸에서 체온이 스며들자 더는 버틸 수 없었다.

그렇다, 나는 울고 있었다. 언제부터 눈물이 나왔는지는 모르겠지만, 그치고 싶어도 그쳐지지 않았다. 머리카락에서 떨어지는 물방울보다 계속해서 흘러 떨어지는 눈물의 양이 훨씬 많아서 몸이 다시 젖을 것 같았다. 아무리 닦아 내고 참아 봐도 소용이 없었는데, 어느새 제대로 목소리가 나오기는커녕 호흡마저 불안해졌다.

"주, 죽은 줄 알았어."

"죄송합니다. 여러 가지를 다시 알아볼 시간이 없어서, 첫 정보를 정정하지 않고 오래 따르던 측근들로만 움직였습니다. 젊은 애들에게는 미안한 짓을 했습니다만…… 아가씨, 아가씨, 아가씨!"

힘이 들어가지 않는 팔을 들어 카이드의 등에 두른 뒤, 그대로 가까이 붙었다. 얼어붙고 떨리는 손가락이 몇 번이고 젖은 옷을 놓쳤다. 하지만 무슨 일이 있어도 내 힘으로 붙고 싶어서 필사적으로 다시 잡았다. 나를 안아준 팔심만으로는 부족하다. 내 손으로도 잡아야 한다.

손끝에서 차츰 체온이 옮겨 왔다. 그러자 겨우 볼을 댄 가슴에서도 마찬가지로 체온이 이동하기 시작했다. 따듯하다. 살아 있다. 온도가, 촉감으로 전해지는 고동이 카이드의 삶을 온몸 가득히 전해서 괜히 눈물이 흘렀다.

카이드는 젖은 옷을 쥔 채, 몸이 아픈 것도 무시하고 나를 힘껏 껴안았지만 나는 가만히 떼어놓았다.

손이 떨어진 순간, 젖은 옷이 달라붙은 피부가 오싹할 만큼 차갑게 식어 갔다.

떨어진 체온을 좇아 손을 뻗었다. 카이드는 그 손끝에 입을 맞추고 고개를 숙였다. 숲속에서 본 자세와 비슷했다. 우리 사이에 분명히 존재하던 거리감은 이어진 손 사이에서 사라져 있었다.

"……아가씨, 제겐 당신께 이런 소릴 지껄일 자격도 매달릴 권리도 없는 것은…… 알고 있습니다. 하지만, 하지만 아가씨…… 이번이 '다음 생'이면 안 될까요. 지금을 다음 생으로 해 주실 순 없나요. 다시 시작하는 것을 허락해 주실 순 없나요. 당신께서 주신 그 약속에 지금 매달리면 안 될까요…….”

카이드의 지금 자세는 기사나 신하의 자세가 아니었다.

흠뻑 젖어 엉망이 된 몸으로 두 무릎을 꿇고, 떨리는 커다란 양손으로 아무런 힘도 없는 내 손을…… 거의 손끝만을 잡았다. 나는 몸의 극히 일부분인 손끝을 가까스로 잡고 이마를 댄채 고개를 숙인 덩치 큰 사람을 말없이 내려다봤다.

이렇게 덩치 큰 사람이 낸다고는 생각할 수 없는 작고 떨리는 목소리가 신기하게도 강물 소리에 섞이지 않고 분명하게 들렸다.

“……사랑합니다. 당신을 사랑해요.”

지금 저 눈동자는 어떤 빛을 간직하고 있을까.

“당신을 좋아합니다.”

정말 보고 싶었다.

카이드가 두 손으로 쥔 손을 살며시 빼……지 못했다. 손에 힘이 안 들어가서 그런가 싶어 몇 번이고 반복했지만, 마치 용접된 듯이 꼼짝도 하지 않았다. 그다지 힘을 실은 것 같지는 않았는데 내 생각보다 큰 힘이 실린 듯했다. 이러니 늑골도 금이 가는 건가 싶어서 살짝 어이가 없었다.

나는 손을 빼는 것은 포기하고 숨을 토했다.

“……이러면 곤란해.”

커다란 등이 움찔 떨렸다. 내가 잡지 않은 쪽 손으로 어느새 식은 볼을 만지자 다시 움찔하고 떨렸다.

"내가 먼저 말하려고 했는걸."

시간으로 치면 5초쯤 지났을까.

몸이 완전히 움직임을 멈췄다가 겨우 움직이기 시작했다. 계속 같은 자세를 했던 등을 뻗으려는 듯이 천천히 머리를 드는 모습을 보고 미소 지었다.

흐트러진 건지 일부러 그런 건지 카이드의 옷깃 부분이 흐트러져 있었다. 가슴께에 흔들리는 푸른 꽃을 보고 스스로도 놀랄 만큼 자연스럽게 입가가 풀어졌다.

"이제야 네 얼굴을 봤네. 후후…… 지금 헬트 같은 얼굴이야, 카이드."

"아가씨……?"

얼굴형은 날카로워지고 어린아이 같은 동글동글한 부분도 사라진 데다 아주 여위었다. 그런데도 여기에 헬트가 있는 것만 같았다. 이 멍청한 얼굴이 이렇게나 귀엽게 보이는 걸 보면 나도 분명 더 이상 가만있지 못할 것이다.

자연스럽게 풀어지는 입가를 어찌하지 못하고 카이드의 품 안에서 흔들리는 꽃을 만졌다.

"난 재스민에게 심한 소릴 했는데…… 전해 줬구나."

"……아가씨가 버리라고 하셨으면 줍지 않았을 거라 하더군요. 하지만 이걸 '두고 간다'고 하셨죠. 여기에 놓고 간다고. 그래서 주워서 전해 줬다고 했습니다. ……꽃말을 생각해 보면 마음이 복잡하지만… 이건 당신과 재스민의 인연이니 돌려드리겠습니다."

마지못해 목걸이를 풀었는데 줄이 이전 것과는 달랐다. 원래 줄은 내가 끊어 버렸으니 당연하겠지. 사실 받은 지 얼마 안 됐기에 둘 다 새 줄이었지만, 지금 것이 조금 더 굵었다. 굵다고는 해도 성인 남성에게는 상당히 가늘고 섬세했다.

카이드가 내게 좌르륵 흘러내리는 목걸이를 능숙하게 걸어 준 순간 놀랐다.

"카이드, 꽃말 같은 걸 알아?"

내가 놀란 것은 섬세한 장신구를 능숙하게 다루는 모습 때문이 아니었다. 카이드가 아무렇지 않게 한 말 때문이었다. 카이드가 꽃말 이야기를 하는 건 한 번도 들은 적이 없었다. 물론 헬트가 첩자로 저택에 잠입했지만, 그렇다고 상대방의 흥미를 끌 만한 화제에 일부러 입 다물고 있어야 할 이유는 없으리라. 그래서 헬트의 정체를 알기 전에도, 안 뒤에도 꽃말 같은 건 모를 거라 생각했다. 그래서 거리낌 없이 꽃을 준 거였다.

"……옛날에 아가씨가 정원에 핀 꽃을 자주 선물해 주셔서…… 공부했습니다. 그전에는 꽃에 관해서 독의 유무와 나중에 열매를 맺는지 여부에만 흥미가 있었습니다."

"따, 딱히 모든 꽃에 의미를 담아서 준 건 아니야."

"그건 압니다만, 남자란 첫사랑 상대에게 받은 꽃에서도 의미를 찾아내려 하는 생물이거든요."

그건 여자도 마찬가지라고 생각했지만, 그 생각은 금세 머리 한구석으로 사라졌다.

카이드가 멍하니 있는 나를 의아하다는 듯이 올려다봤다.

"아가씨?"

"············첫사랑?"

"그런데요?"

"······몰랐어."

"그러셨군요. 저도 아가씨가 구애를 생각하고 계실 줄은 생각도 못 했습니다. ············괜찮으세요? 지금을 정말로 다음 생으로 삼으셔도."

신중하게 하는 말 한 마디 한 마디가 괴로웠다. 너무 사랑스러운 나머지 아픔이 느껴질 정도였다.

"다음 생이 아니라도 괜찮아. 이제 됐어. 미안해, 이제 괜찮아, 카이드."

금빛 눈동자를 크게 뜬 카이드의 얼굴에 양손을 댔다.

"널 좋아해."

네가 그리워.

네가 사랑스러워.

"너와 함께 살고 싶어."

집을 잃어도, 가족을 잃어도, 나 자신을 잃어도.

그래도 이 사랑만은 잃지 못했다.

"더 여러 가지를 알고 싶어. 다른 마을이나 떨어진 지방에 관

해서도, 그 맛있는 차가 나는 마을에 관해서도. 라이우스를 더 알고 싶어. 이번에야말로 여러 가지를 보고 배우면서 살고 싶어. 친구도 생겼으면 좋겠다. 캐롤이 다시 친구가 되어 줄까?"

"캐롤리나는 줄곧 아가씨의 친구였어요."

"그랬으면 참 좋겠다. 있지, 카이드."

"네, 아가씨."

"나 해 보고 싶은 게 정말 많아. 친구랑 물건도 사고 싶고, 축제도 가고 싶어. 그러면 걸으면서 먹는 것도 잘하게 될까? 달리기도 하고 싶고 나무에도 올라 보고 싶었지만 천박하다고 혼났었지. 있잖아, 나 옛날에 못 했던 것, 지금까지 안 했던 것들을 모두 해 보고 싶어. ……할 수 있을까?"

"……할 수 있어요. 당신께서 바라신다면, 바라 주신다면 모두 이루어질 겁니다."

"많은 것들을 알고 싶어. 모두에 관해서…… 너에 관해서도. 있잖아 카이드, 너에 관해서 내게 많이 알려 줄래?"

"네, 아가씨…… 그럴게요."

카이드의 뺨으로 한 줄기 눈물이 흘러 떨어졌다. 크게 뜬 금빛 눈동자의 눈꼬리에서 흘러내리는 물방울은 뺨을 타고 턱을 지나 떨어졌다. 내 눈물도 같은 길을 타고 떨어졌다. 같은 길을 지나 흘러 떨어진 두 사람의 눈물이 땅에서 튀어 올랐다.

무언가 말을 하려던 입술이 열리다 떨리며 닫혔다.

성인 남자가 우는 모습을 처음 봤다. 이렇게 본인도 알아차리지 못하는 사이에 넘친 눈물을 본 것도 처음이었다.

"울지 마, 카이드."

"……아가씨도 울고 계세요."

"그래, 똑같구나."

이마를 맞대고 키득키득 웃었다. 성인 남자가 귀엽다고 생각한 것은 처음이었다. 우는 모습이 너무나도 귀여워서, 울지 말라고 말은 했지만 울어도 괜찮다면서 포옹하고 싶어졌다.

"……아가씨, 전 곧 서른인데 괜찮으시겠어요?"

"연상이라니 멋지네."

"……연하는 안 멋졌었나요."

"……너, 제법 성가신 성격이구나."

왠지 토라진 어린아이 같은 얼굴을 한 카이드를 보고 무심코 웃음이 나왔다. 이제 서른이 되는 남자가 귀여워서 참을 수 없다니 사랑이란 성가시다. 하지만 동시에 멋지다고 생각했다.

내가 웃자 카이드는 점점 더 위축된 얼굴을 했는데, 그게 너무 귀여워서 예전이었다면 부끄러워 도저히 할 수 없었던 짓을 하고 싶어졌다.

내가 내려다보는 위치에 있는 것을 기회 삼아 입술을 가까이 대자, 카이드가 황급히 밀어냈다.

"아, 안 됩니다, 아가씨. 저는 독이."

"아까 인공호흡도 해 놓고 새삼스럽긴."

"……그건 그렇지만………… 새빨간 얼굴로 그런 말씀을 하신들 설득력이 없습니다."

"네가 막아서 그렇잖아…… 너도 새빨갛거든. 서른이라며?"

"아직이에요…… 그러지 마세요. 첫사랑을 질질 끌어온 남자를 놀리시는 거 아닙니다."

"나도 첫사랑을 질질 끌어온 여자니까, 똑같네."

카이드는 한 손으로 내 입을 막고 한 손으로 자신의 얼굴을 가린 다음 고개를 숙였다. 손 틈으로 신음 소리 같기도 하고 탄성 같기도 한, 애초에 사람의 목소리인지조차 알 수 없는 것이 새어나왔다.

"……그래, 이런 분이셨지."

카이드는 폐 속이 텅 빌 만큼 깊고 큰 숨을 토하고 얼굴을 들었다.

"자각이 없으신 것 같아 말씀드리겠는데 온실 속 화초라 순진하고 천진난만한 데다 앳됨을 바탕으로 한 귀족다운 대범함에 솔직함과 상냥함, 대충대충인 본래 성격을 아낌없이 발휘하셔서 사용인에게도 분별없이 흩뿌리고 다니니까 사용인들이 첫사랑에서 벗어나지 못했던 겁니다. 제가 말할 처지는 아니지만 그렇게 끝났던 만큼 아가씨와 친했던 사용인은 다들 아가씨를 못 잊었다고요. 그게 그들 잘못만은 아니란 건 알아 두세요."

………카이드가 무슨 말을 하고 싶은지는 잘 모르겠지만 우선 온실 속 화초라고 말한 것만은 알아들었어. 지금은 아니라고 반박하려 했던 말을 삼켰다. 온갖 것을 차단해온 자각이 있기 때문에 지금도 할 수 없는 말이었다.

일단 카이드가 하는 말이 끝날 때까지 기다리자. 얌전히 뒷

말을 기다리는데 카이드의 양손이 내 뺨을 감쌌다. 아까 내가 했던 행동을 카이드가 하고 있었다.

"계속 느꼈지만, 여기에 당당함까지 더해지면 말도 안 되는 마성으로 탈바꿈할 겁니다. 지금 당신을 보면 가족분들이 당신을 감싸고 돈 게 정답이었다는 생각마저 든다고요.

"무슨 뜻이야……? 라이우스의 마성이라고 불려야 했단 소리야? 무성화가 아니라?"

"그렇게 멀리까지 퍼트릴 생각 마세요! 저한테만 뿌리시라고요."

" ……카이드한테만…. 마성의 늑대가 되란 소리야? 괴물이 되라고?"

나를 꽃에 비유한 건 내가 우습다는 뜻이었을까. 카이드는 사후에 붙은 그 별명을 바꾸라고 할 만큼이나 싫어했나. 물론 그렇게 생각하지 않았으리라는 걸 알 정도로 카이드의 마음은 파악했다고 생각한다. 하지만 무슨 말을 하고 싶은지는 전혀 알 수 없었다.

생각한 바를 전하자 카이드가 다시 신음했다.

"아가씨가 서민으로 살아도 아가씨란 건 대충 알았습니다."

"…………무슨 뜻이야?"

금빛 눈동자가 다가왔다.

"전 평생 첫사랑을 잊지 못할 거란 뜻이에요."

아주 잠깐 마주쳤을 뿐인데도 다행이라고 느끼기에 사랑이란 성가신 것이다. 하지만 그 성가심마저 사랑스러웠다. 그 이상으로 카이드가 사랑스럽다.

아픈 가슴 안쪽에서 솟아나는 그리움과 사랑스러움, 공허함과 안타까움, 슬픔과 기쁨이 뒤섞인 눈물이 서로의 눈에서 흘러 떨어졌지만 둘 다 모르는 척했다.

"거기 누구 없습니까?!"

탁류에 지지 않으려는 걸까, 아니면 저 사람의, 저 사람들의 감정이 그대로 목소리가 되어 나온 걸까.

웅웅 울리는 큰 목소리와 함께 갑자기 나타난 다른 이의 기척에 무심코 카이드를 밀어냈다. 자신을 노골적으로 피한 내게 카이드가 뭐라 말할 수 없는 표정을 지었다. 그 얼굴을 보고 깜짝 놀랐다.

상처받았나? 혹시 내가 지금까지 일은 전부 없던 것으로 하고 싶어 한다고, 카이드를 싫어한다고 생각하는 걸까. 아니다, 그럴 리가 없다. 그저 잠시 놀랐을 뿐이지 싫다는 생각은 안 했다.

그리고 내가 생각 없이 무심코 행동해 카이드에게 상처를 준 벌은 분명히 받았다. 그건 그렇고 갑자기 움직이느라 가슴이 아팠다. 마음도 아팠지만 가슴이 훨씬 아팠다. 호흡을 할 때마다 아픈 게 역시 뼈에 금이 갔나 보다.

카이드가 웅크리고 신음하는 나를 황급히 부축했다. 상처를 줬는데도 당연하다는 듯이 부축해주다니 이 얼마나 따뜻한가. 하지만 그 따뜻함에 기대서는 안 된다.

나는 신음하며 카이드의 옷자락을 잡았다.

"저, 정말 좋아해."

"………왜 이런 상황에서 그런 말씀을 하세요?"

"아까 밀쳤으니까……."

"…………그렇다고 미움을 샀다며 절망할 만큼 자존감이 낮지는 않습니다. 굳이 꼽자면 지금 게 더 충격이 컸어요."

"어?"

카이드가 한 손으로 내 몸을 부축하고, 다른 손으로 자신의 얼굴을 가리고 나서 신음했다.

"누구 안 계십니까?!"

다시 울려 퍼진 목소리에는 울먹임이 섞여 있었다. 카이드는 깊고도 깊은 숨을 토하고 얼굴을 번쩍 들었다. 나는 카이드에게 안겨 있어서 그 가슴이 크게 부푸는 것을 느낄 수 있었다. 큰 소리를 낼 준비를 마친 것이겠지. 스읍, 하고 무언가 스치는 듯한 소리를 내며 카이드의 몸 안으로 공기가 빨려 들어갔다.

"둘 있다! 하지만 팀이 떠내려갔어! 계속 수색해!"

"영주님?! 영주님! ……아아, 살아계셨군요!"

젊은 청년의 음색이 경악, 의심, 환희로 다양하게 바뀌었다. 그리고 다른 쪽을 향해 외친 목소리에는 마치 눈앞에 흐르는 탁류처럼 물기가 어려 있었다.

"영주님은 무사하시다!"

이 환성은 청년과 마찬가지로 눈물에 젖어 있었고, 청년의 목소리와 비교할 수 없을 정도로 커졌다.

우오오, 하고 단순히 탁류를 뚫을 정도를 넘어 압도할 정도로 큰 소리가 났다. 하늘에서 쏟아지는 눈물 젖은 환성에 지지 않고 카이드도 소리를 질렀다.

"알았으니 팀을 찾아! 다리히와의 경계까지가 승부처다! 가!"

그렇다. 윌프레드를 수색할 수 있는 건 라이우스 영내까지다. 그 너머는 다리히, 조블린의 관리 아래로 들어가기 때문에 아무리 분해도 거기부터는 발을 들여놓을 수조차 없다.

카이드의 권한이 라이우스에서 다른 영주보다 세듯이, 다리히에서의 권한은 조블린이 위다. 그래야 하는 게 맞다. 가령 영주라 해도 다른 영지에서 멋대로 행동할 수 있는 권한을 가지면 일이 벌어질 수밖에 없다. 즉, 그 영지가 점령을 당하는 것이다.

카이드, 라이우스는 영지 안쪽에서만 수색할 수 있다. 그 너머는 관할 밖이라 수색은커녕 지나가는 것조차 힘들겠지. 그러니 시간과 범위가 한정된 상태에서 수색할 수밖에 없다.

찾으면 된다. 적어도 무사하다는 것만이라도 확인하면 된다.

윌프레드에게 살아남는 것이 구원이 될지는 잘 모르겠지만 나는 그렇게 생각한다. 그것이 윌프레드에게는 잔혹한 일일지도 모르지만…… 그렇게 생각한다.

카이드의 지시에 청년의 목소리가 돌아왔다. 그 목소리에는 물기가 어렸고 한층 긴장한 듯했다.

"넷! 그리고 아래로 던지면 될까요?!"

"그래!"

"알겠습니다!"

뭘 아래로 던진다는 건지 의아하게 생각할 새도 없이 앞에 돌을 단 줄이 내려왔다. 카이드는 끝이 어딘가에 묶여 있을 줄을 한 번에 잡고 몇 번씩 잡아당겨서 강도를 확인했다.

"밧줄……?"

"여기는 안으로 파인 절벽이라 물이 얼마 없으면 몰라도 이렇게 많이 차면 위에서 내려올 수 없습니다. 그래서 이걸로 몸을 묶고 끌어올려 달라고 할 겁니다."

"으…….."

"아가씨의 부담을 최대한 덜 수 있게 하죠. ……그 전에 이제 와서 죄송하지만 이쪽으로 오세요."

숨 쉬는 것만으로 욱신거리는 가슴을 안은 채 줄에 매여 끌려 올라가는 자신을 상상했다. 상상만으로도 아주 괴로웠다. 고통이 얼굴에 드러났는지 카이드가 미안한 표정을 지었다.

누군가가 끌려 올려 주는 것이니 불만을 표할 입장이 아니기도 하고 최대한 덜 힘들게 해 준다고 해서 안심했다. 카이드가 어깨 힘을 뺀 내 앞에 구겨진 겉옷을 내밀었다. 나는 무심코 고개를 갸웃거렸다.

당연히 젖었지만 둘이 지금 입은 옷보다 말라 있는 건 물을 짜 냈기 때문이리라. 그래서 주름이 생겼구나 싶었다. 그런데 겉옷이 필요할 정도로 춥지는 않다. 내 감각이 마비돼서인지도 모르겠지만 말이다. 그리고 어차피 젖은 몸에 젖은 옷을 걸쳐 봤자 별반 다를 게 없다고 생각했다. 그래도 껴입으면 몸과 밧줄 사이의 완충재가 되어서 안 아프지 않을까. 그래서 준거라면 납득이 간다.

나는 내 나름대로 이유를 생각하고 결코 가볍다고 할 수는 없는 겉옷을 받아들었다. 최대한 물을 짰을 텐데도 묵직했다. 아버지의 겉옷도, 할아버지의 겉옷도 꽤나 무거웠던 기억이 있다. 귀족 남자의 겉옷이란 무거운 것이리라. 윌프레드는 어떤지 모르겠지만.

개인적으로는 저잣거리에 사는 사람이 보통 걸치는 가벼운 겉옷을 더 좋아한다. 하지만 감촉은 이쪽이 더 마음에 드는 것을 보면 내 취향이 제멋대로임을 알 수 있었다.

내가 받아든 상의를 펼쳐 걸치는데, 카이드가 그 모습을 복잡한 듯한 시선으로 보고 있었다.

"카이드?"

"아…… 아무것도 아닙니다……. 이제 목은 안 아프십니까?"

"목?"

그러고 보니 윌프레드는 뭘 하고 싶었던 걸까. 나는 윌프레드가 찢은 옷에서 드러난 가슴께와 목을 확인하려고 시선을 내렸다. 아슬아슬하게 가슴께는 보였지만 목까지는 당연히 무리였다.

나는 설명을 바라며 카이드를 보았다. 하지만 카이드는 아무 말도…… 그렇다. 아무 말도 할 수 없는 얼굴을 했다. 어떻게 설명해야 할지 몰라서 짓는 '아무 말도 할 수 없는' 얼굴이 아니다. 혼란보다는 분노나 슬픔과 같은 감정이 서려 있는 것 같았다. 그러나 그건 나를 지나 반대편을 향한 듯해서 더더욱 혼란스러웠다. 오히려 내가 영문을 알 수 없어서 짓는 '아무 말도 할 수 없는' 얼굴을 했을 것이다.

내가 의아한 얼굴을 하고 왜 그러나 싶어 고개를 갸웃거리자, 카이드는 뭔가를 우물거리더니 가만히 입을 열었다.

"물린 자국이……."

"……물린 자국. 앗! 그래, 물린 자국……!"

고개를 갸웃거리다가 자국이 남은 원인이 떠올랐다. 그러고 보니 마차에서 윌프레드가 깨물었었지. 그렇게나 아팠으니 자국이 남을만했다. 그 뒤에 엄청난 일이 일어나서 까맣게 잊고 있었다. 그걸 생각해 내자 다시 아픈 것 같았지만 그보다 중요한 생각이 나서 아파하고 있을 틈이 없었다.

나는 기세 좋게 카이드에게 다가갔다. 카이드가 살짝 몸을 뒤로 젖혔다. 조심성이 없었다고 반성하고 기세를 죽여 원래대로 돌아갔지만 그래도 몸이 살짝 기울고 말았다.

이런 적은 처음이었다. 감정이 제대로 역할을 하기 시작해서 난생처음 흥분했다.

"들어 줘, 카이드!"

"네?"

"나 있지, 처음으로 멱살을 잡고 싸웠어!"

"…………네?"

"옛날에도 지금도 해본 적 없었는데, 나도 제대로 싸울 수 있었어. 처음에는 나보다 월이 더 강해서 물렸지만 그래도 할퀴고 걷어찼거든."

주변에 형제나 또래 어린아이가 없었던 저번 생.

고아이고 주변에 또래 아이는 있어도 결코 가까워지지 않았던 이번 생.

장난치는 건 물론이고 싸움 역시 한 적이 없었다. 그러던 내가 처음으로 겪은 게 멱살을 잡고 맞붙는 큰 싸움이었다니. 첫 경험치고는 최고의 성과라고 생각한다. 누군가에게 맞는 것 자체가 처음이었으니 조금은 자랑해도 되지 않을까.

"월이 바로 얼굴을 물기에 꼭 갚아 주려고 했지. 나도 노력하면 멱살 정돈 잡을 수 있거든. 옛날에는 책에서 나온 전사를 동경해서 빗자루를 휘두르기도 했어. 천박하다고 혼나고 바로 빼앗기긴 했지만 난 진심이었어."

나는 두 주먹을 쥐고 어떠냐며 웃었다.

그런데 놀랄 줄 알았던 카이드가 한 손으로 얼굴을 가린 채 꼼짝도 안 했다. 손 틈으로 보이는 미간 주름이 산맥처럼 두껍게 굴곡졌다.

"그 자식……."

불쾌하다는 듯이 튀어 나온 말에 쥐었던 주먹을 맥없이 풀었다. 양손을 모아 쥐고 어깨를 늘어뜨렸다.

"……역시 천박해 보여?"

"아뇨, 아가씨는 훌륭하십니다. 다만 그 남자가……."

"월이?"

"언제 어떤 상황이든 틈만 있으면 괴롭히려 드는 뒤틀리다 못해 배배 꼬인 근성만은 칭찬할 만하니, 꼭 상을 줘야겠습니다. 다음에 만나면 못 알아볼 정도로 두들겨 패주겠어요. 아가씨를 때린 횟수를 알려 주십시오. 그 백 배는 때려줄 테니."

"…………600번은 좀."

"…………여섯 번이나 때렸나요? 알겠습니다. 그냥 발로 걷어차겠습니다."

"그것도 좀…… 아닌 거 같은데."

600번이나 걷어차인 윌프레드를 상상하려고 했지만 어려웠다. 숨을 헐떡이는 모습만이 떠올랐기 때문이다. 상상력이 부족한 스스로에게 실망했지만 지금 당장은 어쩔 수 없는 일이기에 마음을 고쳐먹었다. 우선은 내가 할 수 있는 일이 뭐가 있는지 생각하고 싶었다.

"맞은 건 내가 갚을게. 그러니 괜찮으면 때리는 법을 가르쳐 주지 않을래?"

"알겠습니다. 우선 못 알아볼 정도로 두들겨 맞은 윌프레드를 준비하겠습니다."

"…………뭔가 이야기가 어긋난 것 같은데."

카이드는 입을 꾹 다물고 묵묵히 줄로 몸을 묶기 시작했다. 허리와 다리에 줄을 통과시켜서 묶고 남은 부분으로 나를 묶고자 "실례하겠습니다." 하고 말하자마자 구부린 다리 뒤로 카이드의 손이 닿았다. 순식간에 카이드에게 안긴 자세가 되었다. 살짝 움직였다고는 하나 자세가 바뀌어서 욱신거리는 가슴 때문에 신음하고 말았다. 신음 소리는 간신히 참았지만 그 순간 삼킨 숨소리만은 어쩔 수 없었다. 딱 붙어 있었기에 카이드는 바로 알아챘을 것이다. 카이드가 나를 걱정스러운 듯이 내려다봤다.

"아가씨, 가슴은 얼마나 아프시죠? 양팔을 드실 수 있나요?"

"잠깐 기다려…… 아프지만 괜찮아. 어떻게 하면 돼?"

"제 목에 팔을 둘러서 몸을 고정해주세요. 그러는 게 아픔이 덜할 겁니다."

"알았어………… 시, 실례할게."

"……아가씨. 부탁이니 적어도 지금만은 힘이 빠지는 데다 괜한 힘이 들어가는 언동은 피해 주세요."

"힘이 빠져? 들어가? 어느 쪽이야?"

"둘 다예요. 갑니다. 조금 충격이 와도 절대 놓지 마세요."

카이드는 나를 안은 채 비교적 물의 흐름이 잔잔한 벽 쪽을 골라 물속으로 들어갔다.

몇 번 줄을 당긴 카이드가 숨을 들이쉰 것이 밀착한 가슴으로 전해져서 괜히 부끄러웠다.

"당겨!"

"네! 자, 당겨!"

거기까지는 기억한다. 정확히 말하자면, 그때까지는 정상적으로 의식을 유지하고 있었다.

말과 병사가 강제로 끌어올리기 위한 도구에 건 줄을 잡아당겼다. 올라가면서 내 마음속에 반짝하고 떠오른 단 하나의 생각.

이건 절대 '조금 충격'이 아니야, 였다.

끌려 올라온 우리 주위로 수많은 사람이 달려왔다. 기쁨이 넘치는 눈빛이, 목소리가, 팔이 내게 향해서 눈을 깜빡였다.

다행이다, 살아계셔서 다행이다, 용케 무사했다.

아무것도 못 했을뿐더러 소중한 영주에게 재난을 가져온 내게 그렇게 말해 주는 착한 사람들. 그런 사람들에게조차 이런 말을 듣지 못한 사람이 있었다. 착한 사람들이 다정하게 말을 걸 이유가 하나도 없는 우리라는 존재가 있었다.

한순간 스쳐 간 생각을 지워 내려 애썼다.

아니다. 여기는 그런 생각을 하는 곳이 아니다. 기뻐해 주는 마음을 순수하게 받아들이자. 그 마음을 기쁘게 받아들일 수 있었으면 좋겠다. 느낀 감정을 순수하게 받아들이고 싶다. 기쁘다고, 고맙다고 생각하고 그렇게 전하는 나 자신이 되고 싶었다. 일부러 어두운 길을 고르는 것은 이제 그만두자고 결심했으니까.

"카이드! 아가…………."

"아가?"

이자도르가 양쪽으로 갈라진 인파 사이에서 뛰어나오더니 입을 꾹 다물었다. 병사 중 한 사람이 이상하다는 듯이 따라했다. 시선이 모은 이자도르는 몇 번인가 벌렸다 다문 입을 결심했다는 듯이 벌렸다.

"아, 아기 족제비……."

"아기 족제비?!"

참을 수 없었는지 기미 일행 쪽에서 말이 나왔다. 카이드에게 안긴 채 수많은 시선을 받는 것은 아까와 똑같았다. 하지만 이번에는 기쁨의 시선이 아닌 진지한 시선으로 물끄러미 바라봐서 살짝 불편했다.

"⋯⋯닮았나?"

"닮았냐고?"

"이자도르 님이 그렇게 말씀하셨으니 분명 닮았겠지."

"그래, 닮았어. 족제비는 본 적 없지만."

"나도다."

제각기 상상한 족제비의 모습과 나를 비교하고 있었다. 나도 옛날에 책에서만 봤으니 남 말 할 처지는 아니었다.

이자도르가 헛기침을 한 번 하더니 나를 안은 카이드의 어깨에 손을 얹고 이마를 댔다.

"넌 왜 이렇게 항상 무리를 해."

"무리하다 보면 도리어 길이 열릴지도 모르니까."

"그럴 리가 있냐, 멍청아! ⋯⋯아가씨도 무사하셔서 다행입니다."

그 작은 목소리에 미소로 대답했다.

그러나 바로 미소를 거둬야 했다. 이자도르를 들여보내기 위해 갈라졌다가 어느새 원래대로 돌아와 있던 인파가 다시 갈라졌다. 아까보다 몇 배나 크게 열린 길을 보면 누군가 온다는 사실을 알 수밖에 없었다.

나보다 훨씬 빨리 그 사실을 눈치챘을 카이드가 나를 고쳐 안았다. 나는 카이드의 귓가에 속삭였다.

"내려줘."

"그러려면 우선 밧줄을 잘라야 하는 데다 혹여 그럴 필요가 없더라도 싫습니다."

소곤소곤 이야기하면서 매듭에 손가락을 갖다 댔다. 하지만 젖은 밧줄에 두 사람의 체중이 실려 매듭은 아주 튼튼했다. 매듭에 손톱 끝을 비틀어 넣으려 해 봤지만 꿈쩍도 안 했다. 무리하게 풀려고 하면 손톱이 뜯겨 나갈지도 모른다. 푸는 것도 자르는 것도 누군가에게 부탁해야만 하겠지. 하지만 다른 이에게 부탁해 줄 것 같지도 않았고 그럴 시간도 없었다. 카이드의 품에서 내려오는 것은 포기해야 할 듯했다.

그러는 사이에 예상한 대로, 그리고 예상이 들어맞아도 전혀 기쁘지 않은 상대가 모습을 드러냈다.

몸 여기저기에서 출렁이는 살이 무거워 보이지만 빼려는 노력은 전혀 안 한 살덩어리다.

"이거야 원…… 무리하셨습니다. 그나저나 무사히 살아 돌아오시는 강운에는 감탄을 금할 수가 없군요. 과연 라이우스의 영주님이란 말씀을 드려야겠습니다."

"다리히 영주님께 그런 말을 듣다니, 영광입니다. 헌데 괜찮으십니까? 지인께서 결혼하신다고 하지 않으셨습니까. 저택을 나설 때 문지기에게 그리 말씀하셨다던데……. 참으로 경사스러운 일이군요. 저도 진심으로 축하드립니다."

"후후훗…… 라이우스 영주께서 축사를 주셨으니 제가 말하는 것보다 훨씬 기뻐할 겁니다. 그럼 그걸 전하기 위해서라도 이만 실례하도록 하지요. 라이우스의 늑대는 건재하다는 소문을 다리히에도 내야 하니 말입니다. 다들 기뻐할 겁니다. 이자도르 님도 건승을 빕니다."

"조블린 님도."

영주 둘과 한 명의 영주 대리가 가볍게 머리를 마주 숙이자, 깊게 머리를 숙인 사용인과 신하의 예를 취한 병사들이 그 주위를 둘러쌌다.

라이우스와 기미 병사 모두 다리히 일행에게 손을 대려고는 하지 않았다.

아무리 이곳이 라이우스라 해도 확실한 증거도 없이 타 영지의 영주를 벌할 수는 없다. 죄를 처단하고 싶다면 확실한 증거를 어전으로 들고 가 왕의 지시를 따라야 한다. 어디까지나 영주는 영지의 주인일 뿐, 나라의 주인은 왕이니까. 왕의 허가 없이 다른 영주를 재판할 수도 없었다. 그런 짓을 하면 왕에게 역심을 품은 것으로 간주하리라. 왕을 거치지 않고 왕의 권한을 침해하는 것이나 마찬가지니 용납될 리가 없었다.

이 짧은 시간에 확실한 증거를 갖추고 왕의 지시까지 받으러 다녀오진 못했을 것이다.

그러니 이 자리에선 조블린을 돌려보내는 수밖에 없다. 돌아가고 싶어 하는 다른 영지의 영주를 붙잡아둘 이유가 없기 때문이다. 설령 이 남자가 한 짓을 이 자리에 있는 모두가 안다 해도.

살에 짓눌린 눈이 나를 보고 있었다. 그 눈빛으로 어떤 이용 가치를 찾아낸 걸까. 아니면 어떤 이용 가치를 매겨 자신의 이익으로 삼을 생각인 걸까.

카이드에게 안겨 땅에 발도 디디지 못한 나였기에 꼴이 말이 아니라는 것은 잘 알지만 그렇다고 고개를 숙이지는 않았다. 무서워할 이유도, 겁낼 이유도 없었다.

"결혼식에 참석할 수 없어서 아쉽네요."

일개 메이드가 다른 영주에게 아무런 이유나 허락도 없이 직접 말을 거는데도, 무례하다고 야단치는 사람은 아무도 없었다. 조블린 자신도 마찬가지였다.

"후훗…… 뭘, 검은 머리를 준비하기만 하면 그만이지."

태연한 말투로 그런 말을 내뱉은 조블린은 어떻게 봐도 범상치 않은 살을 흔들며 눈을 가늘게 뜨고 카이드를 봤다.

"그대가 고를 다음 세대의 '라이우스의 보화'를 온 나라가 주목할 겁니다. 어디서 굴러먹던 말 뼈다귀인지도 모를 녀석에게 뺏기지 않도록 소중히 지키시길 바랍니다."

"충고 감사합니다. 영지 경계까지 호위를 붙이도록 하죠. 부디 불의의 사고를 당하지 않도록 주의에 만전을 기울이시길 바랍니다. 아무튼 이곳은 토지도 역사도 비슷한 곳을 찾아볼 수 없을 만큼 혹독한 세월을 견뎌낸 동란의 토지, 라이우스이오니."

눈에는 탁류만이 비쳤고, 그 소용돌이치는 거센 소리가 그대로 귀에 들려 왔다. 그런 가운데 인간의 몸속에서는 내뱉는 말의 이면만이 소용돌이치며 날뛰어 댔다.

이것은 촌극이다.

모두가 알고 어서 끝내려 하지만 누구도 내려갈 생각이 없는 촌극을 상연하는 무대이다. 누군가가 무언가를 부숴야 끝이 난다. 그리고 그 무대를 부순 파괴자를 역사는 승자라 부른다.

그것이 머나먼 과거, 사람이 사람이기 시작하던 시대부터 존재한 세상의 약속이니까.

제7장 당신과 나의 약속의 땅

"으……."

입안에 아직까지도 충격이 남아서 신음 소리와 함께 위화감을 토해 냈다. 한 번 더 차를 마시고 과자까지 먹었는데도 계속 위화감이 들어 괴로웠다.

따뜻한 물을 마시고 나서 상처를 치료받고 열이 나기에 해열제도 처방받았다. 거기까지는 좋았다. 거기까지는 아무런 문제도 없었지만 맨 마지막으로 받은 해독제가 큰 문제를 일으켰다.

처음에 느낀 것은 달콤함이었다. 의외로 마시기 편하다고 혀가 착각한 건 분명 방어 기제가 작용한 것이리라.

쓰다, 맵다, 달다, 시다와 같은 개념은커녕 뜨겁다, 차갑다라고도 설명할 수 없는 충격적인 감각이 느껴져 비유적인 표현이 아니라 정말로 정신이 멍해졌다.

카이드가 항상 들고 다니던 과자는 배고픈 아이들이나 누군가에게 나눠 주기 위해서가 아니라 해독제를 먹은 뒤의 입가심용이었던 게 아닐까, 하고 생각했을 만큼 먹는 것이라고는 상상할 수 없는 충격이었다. 맛이라고 해서는 안 된다. 이것은 충격이다.

삶을 붙잡는 것은 그만큼 힘든 법이라고 의사 선생님이 말씀하셨다. 그리고 예전부터 맛을 개선해 보려고 시도했지만, 어째선지 매년 결과가 더 안 좋아진다는 말도 덧붙였다.

그렇게 내 시선을 피하며 말한 시점에서 알아차려야 했다. 그건 과장이나 농담이 아니라는 것과 도망칠 길은 없다는 사실을.

이 저택에 다수의 해독제가 완비된 것은 의사가 고집해서가 아니라 이 저택에 있던 도련님이 원인이었음을.

귀족의 저택치고 꽤 작게 난 창문은 추위가 혹독한 기후 때문일까, 아니면 주인의 취향이 반영된 걸까. 여기보다 훨씬 따뜻한 지역에 신설된 영주 저택도 창문은 작게 냈으니 카이드의 취향인가 싶었지만, 단순히 방범을 중시한 건가, 하는 생각도 들었다.

살짝 열린 창문에서 들려오는 소리에 이끌려 앉아 있던 침대에서 내려왔다. 하지만 움직이자마자 가슴이 욱신거려서 나도 모르게 손으로 눌렀다. 움직임을 멈추고 호흡을 가다듬어 고통을 가라앉혔다. 숨 쉬면서 가슴을 오르락내리락하는 것만으로도 묵직한 통증이 퍼졌지만, 의식해서 움직임을 최소한으로 줄이면 신음 소리를 낼 정도는 아니었다.

호흡을 가다듬고 실내화에 발을 넣었다. 대략적인 크기만 맞으면 신을 수 있는 간단한 구조의 실내화에는 섬세한 자수가 들어갔는데, 그게 귀여워 미소가 새어 나왔다.

앉아 있던 침대 시트도, 조금 떨어진 소파의 천도, 쿠션의 천도, 테이블에 놓인 천도, 커튼도, 선반에 놓인 천도. 모두 아름답고 섬세한 자수가 들어가서 보석을 장식한 것도 아닌데 절로 눈길이 갔다.

코르키아는 라이우스에서 가장 혹독한 겨울이 찾아와 눈 때문에 고립되는 곳이기에 집 안에 틀어박혀 하는 작업이 발전했다고 옛날에 헬트에게 들은 적이 있었다. 헬트가 했던 말에는 거짓말이 많이 섞여 있었겠지. 하지만 그렇기에 지금 이렇게 진실을 마주할 수 있었다는 생각이 들어 기뻤다.

추위 때문에 곱고 튼 고향 사람들의 손가락이 자아낸 섬세한 자수는 정말로 아름답고 훌륭하다고 헬트가 알려 줬었는데, 그 목소리가 머릿속에 되살아났다. 이제 사라져 버렸다고 생각했던 그 목소리가 마치 어제 들은 것처럼 생생하게 떠오른 것 역시 기뻤다.

가슴을 누른 채 커튼이 쳐진 창문으로 다가갔다. 피곤할 테니 쉬라며 커튼을 쳐 줬지만 도무지 잠이 오지 않았다. 어둑한 방에 익숙해져 눈이 부시겠다고 생각하면서 커튼을 젖히니 바깥도 어느새 어두워져 있었다.

배웅한다는 명목으로 영지 경계까지 조블린을 지켜보는 조, 팀을…… 윌프레드를 탐색하는 조로 사람을 척척 나눈 카이드에게 이끌려 나는 코르키아의 저택을 찾았다. 코르키아에 있는 귀족 저택. 코르키아를 다스리는 귀족이 살았던 저택.

　이곳은 카이드가 가족과 함께 어린 시절을 보냈던 저택이다. 현재 라이우스 영주가 된 카이드는 코르키아를 떠났기에 현재는 카이드가 임명한 사람이 이 땅을 다스린다고 들었다. 지금 저택 주인은 나이 든 남자였다. 아르템이라고 이름을 밝힌 남자는 홀딱 젖은 우리를 흔쾌히 받아들여 주었다. 나이 들었지만 아직 정정한 남자는 카이드보다 키가 컸다. 체격도 탄탄해서 카이드와 나란히 서니 박력이 있었다. 서로 속내를 아는 사이인지 카이드가 살짝 앳되어 보이는 미소를 지었는데, 그게 귀여운 나머지 몰래 넋을 놓고 바라보았다.

　이 저택에서 의사의 진찰을 받고 따듯한 물을 마셔 노폐물을 배출하고 체온을 올렸다. 해독제의 충격은 잊고 싶다. 다양한 것을 알고 싶다고 카이드에게 말한 지 얼마 되지 않은 데다 그 마음은 지금도 변함없지만, 그것만큼은 진심으로 잊고 싶었다.

　원래는 서둘러 영주 저택으로 돌아가 카이드가 살아 있다고 라이우스 전체에 알려야 할 것이다. 하지만 카이드가 지금부터 코르키아를 나서도 오늘 안에 저택에 돌아가기는 불가능하다고 판단해 여기서 하룻밤을 묵기로 결정했다. 카이드의 결단에 이의를 제기하는 사람은 아무도 없었고 나 역시 그러는 편이 좋겠다고 생각했다. 줄곧 카이드는 내 몸 상태만 신경 썼다. 하지만 이자도르가 누구보다 걱정을 끼치는 건 네 몸 상태라며 카이드의 머리를 때리자 모두가 크게 동의했다. 왜 동의하냐면서 진심으로 의아하다는 듯한 얼굴로 갸웃거리는 카이드가 자신의 몸을 더 소중히 여겼으면 하기에 얼굴이 귀엽다고 생각한 것은 비밀로 하기로 했다.

　이 저택에서 유소년 시절을 보냈을 카이드를 생각하자 여기 있는 모든 것이 사랑스럽게 보였다. 평범한 창틀도, 조금 차가운 공기가 감도는 것마저도.

　창틀에 가만히 한 손을 대고 다른 손으로 창문을 열려고 힘을 싣다가 놀랐다. 작지만 묵직했다. 생각했던 것보다 훨씬 두껍고 묵직한 창문에 관심이 가서 몇 번씩 살짝 여닫아 무게를 확인했다.

　이곳은 2층 방이다. 이 저택에서는 2층이 가장 고층이다. 건물 자체는 그렇게 높지 않지만 약간 높은 지대에 지었기 때문에 전망이 좋았다.

　도시 전체를 내려다봐도 높은 건물은 거의 없었다. 그리고 시야 가득 펼쳐진 것은 잿빛 도시도, 도시에 내려앉은 밤의 장막도 아니었다. 도시에는 선명한 기쁨의 꽃이 피었다. 바람이 알록달록한 꽃 장식이 하늘을 향하게 들어 올렸고 밤의 장막 대신에 도시 전체를 뒤덮은 천을 흔들었다. 아름답게 물들여 섬세한 자수를 놓은 천이 코르키아의 특산품이리라.

　상중을 알리는 검은 천을 치운 도시는 축제 준비가 완전히 끝나 있었다. 집집이 꽃 장식이 넘쳐 나고 유리인지 보석인지 구분이 안 갈 만큼 반짝이는 장식이 바람에 흔들려서 어른 아이 할 것 없이 들떠 있었다.

설마 길에 드리워져 있었던 검은 천이 축제 장식을 가리기 위한 암막이었을 줄은 꿈에도 몰랐다. 잿빛 도시는 알록달록한 천에 파묻혀 마치 봄의 꽃밭 같았다. 라이우스에서 가장 늦게 봄이 찾아오는 이 땅이 라이우스를 뒤덮은 검은빛을 가장 먼저 걷어 냈다.

화톳불이 도시 전체의 기쁨을 비췄다. 본격적으로 밤이 깊어 주위가 어둑해지면 질수록 사람들의 열기가 뜨거워지고 점점 밝아질 것 같다는 생각마저 들었다.

이제는 수많은 불빛을 내는 것이 얼마나 사치스러운 일인지 안다. 장작은 단순히 불빛만을 얻기 위해 쓰는 게 아니라는 것을 안다. 살아남기 위해 몸의 온기를 유지하고자 쓰는 귀중한 장작을 이렇게 펑펑 쓰는 것은 단순히 이 사람들이 재산이 많고 낭비벽이 있어서가 아니다. 겨울을 넘겼다고는 하나, 여전히 귀중한 장작을 아낌없이 쓰는 것은 그 자체가 이 사람들의 기쁨이기 때문이다. 이 사람들이 아끼지 않는 것은 장작이 아니었다. 해방제를 향한, 그리고 무엇보다 카이드가 무사한 것을 향한 기쁨을 아낌없이 드러내고 있었다.

문득 시선을 내리자 작은 아이가 1층 창문을 닫는 모습이 보였다. 보아하니 사용인의 자식이리라. 분명 바쁜 어른을 열심히 돕는 것이겠지. 작은 소년은 두 손으로 창문을 잡고 온 체중을 실어 열심히 창문을 끌어당겼다.

추위를 막고자 두껍게 만든 창문은 여닫는 것만으로도 어린아이에게는 큰일이리라. 어린 카이드도 저렇게 애썼다고 생각하자 흐뭇해져서 왠지 부끄러운 마음이 들었다.

피리와 타악기를 연주하는 소리에 지지 않을 만큼 큰 소리로 사람들이 기뻐했다. 두 소리가 겹치며 서로가 띤 날카로움을 중화시켜 풍성하고 부드러운 소리를 만들어 냈다. 쩌렁쩌렁하게 증폭된 소리는 그 크기와는 달리 불쾌하지 않았다. 고막에 맴돌 듯이 들리는 부드럽고 즐거운 소리는 여러 사람이 모여야 낼 수 있다.

저 소리의 중심부에, 연주하는 사람들 무리에게로 가고 싶다는 마음이 샘솟았다. 그리고 무엇보다 어두워졌지만 멀리서도 똑똑히 보이는 커다란 나무 밑으로도.

시선을 내리며 내 복장을 살폈다. 푹 쉬라며 방을 내준 탓에 옷도 잠옷이고 신발도 실내화였다. 겉옷이 있긴 했지만 이것도 실내용이라 도저히 밖으로 나갈 만한 차림은 아니었다.

갈아입을 옷은 선반 위에 호출용 종과 나란히 놓여 있었다. 입어 보니 살짝 컸지만 자수가 예쁜 귀여운 옷이었다. 추운 지역답게 두꺼운 천에 정성스레 한 땀 한 땀 놓은 자수. 이렇게 귀여운 옷을 입으니 웃음이 나왔다. 그런 순수한 내 모습이 신기했고, 그렇게 느낀 스스로가 멋쩍었다.

옷을 갈아입은 것은 좋았지만 신발은 어떻게 할 방도가 없었다. 방에서 쉬려고 들어간 사람에게 당장 필요한 것도 아니니 마련할 생각도 못 했으리라. 나중에는 가져오겠지만 당장 어떻게 하면 좋을까. 심지어 머리 끈 조차 없었다.

선반 위에 놓인 호출용 종을 보고 잠시 생각했다. 축제와 영주의 방문으로 소란스러운 저택에서 신발이면 몰라도 머리끈 하나 때문에 사람을 부르긴 부담스러웠다.

아직 살짝 축축한 머리를 풀어헤친 채 밖으로 나가는 건 경망스러운 행동이다. 옛날이라면 분명 허락도 못 받고, 스스로 그럴 생각조차도 못 했던 일들이 어이없기는 해도 인간성을 의심받을 만한 것은 아니라는 사실을 이번 생에서야 깨달았다.

천박한 것, 단정치 못한 것, 눈살이 찌푸려지는 것. 그렇게 배워온 것. 그것들이 내용에 따라 조금씩 다르기는 해도 "알긴 하는데 그냥 해 버렸어."라거나 "귀찮단 말이야."라는 말을 하며 혀를 날름 내밀면 웃으면서 넘어갈 수 있는 일일 줄은 몰랐다.

요리, 청소, 빨래, 맨발로 어린아이들과 하는 술래잡기, 손님 응대, 물건 사 오기, 편지 부치기, 업무, 약속 장소까지 갈 이동 수단. 모든 것을 메이드가 해결해 주지는 않는다. 스스로 해야 한다. 모두 자기 자신이 해야 하는 것이다. 하지만 그런 것을 전부 완벽하게 해내는 사람이 세상에 몇이나 될까. 머리를 다 말리지 못한 채 밖으로 나가야만 할 때도 분명 있겠지. 서두르느라 색 조합이 엉망인 옷을 입거나, 한쪽을 잃어버렸지만 여전히 마음에 드는 귀걸이를 할 때도 있겠지.

순간적인 대용품. 고육지책. 시간이 없어서 그랬다며 멋쩍게 웃는 상대에게 '나도 그래'라며 미소 짓는 모습은 가족들이 가르쳤던 한심함이나 천박함의 상징이 아니라 조금 바쁜 일상을 나타내는 삶의 한 장면이었다.

하루에 몇 번이고 옷을 갈아입고 머리 모양을 바꾼다. 머리카락 한 올부터 발끝까지 관리하는 삶 역시 혐오하고 비난할수는 없다. 귀족에게는 귀족에게 필요한 관습과 상식이 있다.완벽하게 관리된 삶 속에서 흐트러짐 없는 생활, 백성의 본보기로서 부족함 없는 삶. 신분이 높은 자에게 요구되는 인생 방식이라는 것이 있다.

하지만 나는 불완전한 것이 사랑스러웠다. 완벽하게 관리된나날보다는 일상 속에 섞인 약간의 부족함 쪽이 기억에 남아추억으로 바뀌었다.

그런 부족함을, 사무아와 재스민에게 둘러싸여 소리 높여웃던 팀을 잊지 않을 것이다. 다른 이가 달려와 업혔을 때, 때로는 먼저 달려들어 서로 부둥켜안았을 때, 손을 잡았을 때 정말로 추웠을까. 난로 청소를 마친 사무아의 코에 묻은 그을음을 닦고, 떨어진 빨래를 주우며 재스민을 쫓아가고, 살짝 탄구움과자를 억지로 먹었던 팀.

그때, 팀을 감싼 것이 한기뿐이었다고는 도저히 생각할 수없었다.

나는 실내화를 신은 발을 내려다봤다.

이번 삶에서는 맑게 울리는 방울처럼 소리를 지르며 맨발로돌아다니던 어린아이들을 자주 봤다. 맨발로 강에 들어가고,진흙투성이 길을 걷고, 고아원 안을 뛰어다니고, 즐겁게 웃었다. 맨발로 걷고 달려도 즐겁게 웃을 수 있었다. 그런 당연한 사실을 두렵다고 생각한 내가 한심했다.

조용히 실내화에서 발을 뺐다. 당연한 말이지만 여기는 실내지, 돌이 깨지고 빠져서 들뜬 포석이 아니다. 작은 돌이, 무언가의 파편이 발에 박히지도, 발을 찢는 일도 없다. 그럼에도 심장이 불쾌한 소리를 내며 뛰느라 진정시키는 데 시간이 걸렸다.

차갑고 끈적한 땀이 배어 나왔다. 이 이상 숨이 거칠어지기 전에 살며시 발을 내린 바닥에는 따뜻한 융단이 깔려 있었다. 당연한 사실에 맥이 빠졌다. 두 가지 심정이 뒤섞이자 긴장했던 몸에서 힘이 쭉 빠졌다.

바닥에 살포시 내려놓기만 했던 발에 체중을 싣고 한 걸음 내디뎠다. 고통이나 서늘함, 단단함은 느껴지지 않았다. 괜히 두려워했던 자신이 이상할 만큼 간지럽고 따뜻하고 부드럽기만 한 바닥. 가슴의 통증만 없었다면 춤도 출 수 있었으리라.

내가 울고 싶은 건지 웃고 싶은 건지도 모른 채 다시 한번 걸음을 내디뎠을 때 조심스러운 노크 소리가 들렸다.

"네."

대답을 했지만 문이 열릴 기미가 전혀 없어서 의아해 고개를 갸웃거렸다. 기분 탓에 노크 소리가 들린 게 아닌 이상 문 저편에는 누군가가 있을 터다. 혹시 양손에 뭔가를 들었을지도 모르니 열어 줘야겠다, 라고 생각해 다가갔을 때 비로소 열린 문 저편에 카이드가 있었다. 나와 마찬가지로 따뜻한 물로 몸을 씻고 옷을 갈아입은 듯했다. 옷이 바뀌었고 머리가 축축했다. 볼에 붙은 거즈를 보고 파편이 카이드의 뺨을 스쳤던 사실을 떠올렸다. 상처는 씻어 냈는지 안 보였는데 제대로 처치를 받은 듯해서 안심했다.

"실례하겠습니다. 아가씨. 아직 잠자리에 들지 않으셨나요? 몸은 좀……."

"너야말로 쉬어야지. 몸은 네가 더 걱정돼…… 왜 그래?"

카이드가 문을 닫고 고개를 돌린 채 복잡해 보이는 얼굴로 움직임을 멈추기에 황급히 다가갔다. 안색이 나쁘다. 몸 상태가 안 좋은 게 당연하지. 몸 상태가 좋을 리가 없다. 카이드 말로는 죽을 뻔한 정도가 아니라 이미 한 번 죽었었다고 했기 때문이다. 하지만 그럼에도 나를 따라와 주었다. 다른 영주의 마차를 세우고 안을 확인할 수 있는 권한을 가진 유일한 존재라며 무리했다. 목숨을 건지긴 했지만 안정을 취해야 하는 상황임에도.

굳이 거울을 보지 않아도 나 역시 핏기가 가셔 얼굴이 창백해졌다는 것을 알 수 있었다.

"카이드! 어디 아파? 아니면 몸이 안 좋아?!"

카이드의 팔을 잡고 침대로 걸어가려는데, 카이드가 비틀거리며 세 걸음 나아가다 정신을 차렸다. 잡아당겨도 꼼짝도 하지 않고 버티는 모습에, 상태가 나쁜 사람을 이렇게 힘껏 끌어당겨도 되나 하는 생각이 들어 망설이다 힘을 뺐다. 그 짧은 순간에 카이드가 내 손에서 팔을 빼더니 아직도 창백한 얼굴로 대답했다.

"괘, 괜찮습니다."

"안 괜찮아 보여! 그런 얼굴을 하고서 무슨 소리야. 침대에 있어! 기다려 봐, 바로 의사 선생님을 불러올게."

"괜찮아요!"

너무나 강하게 단언해서 걸음을 멈췄다. 하지만 아무래도 의심스러워서 카이드를 빤히 바라봤다. 안색이 나빴고 화상을 입은 것처럼 짓무른 피부가 애처로웠다. 어두워진 눈 아래와 살짝 여윈 뺨도 보기 그랬다. 결론은 금방 나왔다.

"카이드, 전혀 안 괜찮아 보여."

"아니요, 정말 괜찮습니다. 익숙하니까요."

"……익숙하면 더 문제 아니야?"

"…………아가씨야말로 다치셨는데 어딜 가시려고요?"

순식간에 바뀐 화제에 눈을 깜빡였다. 카이드의 몸 걱정으로 가득한 머리가 질문의 의미를 바로 이해하지 못했다. 단지 화제가 바뀐 탓에 반응이 늦었을 뿐이었는데, 그 순간, 카이드의 안색이 어째선지 더욱 창백해졌다.

"뭔가…… 마음에…… 안 드셨나요? ……아니면…… 역시…… 제가……."

어절 단위로 마을 짧게 끊는 바람에 더 신경이 쓰였다. 역시 상태가 나빠진 게 분명해.

"카이드, 괜찮으니까 앉아. 나 아직 침대 안 써서 깨끗해."

"그런 건 아무래도 좋습니다. 다만 아가씨는 언제나 깨끗하세요."

　갑자기 제대로 말하다니 어떻게 된 거지. 그건 그렇고 아부
해 봐야 소용없다. 나는 그런 거에 넘어가지 않으니까. 하지
만 얼굴이 살짝 빨개진 건 숨길 수 없었고 아주 부끄러우면서
도 기뻤지만 그렇다고 화제를 바꾸지는 않았다.

　한 번 헛기침을 해서 마음을 진정시켰다. 그런 것보다 카이
드의 몸 상태가 걱정이었다.

　"안색이 너무 나쁘잖아. 그런 널 보고 있는 내가 안 괜찮아.
그러니까 부탁이야 앉자…… 왜 너까지 얼굴을 붉히는데!"

　"아가씨가 먼저 붉어지셔서 그렇잖아요!"

　"네가 그럴 만한 소리를 했잖아!"

　귀까지 빨개진 카이드를 앞에 두고 화제를 바꾸기란 도저히
불가능했다. 오히려 스스로 화제를 이전 화제를 꺼냈지만 어
쩔 수 없는 일이라 생각하기로 했다.

　창백했던 안색이 지나치게 좋은 혈색으로 급변한 카이드와
나란히 침대에 앉았다. 서로 얼굴을 가린 채 고개를 숙여서 옆
에서 보면 기묘한 광경일 것이다. 대체 뭘 하고 있는 건지 모
르겠다는 생각이 들 수도 있겠지. 당사자인 우리도 스스로가
뭘 하고 있는지 전혀 모르니 질문을 받아도 답할 수 없었다.

　계속 이러고 있을 수만은 없다는 건 알지만 대체 이 분위기를
어떻게 바꾸면 좋을까. 묘하게 부끄러워서 방의 온도마저 올
라간 것 같았다. 이 어수선한 분위기를 환기시킬 방법은 아무

리 생각해도 떠오르지 않았고, 한 줄기 빛조차 보이지 않았다.

어째선지 생각을 거듭할수록 뺨이 점점 뜨거워지고 멍해져 갔다. 머릿속에 여러 생각이 맴돌아 얼굴을 가리는데 갑자기 헛기침 소리가 들렸다. 눈만 움직여서 확인하니 카이드가 나보다 먼저 자세를 바로잡고 등을 꼿꼿이 세운 채 일어나 있었다.

다행이다. 카이드가 먼저 돌아왔다. 카이드에게 총대를 메게 해 미안하지만 나로서는 도무지 분위기를 바꿀 방법이 떠오르지 않았기에 안심했다.

다시 한번 반복하는 헛기침 소리에서 아직도 어색해하는 듯한 기척이 느껴졌다. 하지만 그걸 지적하면 긁어 부스럼이 될 게 뻔하니 가만히 있자.

"……저기, 아가씨. 어딜 가시려고 한 거죠?"

"어?"

"옷을 갈아입고 계시기에."

그 말을 듣고 다시 내 모습을 내려다봤다. 살짝 크고 자수가 섬세하게 들어간 귀여운 옷을 보고 정신이 들었다. 침대 가장자리에 개어 둔 잠옷을 완전히 잊고 있었다. 순식간에 부끄러워져서 황급히 잠옷을 시트 안으로 밀어 넣었다. 원래 내 잠옷이 아니고 준비된 것이긴 했지만, 카이드에게 보이기는 역시 부끄러웠다.

"저기, 도시가 아주 떠들썩해 보여서 가 보고 싶었어. 그리고 창문에서 본 큰 나무가 네가 옛날에 얘기해 준 나무라고 생각하니 그 곁에도 가 보고 싶었고. 하지만 안 되겠어, 신발이 없거든. 하지만 다들 저렇게 즐거워하니 내가 맨발로 나가도 눈치 못 채지 않을까?"

카이드가 무사했다. 그것이 너무나 기쁜 나머지 즐거워하는 인파 속에 나 한 사람이 끼어든들 아무도 못 알아채리라. 아아, 하지만 타지에서 온 사람은 눈에 띌 테니 알아차릴 수도 있으려나. 옛날에는 검지를 세워 입술에 대고 비밀로 해 달라고 하면 그냥 보내 줬지만, 그건 상대방이 사용인이었기 때문이다. 지금은 그냥 보내 준 이유가 '거역하기 두려워서'라는 걸 안다. 내 안에서 솟구치는 괴로운 마음을 조용히 삭였다. '어쩔 수 없죠'라며 쓴웃음을 짓던 캐롤만은 진심으로 날 보내 주고 싶었다고 믿어도 될까.

열어 둔 창문에서 와아, 하고 환성이 들렸다. 다들 즐거운 것 같아서 입가가 누그러졌다. 그런데 입가를 누그러뜨린 나와는 정반대로 카이드는 입술을 앙다물었다.

"맨발로 나가는 건 안 됩니다. 제발 그러지 마세요."

"카이드가 비밀로 해 주면 괜찮아."

"……누구에게 비밀로 한다는 건가요."

"……그러고 보니 그러네. 오히려 너한테 비밀로 하고 싶어."

"제가 안 보는 곳에서 맨발로 걸어 다니시는 사태가 벌어진다니 상상도 하기 싫습니다. 부탁이니 절대 하지 마세요."

카이드는 같은 말을 한 번 더 하더니 "그리고."라며 중간에 말을 끊었다. 무슨 일인가 싶어 가만히 바라보는데 손을 자기 품속에 넣기 시작했다. 또 사탕이라도 꺼내려나 싶어 보고 있는데 갑자기 거기에서 신발 한 켤레가 나와 나도 모르게 눈을 깜빡였다.

"신발이라면 여기에 있습니다."

"카이드, 마술을 할 줄 알아?"

"아뇨, 마술이 아니라…… 처음엔 그냥 손에 들고 다녔는데 일이 많아져서 양손을 비운 겁니다. 아가씨 신발은 크지 않아서 품에 넣어도 되거든요. 가볍기도 하고요."

"그런가……?"

확실히 성인 남성의 신발에 비하면 꽤 작긴 하지만, 그렇다 해도 내 품에 넣기는 힘들겠지.

카이드가 한 손에 들고 있다가 품에 넣어 왔다는 건 새 신발이라는 뜻이리라. 아니…… 카이드라면 신던 것이어도 신경 쓰지 않고 품에 넣을 것 같아서 확실하지는 않지만.

신발에도 섬세한 자수가 놓여 있는데, 이 도시에 온 지 얼마 안 된 나도 이 땅에서 난 물건임을 알 수 있을 만큼 특징적인 색조를 띠었다. 힐끗 본 게 다지만 더러워지기 쉬운 실 사이가 깨끗한 걸 보면 아마 새것이리라.

"안내하겠습니다."

"카이드가?!"

"설마 여기까지 와서 다른 사람의 안내를 받을 생각이세요? 제가 있는데?"

"넌 지금 네 몸을 더 생각해야 해!"

내가 놀라서 펄쩍 뛴 순간, 갑자기 가슴에 힘이 들어가서 욱신거렸다. 지금까지 힘을 분산시키고 있었는데 깜빡했다. 무심코 신음한 나를 본 카이드가 황급히 한쪽 무릎을 꿇었다. 고통으로 신음하는 나보다 훨씬 괴로워 보이는 얼굴로 비명을 지르듯 날카롭게 소리쳤다.

"아가씨! 아프시면 외출은 삼가세요!"

쭉 앉아 있었는데도 불구하고 작은 움직임에 이만한 통증이 생기다니. 유감스럽지만 가장 큰 목적이었던 커다란 나무까지 가기는 어려우리라.

고통을 삭임과 동시에 작게 숨을 내쉬었다. 늘 가 보고 싶었던 카이드의 소중한 고향을 살피고 돌아다니고 싶다는 마음은 변함없었다. 비록 이런 상황이긴 했지만 비로소 올 수 있었다. 그것도 카이드와 함께. 15년 전에 진 약속이 눈앞에 피어나고 있는데 포기해야 하다니 너무 아쉬웠다.

"……응, 아쉽지만 그렇게 할게."

하지만 아쉬움만 있지는 않았다. 힐끗 바라본 시선 끝에 보이는 카이드의 안색이 붉어졌다 창백해졌다 하며 바쁘게 변했다. 나 역시 분명 마찬가지이리라. 지금까지 멈췄던 시간이 단숨에 움직이기 시작한 것만 같았다. 변하는 안색만큼이나 바삐 변해 가는 감정에 체력을 송두리째 빼앗겨 갔다. 마음이 무겁다. 마음이라는 무거운 공간을 끊임없이 움직이는데 지치는 게 당연하다. 하지만 전혀 흔들리지 않고 단단히 고정되어 있는 것 보다는 훨씬 낫다.

카이드도 격렬한 감정의 변화에 지쳤는지 고개를 푹 숙였다.

한 손으로 눈을 가리고 긴 숨을 토한 뒤에 불쑥 중얼거렸다.

"……사실은 그때 드리고 싶었습니다."

무엇을 주고 싶었는지 되물을 필요는 없었다. 카이드가 꽉 쥐고 있는 물건을 보면 알 수 있었다. 꼼꼼히 자수가 놓였고 부드러운 실루엣의 신발은 카이드가 긴 손가락으로 쥔 탓에 살짝 구겨졌다.

날아온 돌, 단죄를 바라는 목소리, 찢어진 발바닥. 이 모든 게 괴롭지 않았다고 하면 거짓말이겠지. 하지만 얼어붙은 마음은 그저 곱아서 은근하게 저려 올 뿐이었다. 내가 진정으로 괴로웠던 건 두 번 다시 반복되지 않을 그 사람과 보낸 시간이었다.

카이드가 쥐어서 살짝 구겨진 신발에 가만히 손바닥을 댔다. 카이드가 놀라 얼굴을 들자 나는 마주 바라봤다. 그때와 마찬가지로 머리는 풀어헤쳤고 맨발이었다. 초라한 차림을 한 내 귀에 수많은 사람들의 환성이 들려오는 것도 똑같았다. 하지만 그때와 달리 지금은 아픈 곳이 한 군데도 없었다. 괴롭지도, 비참하지도, 쓸쓸하지도 않았다.

그래서 아무것도 슬퍼하지 않고 미소 지었다.

"이 신발을 신은 날 다시 여기에 데리고 와 줄 거지? 그때는 네가 많이 안내해 줘. 약속했잖아? 네 고향에 데려다주겠다고. 그래서 새 코트를 사면 네게 제일 먼저 보여줄게."

그때쯤이면 상처도 다 나을 테니 나무에 오르는 걸 도와줘. 네가 보아온 경치를 나도 같은 높이에서 볼 테니까 추억을 되새기며 알려 줘. 이 땅에서 태어나 자란 어린 시절의 널 잔뜩 알려 줘.

"난 줄곧 기대했거든. 이번엔 서로 요양이 먼저니까…… 아쉽지만 포기할게. 하지만 괜찮아. 또 데려와 줄 거잖아?"

이를 악문 채 늘어뜨린 어깨를 보고 살짝 고민하다가 조용히 다가갔다. 커다란 몸이 움찔하고 떨렸다. 카이드를 만지기 전에 느낀 내 망설임이 사소해질 만큼 몹시 긴장한 그 몸을 보니 내 몸에서 힘이 빠졌다.

"네 소중한 코르키아를 또 내게 알려 줘."

"네…… 네, 아가씨."

지금 전부 다 알려 주려 하지 않아도 된다. 우리는 여기서 끝나는 것이 아니니까. 약속이란 훗날이 있기 때문에 할 수 있는 것이니 말이다.

내일 무슨 일이 일어날지 모른다. 그것은 분명한 사실이다. 하지만 내일 일을 두려워해 인연을 끊기보다는 내일에도 함께하겠다고 약속하고 싶다. 지금뿐만 아니라 앞으로 계속 함께하고 싶다고, 함께 지내고 싶다고 바라는 그 마음이 약속인 것이다.

그리고 약속했기에 밤을 지낼 수 있다.

음악과 노래와 환희의 목소리. 그것들이 모두 한 데 어울려 코르키아를 가득 채웠다.

밤이 깊었는데도 이어지는 기쁨의 소리를 들으면서 수많은 이야기를 나눴다. 창이 무거워서 깜짝 놀랐다고 하니, 원래

무겁기도 하지만 대부분 오래된 집이라 여닫이 상태가 나빠서 그런 것도 있다고 알려 줬다. 어린아이는 벽에 발을 대고 온 체중을 실어야 닫을 수 있는데, 그러면 벽에 발자국이 남아서 혼나기도 한단다.

'코르키아는 식량이 넉넉하지 않은 땅이지만 그 대신 몸을 데우는 음료가 발달했고, 요리도 국물 종류가 아주 많다. 술도 도수가 센 것을 좋아한다. 그리고 모든 것에 몸이 따뜻해지는 향신료를 넣어서 다른 지역 음료의 깔끔한 맛을 거꾸로 이상하게 느낄 정도다.'

그런 이야기를 잔뜩 들었다. 코르키아가 내는 기쁨의 소리에 섞이지 않고 방에서 단둘이 질리지도 않고 두서없는 이야기를 계속 나눴다. 라이우스의 미래와, 정책과, 다른 영지와의 관계 가 아니라 오로지 추억 얘기만을 들었다. 카이드는 나에 관한 이야기도 많이 물어봤지만, 요 15년 동안 정말로 아무것도 한 게 없기에 말해 줄 것이 거의 없어서 미안했다. 빨래하는 법이라든가 청소 방법 같은 것을 더듬더듬 이야기했는데 오히려 저택에서 집사로 일한 적이 있던 카이드가 나보다 훨씬 잘 알았다. 반대로 내가 요령이나 청소 솔을 교체하는 방법을 배웠을 정도다.

시시한 자신에게 실망한 내게 카이드가 이어서 물었다.

"저, 아가씨."

"왜?"

이번에야말로 대답할 수 있으면 좋겠다고 생각하는데 카이드가 입을 우물거렸다. 예사롭지 않은 모습에 나도 숨을 삼켰다. 방금까지 평온했던 분위기에 순식간에 긴장감이 돌았다. 무슨 질문을 하려는 거지? 자연스럽게 가슴에 힘이 들어가서 아픈 나머지 살짝 찌푸린 내 얼굴을 카이드가 눈썰미 좋게 발견했다. 나는 질문을 받기 전에 미리 괜찮다고 대답했다. 이야기가 화제에서 벗어나기 전에 미리 대답한 게 효과가 있었는지, 카이드는 잠깐 걱정스러운 눈빛을 보냈지만 마침내 결심했다는 듯이 입을 열었다.

"카이너 촌장의 아들과 있었다는 혼담 이야기에 관해 여쭤도 되겠습니까?"

처음에 몹시 미안해하며 묻기에 긴장했지만 막상 내용은 별것 아니어서 어깨에서 힘이 빠졌다.

"나도 이자도르에게 듣고 처음 알았어. 그 사람과는 말도 거의 안 나눠 봐서 잘은 모르지만 기운 넘치는 사람이었던 것 같아. 누군가가 내 치마를 들춘 게 처음이라서 큰 소리를 질렀었어. 부끄럽게도."

"…………네?"

"다른 사람도 내가 큰 소리를 지르니까 놀라서 눈을 동그래졌어. 원장 선생님도 너무 놀라신 나머지 허리를 삐끗하셔서…… 참 죄송했지. 그 사람은 그다음에도 모두에게 진흙을 던지거나 머리를 잡아당겼어. 다른 애들도 함께 진흙을 던지기 시작해서 고아원에는 빨래가 줄어드는 날이 없었지. 그것도 매일. 그런 걸 보면 아주 기운 넘치는 사람이지. 그러다 연

필을 빼앗겼을 때는 좀 곤란했지만 나중에는 꼭 돌려줬으니 나쁜 사람은 아니었을 거야. 결혼은 생각해본 적 없지만, 같은 학교에 다녔는데 한 번도 제대로 이야기해 본 적이 없는 건 반성해야겠어. 난 다른 아이들과도 얘기한 적이 거의 없어. 그래서 재스민이 말을 많이 걸어줬을 때 실은 기뻤어. 돌아가면 감사 인사를 하고 싶은데 받아 줄까?"

겨우 제대로 이야기할 만한 화제를 떠올려서 안심했는데 카이드의 시선이 한곳에 붙박인 채 움직이지 않아서 깜짝 놀랐다. 어린아이가 장난쳤던 이야기다. 이 화제를 꺼내면 긴박했던 공기가 자연스레 누그러들겠거니 생각했는데 어째선지 카이드는 눈동자에 조금의 온화함도 내비치지 않았다.

"카이드?"

"……아무것도 아닙니다."

"그, 그래? 그건 그렇고 남자아이는 정말 기운이 넘치더라. 너와 윌은 그런 적이 없어서 몰랐어. 같은 고아원의 어떤 여자아이는 그 아이가 치마를 들춰서 깜짝 놀랄 때마다 큰 소리가 나게 뺨을 때렸어. 나도 연습해 둘 걸 그랬네. 그랬으면 윌에게 얻어맞았을 때 후려쳐 줬을 텐데."

어린아이가 모이는 공간이 그렇게 소란스러운 곳일 줄은 몰랐다. 체력이 무한한 게 아닐까 싶을 정도였다. 하지만 피곤해서 잠든 모습을 보면 그저 체력을 조절할 줄 모르는 것일지도 모른다. 사소한 일에 얼굴을 새빨갛게 붉히며 화를 내고 전력으로 덤벼든다. 아이들이 모두 그런 상태이니 아무리 어른이라 해도 피곤할 수밖에 없다. 하지만 아이들 입장에서는 결코 사소한 일이 아니었으리라. 지금이라면 우리가 사소하게 생각하는 것도, 그 아이들은 얼마나 소중하게 생각했는지 이해할 수 있다. 콕 집어 하나를 고를 수 없었던 것이다. 매사가 중요하기에 언제나 열심이었다. 마치 그것만이 이 세상의 전부라는 듯이, 울며 소리 질러 가면서도 포기할 수 없을 만큼 중요했던 것이다.

"아가씨."

내가 다른 생각에 빠진 사이에 묘하게 시선을 한곳에 집중하던 카이드가 진지한 눈빛으로 나를 바라보았다.

"왜, 왜 그래?"

"혹시, 혹시나 촌장 아들에게 지금도 같은 일을 당하고 계신 거라면 절대 용서할 수 없어요."

"카이드도 참. 그 사람은 이제 어린아이 같은 장난을 칠 나이가 아니야."

"당연하죠! 지금도 계속되었다면 아가씨 앞에서 촌장 아들을 원래 모습을 못 알아볼 정도로 엉망으로 만들어도 분이 안 풀릴 겁니다!"

어째선지 상대를 엉망으로 만드는 쪽으로 이야기가 흘러가서 눈을 끔뻑였다. 어떻게든 원래 모습만은 유지시키는 쪽으로 이끌어야 한다.

"대체 왜 거기서 화를 내신 거죠!"

"그야 어린아이가 한 짓일 뿐이잖아?"

"그렇다면 윌프레드의 행동도 어린아이가 한 짓이라고 하실 겁니까?"

"윌은 어린아이가 아니잖아?"

"……그 말씀은 그 말씀대로 화가 나네요."

미간에 굵은 주름을 지은 카이드가 아직도 쥐고 있던 신발이 더욱 구겨졌다. 이 신발, 내가 신기도 전에 망가질 것 같은데, 이를 어쩌면 좋을까.

그런 생각을 하는 사이에도 도시를 비추는 기쁨의 불빛이 끊임없이 켜졌고, 솟아오르는 환희의 노래도 끝날 기미가 안 보였다. 기쁨의 축제가 끝나는 신호는 밤의 장막이 내려오는 게 아니었다. 기쁨의 축제는 밤이 깊어도 기세가 떨어지기는커녕 점점 달아올랐다.

수많은 사람들의 목소리도, 사물 소리도 모두 같은 주제를 노래하고 있었다.

나는 다시 한번 카이드의 어깨로 다가갔다. 이번에는 아까보다 더욱 몸을 싣고 눈을 감았다.

"아가씨? 이제 주무시겠습니까?"

'싫어, 자는 시간이 아까워.' 그런 사리 분별 못 하는 어린아이 같은 마음을 입 밖으로 꺼낼 수는 없었다. 뭔가를 말한다면 지금 코르키아를 가득 채운 소리와 같은 마음을 전하고 싶었다.

"기뻐."

"……아가씨?"

줄곧 생각했다. 실은 그날 처음 영주인 너를 봤을 때부터 줄곧.

"너와 다시 만나서 기뻐."

사랑했던 너와 다시 만나서 정말 기뻐.

가슴속을 가득 채운 마음이 입술에서 스르륵 새어 나왔다. 어떤 장해물에도 막히지 않은 채 마음속에서 그대로 꺼낸 말은 스스로도 깜짝 놀랄 만큼 조용히 녹아들었다.

내가 다가가니 카이드는 무척 경직돼서 이따금 몸을 떨었다. 굳게 닫힌 입술과 눈에서 흘러내리는 감정이 사랑스러운 나머지 나도 슬퍼질 정도였다. 나는 다시 한번 아까와 같은 마음을 입 밖으로 꺼냈다.

"네가 여기에 있어서 정말 기뻐."

카이드에게서 나와 같은 대답은 돌아오지 않았지만, 필사적으로 악문 입술에서 새어나오는 오열이 그 무엇보다 확실한 대답임을 알기에 이 밤에 슬픈 일은 하나도 일어나지 않았다.

포근하게 온기를 머금은 공기를 느끼자 너무나도 행복해서 자연스레 입가가 누그러들었다. 푹 덮은 이불 안에는 녹아내린 체온이 만들어 낸 행복의 온도가 머물러 있었다. 바깥이 추우면 추울수록 온기는 행복을 옮긴다. 그런 당연한 것조차 잊고 살았다.

가볍게 웃으며 부드러운 시트에 볼을 비볐다. 따듯하다. 따듯하고 행복하다. 봄은 꽃향기가 향기로워서, 여름은 시트에 남을 열기가 살짝 겁나긴 해도 햇살이 눈부신 빛으로 가득해서, 가을은 누그러든 더위 너머에 있는 시원함을 좇고 싶어서, 겨울에는 그리운 온기 대신 맑아진 공기가 기분 좋아서, 잠에서 깰 때마다 늘 즐거웠다는 사실을 떠올렸다. 잠에서 깨는 것이 기대됐다. 지금은 그런 말을 할 자격이 없다는 것을 알지만, 그때는 눈을 뜨면 펼쳐지는 평온한 일상이 정말 좋았다.

이번 생에서는 단순히 잠이 들었기에 일어나기를 반복할 뿐이었다. 꽃이 피는 계절에도, 여름의 나른한 더위에 세상이 가장 빛나는 계절에도, 더위에서 풀려나 지내기 편한 알록달록한 계절에도, 그리운 온기에도 마음이 전혀 끌리지 않았다. 담담하게 눈을 떠 하루를 보내고 다시 잠자리에 들었다.

그런데 지금 시트의 온기가 느껴지다니 대체 어떻게 된 일일까. 따뜻하고 기분 좋아서 눈을 뜨는 것만으로도 행복했다. 마치 다시 태어난 것 같았다. 두 번째 삶에서 이런 경험은 처음이었다.

아주 어릴 때 부모님에게 안겨 잠들었다가 깬 듯한 온기……너무 따뜻하지 않은가.

그 순간, 방금까지 느끼던 얕은 졸음이 놀라움으로 바뀌어 눈을 번쩍 떴다.

"윽."

소리를 지르지 않은 건 무심코 숨을 들이쉬어서 가슴이 아팠기 때문이다. 다치거나 슬픈 게 아니라 상처가 아팠을 뿐이다. 그저 그뿐이었지만, 그런 것은 아무래도 좋을 만큼 가슴의 통증 때문에 깜짝 놀라고 말았다.

그 사람이 내 곁에 있다고 의식하자 조용했던 숨소리가 아주 크게 들렸다. 왜 지금까지 몰랐을까. 숨소리를 낼 때마다 의외로 긴 속눈썹이 천천히 흔들려서 넋을 잃고 말았다.

내 눈앞에서 카이드가 자고 있었다. 숙인 고개 아래로 새로 붙인 거즈와 짓무른 피부를 감춘 채 평온한 숨소리를 내며 무방비한 얼굴로 말이다.

나는 잠시 경악한 채 굳어서 카이드를 빤히 바라보다가 차츰 입가를 떨기 시작했다. 이를 악물 힘도 없어서 그저 입을 다무는 게 고작이었다.

카이드의 살짝 열린 입술에서는 숨소리가 새어나왔다. 힘이 빠진 얼굴은 나보다 한참 연하로 보였다. 살짝 여윈 뺨도, 날카로워진 턱도 그 무렵과는 전혀 달랐다. 그런데 자고 있다는 것만으로도 마치 헬트 같았다.

"후, 후후…… 아하하."

가슴이 아픈데도 불구하고 웃음이 한 번 나오자 도무지 멈추지 않았다. 너무 슬프면 눈물도 나오지 않지만 반대로 너무 행복하면 눈물이 나온다는 사실을 나는 알고 있다. 하지만 동시에 이상하리만치 즐거워서 소리 높여 웃는다는 사실은 전혀 몰랐다.

"음……."

내 웃음소리에 카이드의 눈꺼풀이 떨렸다. 작은 신음 소리를 내며 몸을 움직이는 카이드와는 반대로 나는 살짝 풀어지려는 입가를 필사적으로 억눌렀다.

그리고 희미하게 열리는 금빛 눈동자를 맞이했다.

"안녕, 카이드?"

"……………………안녕히…… 주무셨……습니까?"

"잘 잤어? 나 어느새 잠들었나 봐."

"네, 아가씨………… 어?"

금빛 눈동자가 몇 번이고 눈을 깜빡이더니 횟수를 거듭할수록 점점 크게 떠졌다.

"어?"

"왜 그래?"

"…………응?"

크게 뜬 금빛 눈동자를 다시 한번 크게 깜빡였다.

"어?"

최종 확인을 하듯이 한층 큰 목소리가 들림과 동시에 눈앞이 새하얘졌다. 이불이 말려 올라가는 순간, 시선과 호흡을 빼앗겼다. 이불이라는 부드러운 눈가리개가 시야를 가리는 동안에 엄청난 소리가 울렸다.

황급히 이불을 들췄지만 가슴이 아파서 일어날 수가 없었다. 할 수 없이 시선만으로 소리의 출처를 찾으며 천천히 자세를 바꿨다.

몸을 반 정도 일으키니 소리의 출처인 카이드가 바로 보였다.

"괘, 괜찮아?"

침대 옆으로 떨어져 엉덩방아를 찧은 카이드는 멍하니 나를 올려다보고 있었다.

"아가씨?"

"으, 으응. 괜찮아?"

"……아가씨?"

"저기, 카이드? 괜찮아? 방금 엄청난 소리가 났는데."

"아가씨."

"응, 좋은 아침이야, 카이드."

엄청난 소리가 난 걸 보면 어딘가를 부딪혔을 텐데 카이드는 하나도 안 아파 보였다. 그러기는커녕 부딪혔다는 사실조차도 전혀 모르는 듯했다. 나와 같은 대화를 반복하더니 순식간에 귀까지 새빨개졌다. 그리고는.

"……………아르템——!"

무시무시한 음량으로 저택의 현 주인을 불렀다.

눈앞에서 카이드보다도 체격이 좋은 남자가 몸을 배배 꼬았다.

"그러니까~ 제가 차를 들고 갔는데~ 이미 주무시기에~."

"그만하지 못 해! 나이도 먹을 만큼 먹은 영감이 나보다 큰 덩치로 꼼지락거리지 마!"

"노크를 하고, 방에 들어온 뒤에도 도련님은 눈을 뜨지 않으셨습니다…… 무척 피곤해 보이시기에 도저히 억지로 깨우질 못 하겠더군요……. 게다가 이 늙은이가 다 큰 도련님을 어떻게 침실까지 옮기겠습니까…….."

침착한 노년 남성인 줄 알았던 아르템은 알고 보니 무척 익살맞은 노인이었다. 하지만 도중부터는 장난기를 지우고 차분한 목소리로 말했다. 나이를 먹으면 허리가 아프니까 늙고 싶지 않았다며 어깨를 축 늘어뜨리는 노인을 보고 카이드의 이마에 푸른 핏줄이 돋아났다.

"너는 옛날부터 암살자 뒤에 설 정도로 기척을 지울 수 있었으면서 무슨 소리야! 네가 암살자라면 난 분명 암살당했을 거야! 그리고 어제 땔감용 나무를 통나무째로 지고 가던 게 누군데!! 조블린이라면 몰라도 내가 그것보다 무겁지는 않아! 그리고 도련님이라고 그만 좀 불러! 내가 몇 살인 줄 알아?!"

"기저귀를 갈아드린 지 고작 28년밖에 안 지났잖아요~."

"그.만.하.라.고!"

아르템이 말대꾸를 하자 카이드의 푸른 핏줄이 더욱 늘어났다. 몸 상태도 좋지 않은데 잠에서 깨자마자 일어나 이렇게 화를 내도 괜찮을까.

그건 그렇고 암살당하지 않도록 무척 주의를 기울여 온 카이드가 있는데도 방에 들어온 걸 안 들키다니 굉장하다. 뿐만 아니라 잠든 나와 카이드를 같은 침대로 옮기면서도 들키지 않았다. 이렇게 덩치가 큰데 어떻게 그런 몸놀림이 가능한 걸까.

무례한 줄 알면서도 순수하게 호기심과 동경심 때문에 거구를 위아래로 훑었다.

그건 그렇고 정말 크다. 카이드가 작아 보일 정도로. 혹시 카이드가 나무를 잘 타는 건 아르템의 몸을 타고 올라가는 연습이라도 했기 때문일까. 그렇게 지금은 아무래도 좋은 생각을 하는데 카이드가 뭔가를 깨달았는지 눈살을 찌푸리며 아르템을 올려다봤다. 눈살을 찌푸렸어도 엄숙한 느낌이 아니라 어린아이 같은 얼굴이어서 귀여웠다.

"……………아르템, 너 뭐 화났어? 3년 전에 코르키아로 돌아가라고 한 게 아직도 불만이야? 영지 내 정세도 안정됐고 너도 나이가 있다며 다 끝낸 얘기였잖아."

"저도 나이가 있고 코르키아 대표를 대리인 채 두는 것도 계속 신경이 쓰였으니 그건 마침 때가 적당했지요."

"……화가 난 건 부정하지 않는군. 뭐야, 말해."

"에잉~~~ 그런 소린 부끄러워서 못 해잉~."

"제대로 말하지 못해?!

그 순간, 아르템의 얼굴이 진지하게 변했다. 깜짝 놀란 카이드가 세 걸음 물러났지만 아르템의 긴 다리가 한 걸음 만에 거리를 좁혔다.

"눈을 뗀 틈을 타 얼어붙은 연못에서 낚시를 하다 떨어지질 않나, 독버섯을 먹질 않나, 절벽에 열린 과일을 따다 떨어지질 않나, 독초를 먹질 않나, 먹을거릴 찾으러 겨울 산속에 들어가 겨울잠도 들지 못한 곰과 만나 곰한테 잡아먹힐 뻔하질 않나, 독충을 먹질 않나, 토끼를 사냥하려다 들개한테 사냥을 당하질 않나, 자기 몫의 식량을 주민들에게 나누어주고 자신은 배가 고프다며 가죽 구두를 먹질 않나, 독이 든 과일을 먹질 않나, 젖이 안 나오는 어머니들을 돕겠다며 염소를 사러 나간 남자들을 덮친 도적을 혼자서 궤멸시키려다 죽을 뻔하질 않나. 사고뭉치 도련님이셨지만 그때마다 멀쩡히 살아남아 훌륭한 영주님이 되셨죠. 이제 제 손은 필요 없을 것 같아 은거했더니 바로 독을 먹고 죽을 뻔하시다뇨. 설마 스물여덟이

나 돼서 여전히 먹으면 안 되는 걸 구분 못 할 줄은 상상도 못 했습니다. 다 제가 잘못 키운 탓이겠죠…….”

“……좋아서 먹은 게 아니야.”

“저도 좋아서 곰잡이 아르템이란 별명을 얻은 게 아닙니다.”

이런 곳에서 곰잡이란 말을 듣게 되다니 깜짝 놀랐다. 하지만 자세히 들어보니 카이드의 목숨을 빼앗을 뻔한 곰잡이가 아니라 카이드의 목숨을 지킨 곰잡이였다. 곰잡이가 이렇게 몇 명씩이나 존재할 줄은 몰랐다.

“……열 마리나 해치우게 해서 미안했어.”

“정확히는 열한 마리입니다. 산에는 식량이 부족해 겨울잠 준비를 미처 못 한 곰이 어슬렁대니까 산에 절대 혼자 오르지 말라고 말씀드렸는데도 꼴사납게 곰의 사냥감이 되어 주셔서 정말 감사합니다. 난 절대 용서 못 행!”

“용서 안 해도 되니까 그 말투 그만하라고.”

“그래도 곰 전골은 맛있었엉!”

“진짜 하지 마.”

이번에는 카이드가 정색했다. 어린아이처럼 대응하던 카이드가 고개를 푹 숙였다. 반면에 아르템은 등을 꼿꼿이 세웠다.

“아가씨, 우선 옷을 갈아입으시죠?”

가만히 말을 걸어온 것은 이자도르였다. 어이없다는 얼굴로 두 사람의 대화를 지켜보던 모습을 보아 드문 광경이 아닌 모양이다. 아르템은 영주가 된 카이드의 집사장을 맡았었다고 하니 거기서 본 적이 있을 것이다.

"어어…… 그러게, 갈아입을까."

내가 지금 입은 옷은 잠옷에서 갈아입은 것이지만 결국 밖으로 한 발짝도 나가지 않은 채 침대에 올라간 탓에 구겨져 있었다. 카이드도 마찬가지다. 옷은 구겨지고 머리 역시 헝클어져 있었다. 나도 마찬가지겠다 싶어서 손으로 몇 번 머리를 매만졌다.

언제 잠들었을까. 잠들기 전까지 카이드는 마치 옛날처럼…… 아니, 옛날보다 더 많은 이야기를 해 줬다. 많은 이야기를 들려 줬다. 아르템은 카이드의 아버지 같은 존재이자 영주가 된 무렵부터 아르템이 코르키아로 돌아가기 전까지 계속 저택 집사장이었다고 했다. 쭉 신세를 지고 있다며 부끄러운 듯이 웃던 카이드가 귀여워서 가슴이 두근거림과 동시에 아주 기분 좋고 행복했다는 것까지는 기억했다. 분명 내가 먼저 잠들었겠지. 그러다 카이드도 깜빡 졸았을지도 모른다. 그런 카이드를 안 깨우고, 방에도 데려가지 않은 채 나와 한 침대에 눕힌 아르템은 카이드의 눈총을 받으면서도 태연했다.

"도련님……."

"……불길한 예감이 드는 얼굴이지만 일단 들어 보지. 뭔데. 그리고 도련님이라고 부르지 마."

아르템은 거구를 움츠리고 가슴 앞으로 양손을 모았다.

"나 은거 철회할 거야!"

"안 돼, 돌아오지 마!"

자신을 속속들이 아는 사람의 간청에 카이드는 온몸의 털을

곤두세웠다.

"도련님을 믿고 헤어진 직후에 이런 꼴이라니 주인님께 죄송한 걸 넘어서 스스로가 한심하기 그지없어서……."

"큭……."

"이래서야 이제 곁으로 돌아가 손가락질하며 비웃어줄 수밖에 없겠군요. 푸홋!"

"이렇다니까! 이런 녀석이었다고!"

아르템은 거구를 움츠리고 능숙하게 한 손으로 카이드를 가리켰다. 다른 손으로는 입가를 가렸지만 부질없이 웃음이 새어나오고 있었다.

카이드는 고개를 푹 숙였다. 어디를 봐도 지칠 대로 지친 모습이었다. 그러나 아르템은 자세를 바로잡기는커녕, 그대로 손가락으로 카이드의 볼을 찌르기 시작했다.

"아녀자가 옷을 갈아입으신다는데도 나가지 않고 버티다니, 저는 좀 그렇군요. 미혼의 어린 아가씨와 동침하다니 파렴치한 나머지 '꺅' 하는 소리가 절로 나오더군요."

"네 탓이잖아!"

감싸고 있던 머리를 들고 고함을 지른 카이드는 그대로 아르템에게 등을 돌렸다. 그러더니 갑자기 뒤돌아서 놀란 내 앞에 무릎을 꿇었다.

"옷을 갈아입고 나시면 아침은 드실 수 있겠어요?"

"너무 많지만 않으면."

"무리하실 만한 양은 드리지 않겠지만 평소보다 조금 많이 준비해도 될까요?"

"응, 노력해 볼게."

"네."

부드럽게 풀린 미소에 이끌려 나도 가볍게 얼굴이 풀렸다. 카이드가 귀엽다. 안색도 괜찮아서 정말 다행이다. 얼굴에 퍼진 독의 흔적은 애처롭지만, 어젯밤에 지금까지 경험해 온 게 있으니 빨리 나을 것이라고 말해 줘서 안심했다. 잘 듣는다는 아르템의 특제 약도 발랐다고 하니 빨리 나았으면 좋겠다.

'카이드가 열심히 치료를 받고 있으니까 나도 열심히 먹어야겠어.' 그렇게 기합을 넣으려는 순간, 줄곧 참아 왔던 말이 그만 입에서 튀어나오고 말았다.

"카이드, 너."

"아가씨? 왜 그러십니까?"

"꽤나 말썽꾸러기였네."

"……잊어 주시죠?"

"싫어. 더 많이 듣고 싶을 정도인걸. 하지만 지금은 일단 옷을 갈아입어야 하니 나중에 들을게."

카이드가 겸연쩍은 얼굴로 시선을 이리저리 움직이다가 다시 한번 얼빠진 웃음소리가 들려와 눈을 치켜떴다.

"아르템!"

"셜리 님이 원하신다면 이 아르템, 카이드 도련님의 죽다 살아난 기록을 손꼽아 골라 오도록 하지요!"

"기다려. 뭐야, 골라 온다니 무슨 소리야?"

"네? 그러니까 기록한 책 속에서 엄선한 카이드 도련님의 생존 경쟁기를 말씀드리는 겁니다만."

"다 태워 버려."

카이드가 동굴에서 울리는 듯한 저음으로 즉답해도 아르템은 전혀 겁먹지 않았다. 그것만으로도 두 사람의 오랜 친분을 알 수 있었다.

확실히 카이드의 어린 시절에는 흥미가 있었다. 본인의 입으로 들려주는 것도 좋지만 그 사람을 곁에서 지켜봐 온 사람의 입으로 들려주는 건 또 다르다. 무척 관심이 가지만 막상 들었을 때 생존 경쟁한 내용밖에 없다면 어떻게 하나 하고 불안해지기 시작했다. 내가 듣고 싶은 건 사랑하는 사람의 어린 시절 추억일까, 모험기일까, 아니면 전기(戰記)일까. 가슴이 두근대기 시작하는데 이건 기뻐서 그런 걸까, 불안해서 그런 걸까, 아니면 단순히 상처가 아파 와서일까. 뭐가 뭔지 모르겠다.

문을 힐끗 바라보니 그 앞에는 아마 갈아입을 옷을 들고 왔을 메이드들이 서 있었다. 메이드로 일해 온 나는 저 사람들의 심경을 잘 알 수 있었다.

입은 미소 짓고 있었지만 그 눈빛은 빨리 옷을 받고 아침을 먹기 바란다고 말했다. 메이드의 아침은 무척 바쁘다.

"도련님, 벌써 가시는 건가요. 쓸쓸합니다……."

"도련님, 가시는 길에 드세요."

"도련님, 춥지는 않으세요? 옷을 한 벌 더 챙겨 가세요."

라이우스 영주 카이드는 자신이 무사함을 라이우스 전역뿐만이 아니라 타 영지와 왕도에도 확실하게 알려야 한다. 그렇기에 되도록 빨리 출발해야 했다.

그러나 마차에 올라타기도 전에 모여 든 코르키아 사람들을 쫓아내려는 이는 아무도 없었다. 코르키아 주민들이 끝없이 음식과 책, 심지어 이불까지 건넸을 때는 카이드도 조금 곤란한 듯 했지만 시간을 핑계로 그 사람들에게 물러가라고는 하지 않았다. 나는 그 모습을 유심히 보다가 한 가지를 깨달았다. 카이드에게 온갖 물건을 주려고 하는 이는 대부분 윗세대 사람이었다.

"이건 우리 아들이 농사를 지었답니다. 무척 달콤하니 꼭 드셔 보세요."

"엄마, 카이드 님은 평소에 더 좋은 걸 드신다고!"

어머니의 손에서 자신이 기른 채소를 잡아챈 젊은 청년은 손에 든 채소보다도 새빨간 얼굴을 했다.

"색이 좋은걸. 하나 받을까."

그렇게 말하며 얼굴이 새빨개진 청년에게서 채소를 하나 받자마자 덥석 베어 물었다. 그리고 몇 번 씹어 삼키더니 환하게 웃었다. 그러자 순식간에 어릴 때 얼굴이 보여서 귀여웠다.

"확실히 달군. 솜씨가 좋아."

"아, 아니 그럴 리가요. 당치도 않습니다!"

눈에 띄게 당황하는 청년을 보고 커다란 웃음소리가 번졌다. 끊임없이 건네는 음식 때문에 이제 카이드의 얼굴이 가려 안 보일 지경이었다. 그 무리에 안 섞인 등 굽은 노인들은 주름투성이 얼굴을 더욱 맞댔다.

"늘 자기가 먹을 몫까지 내주셨던 도련님이 우리가 드린 음식을 드시는 날이 오다니……."

눈물을 글썽이는 노인은 한두 명이 아니었다. 그런 노인들 등을 어루만지고 아르템이 걸어왔다.

아르템은 마차가 출발하기까지는 시간이 더 걸릴 거라며 먼저 마차에 타라고 했다. 내가 탄 마차 반대편에서는 이자도르 일행이 각기 애마의 목을 쓰다듬고 있었다.

이자도르가 쓰다듬는 말은 라이우스를 방문했을 때 탔던 말과는 다른 색이었다. 말과 기수는 한 몸이기에 처음 만난 말이도 애마라고 생각해야 한다. 그렇게 생각하지 않으면 말은 태워 주지도 않는다. 내게 그렇게 가르쳐 준 마구간 지기는 그로부터 얼마 지나지 않아 저택에서 사라지고 말았다. 나는 정말로 중요했던 말은 듣지도 않고, 그렇다는 사실조차도 모른 채 지내 온 것이다.

아르템이 내 앞까지 와서 정중히 거구를 숙였다.

"셜리 님, 오래 기다리게 해서 정말 죄송합니다. 기분이 안 좋으시면 바로 말씀해 주세요."

"괜찮아요. 감사합니다. 게다가 아르템 님, 전 평범한 메이드일 뿐이니 부디 그리 대해 주세요."

내가 '아가씨'라는 사실을 아르템은 모를 거라고 생각하지만, 카이드가 나를 대하는 태도를 아르템도 따라하고 있었다. 지금은 코르키아에 은거하지만 몇 년 전까지 거친 라이우스 영주 저택을 통솔했던 사람이다. 내게 머리를 숙일 이유는 어디에도 없는데 아무렇지 않게 거구를 숙였다.

"코르키아의 생명 줄이자 저의 유일한 주인인 카이드 님이 경의를 표하는 분께 예의를 차리는 것은 당연합니다."

그렇게 산뜻하게 웃으면 더 부탁할 수 없다. 이 부분은 카이드가 해결할 수밖에 없다고 생각해 시선을 돌렸다. 이번에는 카이드에게 음료가 든 통이 밀려들고 있었다. 막상막하의 입씨름은커녕 계속해서 밀려드는 물건에 곤란해하는 카이드의 모습을 아르템이 눈부신 것을 보듯이 바라보고 있었다.

"셜리 님이 보시기에 저와 카이드 님은 어떻게 보이십니까?"

"무척 편한 사이처럼 보여요."

카이드도 그렇게 말했을뿐더러, 두 사람의 거리가 가깝다는 것은 이 짧은 시간에 본 모습만으로도 알 수 있었다. 아마 카이드가 어릴 때부터 이런 사이였음을 쉬이 짐작할 수 있었다. 카이드도 어리광이란 걸 부렸을까. 그것 때문에 지적을 받을 때면 주눅 들거나 토라졌으리라. 분명 귀여웠을 어린 카이드의 모습을 떠올리는데, 아르템이 싱긋 웃었다.

"그렇군요. 이 15년 동안을 제외하면."

한순간 중간에 끊긴 말이 이해가 안 됐다. 의문이 그대로 표정에 드러났으리라. 아르템은 굳이 말하지 않아도 내 의문을 파악해 이야기를 계속했다.

"카이드 님은 제가 뭘 해도 웃기는커녕 화조차 내지 않으셨습니다. 10년 이상 줄곧."

바람이 세게 불었다. 잿빛 풍경을 만들어 내는 코르키아의 바람은 세차고 차가웠다. 바람이 지상의 열기를 붙잡고 떠나며 불어 왔지만 머리를 누르려는 생각조차 못 했다.

"제가 은거를 결심하고 이 땅에 돌아온 것은 카이드 님이 이제 괜찮다며 비로소 웃어 주셨기 때문입니다. 물론…… 지어낸 웃음이라는 것은 압니다만."

내 시선 끝에는 바람에 휘말린 사람들이 웃고 있었다. 차갑고 세찬 바람이 불어도 그곳은 행복으로 가득 차 있었다. 그 행복의 중심에는 카이드가 있었다. 지어낸 웃음조차 못 짓던 사람이 아이들에게 바람으로 헝클어진 머리를 놀림받으며 평온하게 웃고 있었다.

"귀족은 상징이자 집약하는 사람입니다. 그렇기에 내어주고 조정하는 것이 일이죠. 식량, 돈, 감정. 그것들은 모두 귀족에게 집중됩니다. 존경, 외경, 동경, 감사, 분노, 증오, 희망, 절망이 모두 한곳에 모이지요. 하나 그 시절에는 죽음과 한탄만이 모일 뿐이었습니다. 그런 상황에서도 카이드 님은 영지민에게 그 두가지 외에 모든 것을 내주셨지만 정작 스스로를 채우지는 못하셨습니다. 저희는 아직 어렸던 그분의 굶주린 배조차 채워드리지 못했습니다. 그런데도 그분은 결코 나눔을 그만두지 않으셨습니다. 유행병이 맹위를 떨쳐서 그분의 마지막 혈연이었던 형님이 돌아가신 날조차 눈물을 보이지 않고 굶주린 영지민을 살피고자 산으로 들어갔습니다. ……저분은 타고난 귀족입니다. 위에 서는 사람이 되라는 하늘의 계시를 받아 태어나고 말았죠. 자신의 마음이 견디지 못하고 비명을 질러 포기하고 싶을 때도 있었겠지만, 영혼 자체가 그렇게 타고나신 분이니 계속 나누며 살아가실 겁니다. 자신이 텅 비어도, 부서져 본디 모습을 알 수 없게 되어도 그 파편마저 긁어모아 백성에게 나눠줄 겁니다. 끝없이 뻗어오는 손이 여전히 부족하다며 억지로 몸을 잡아 뜯고 계속 빼앗아도 그대로 받아들이실 타고난 귀족이십니다."

사람들은 힘의 상징으로 카이드를 늑대라고 부르기 시작했다. 개보다 크고 강한 데다 현명하면서도 흉포한 짐승. 침략자에게서 영역을 지키고 평화를 어지럽히는 해악을 물어 죽이지만 자신들에게는 결코 이를 드러내지 않는, 사람 무리를 계속 지켜 온 한 마리 늑대. 그 모순을, 지독한 그 모순을 여전히 누구도 멈추지 못했다.

"어제 당신을 데리고 저택을 방문한 저분은 진심으로 웃고 계셨습니다. 당신과 함께 아이처럼 잠든 저분을 본 제 심정을 이해하시겠습니까. 저분이, 코르키아의 생명이 그만큼 만족스러운 얼굴이었던 적은 지금껏 한 번도 없었습니다. 그 기쁨을 이해해주시리라 믿습니다……. 저분께 원한이 아닌 감정을 주신 당신이라면."

"……무슨 뜻인가요?"

"제가 알아차릴 만큼 속내를 내비치신 적이 거의 없는 데다,

웬만해서는 그 이름을 입에 담지 않던 분이라서 눈치챈 사람은 극히 소수입니다. 저분이 '아가씨'라고 부르는 분은 단 한 사람, 라이우스의 보화님 말고는 없으니까요."

나이를 먹어서 낮고 평온한 목소리가 안도가 아닌 슬픔을 노래했다. 기쁨을 이야기하면서도 이렇게 기쁠 수 있는 이유를 깨닫자 슬픔이 몰려들었다.

"하지만 당신이 누구시건 제겐 아무래도 상관없습니다. 기적의 이유도 구조도 의미는 없습니다. 제게 중요한 건 저분이 절대 손을 놓지 않겠다고 여기는 존재가 있느냐 없느냐 뿐입니다. ……저분은 계속 빼앗기며 살아갈 겁니다. 누구보다도 많은 것을 잃어 왔음에도 결코 도망치시거나 모든 걸 내팽개치지 않으셨습니다. 죽음 말고 해방될 길은 남아있지 않았지요. 하지만 죽음의 위기도 구원을 가져다주지는 않았습니다. 저분은 아무리 절망적인 상황에 처해도 반드시 살아남았으니까요. ……죽음이라는 구원조차 주어지지 않았습니다. 죽음의 위기는 그저 고통만을 주고 떠나갔어요. 저는 저분에게서 계속 죽음을 빼앗고 싶습니다. 이런 제 마음은 아마 저분을 기만하는 것이 되겠지요. 하지만 태어날 때부터 계속 빼앗기는 위치에 계신 저분께는 이제 죽음조차 해방의 길이 아닙니다. 저는 저분이 살아 계셨으면 합니다. 계속 잃고 빼앗기는 비정한 삶 속에서도 조금이나마 만족할 만한 것이 있기를…… 부디 죽지 않기를, 살아 계시기를…… 그래서 삶에 만족하실 날이 오기를 계속 바라 왔습니다."

소중한 사람이 살아 있기를 바란다. 그러한 당연한 심정을 아르템은 기만이라고 불러야 했다. 카이드는 그런 삶을 살아왔다. 그리고 앞으로도 살아갈 것이다. 카이드를 소중히 생각하는 사람들이 스스로의 삶을 살아가기를 바라며.

"저도 그렇게 바라요. 카이드가 계속 살아 있었으면 해요."

"그러시군요."

카이드를 향한 자신의 심정을 털어놓을 때와 비교하면 이 얼마나 평탄하고 담담한 목소리인가. 이제 나는 단순히 내게 무관심해서 그런 목소리를 냈다고 생각할 만큼 무지하지는 않았다.

"당신은 저분께 죽음이 아닌 구원을 주실 건가요?"

"……저는 신이 아닙니다. 사람의 생사를 약속드릴 순 없어요."

"그러시군요."

"하지만 삶을 아끼길 바라요."

사람의 생사에 결정권을 가진 건 신뿐이다. 아무리 많은 사람이 바라고, 외치고, 협박해도 죽음은 똑같이 찾아온다. 그렇기에 생명은 평등한 것이다. 하지만 끝은 누구에게나 똑같이 찾아와도 그 방식까지 같지는 않다.

"저돕니다. 저분은 죽음을 두려워하기는커녕 아쉬워하지도 않습니다. 죽음이 유일한 구원이라는 것을 영혼이 알기 때문입니다. 하지만 적어도 죽음이 찾아오는 것을 아쉬워하셨으면 좋겠습니다. 삶을 아끼며 죽음을 한탄하셨으면 합니다. 다만 저는 저분께 그 방법을 찾아드릴 수 없었습니다. ……당신은 어떻게 하실 건가요?"

"저도 잘 모르겠어요. ……하지만 최소한 임종은 지키고자 해요."

수많은 죽음을 겪은 사람은 앞으로도 싫든 좋든 계속 죽음과 마주하리라. 그러니 저 사람에게 내가 할 수 있는 일은 거의 없다. 아직도 내가 뭘 할 수 있을지 생각하는 중이다. 질문에 대한 답을 아직 찾지 못한 나는 효과적인 방법 같은 건 전혀 모른다. 지금은 그저 바라기만 할 뿐이다. 바람을 이룰 방법도 기반도 전혀 없는 주제에 내뱉은 내 대답을 듣고 아르템이 한순간 깜짝 놀라더니 웃음을 터뜨렸다.

"시, 실례했습니다. 참으로, 참으로 감사합니다, 아가씨. 멋진 말씀이십니다. 아가씨를 남겨 두고 먼저 떠나면 '죽는 게 아쉽다'라는 말로는 표현하기 부족할 겁니다! 그저 어찌어찌 살아남아서 삶을 이어가는 것이 아니라 말 그대로 죽을 각오로 죽어도 살아 돌아올 겁니다. 이번처럼요."

답 같지도 않은 내 대답이 몹시 마음에 들었는지 아르템이 소리 높여 웃기 시작했다. 무리 중심에서 사람들을 온화하게 바라보던 금빛 눈동자가 그 웃음소리를 들었는지 이쪽을 보았다. 의아하다는 얼굴로 안절부절못하는 모습을 보고 나와 아르템이 얼굴을 마주 봤다. 그리고 누가 먼저라 할 것 없이 웃음을 터뜨렸다. 그 모습을 보고 카이드가 다시 고개를 갸웃거려서 우리는 다시 한번 웃음 지었다.

카이드가 여기까지 오려면 조금 더 시간이 걸릴 듯하다. 왠지 어린아이 같아 보이는 카이드를 바라보며 아까부터 신경 쓰였던 것을 물어보기로 했다.

"저기…… 하나 여쭤도 될까요?"

"물론입니다."

"왜 카이드와 이야기할 때 그런 신기한 말투를 쓰세요?"

항상 그런 말투를 쓰는 줄 알았는데 나나 다른 사람들에게 말할 때는 살짝 장난기가 섞이긴 했어도 평범한 노인의 말투였다. 그런데 왜 카이드 앞에서는 그런 이상한 목소리와 말투로 말하는 걸까.

그렇게 물은 순간, 아르템이 우뚝 멈춰 선 것을 보고 실례되는 질문이었나 싶어서 당황했다. 하지만 곧장 경쾌한 웃음소리를 내서 안심했다.

"그걸 '신기한 말투'로 일축하실 줄이야. 과연 카이드 님이 첫눈에 반한 분이시군요."

내가 어떻게 대답해야 할지 곤란해하자, 아르템이 카이드를 바라보며 눈부실 때처럼 눈을 가늘게 떴다. 태양이라도 올려다본 것 같은 얼굴을 한 아르템 앞에 정말로 빛이 있는 것처럼 보였다.

"저분은 라이우스와 코르키아의 태양입니다. 또한 제게도 무엇보다 고귀한 빛이었습니다."

'빛이 있듯이' 같은 비유적인 표현이 아니다. 카이드는 빛이다. 라이우스 영지민에게 카이드는 빛 그 자체였다. 그리고 내게도 마찬가지다.

지하 감옥에 갇혔을 때나 목이 떨어졌을 때 찾아온 것은 시야를 뒤덮는 어둠이 아니었다. 카이드가 있는 곳만은 밝게 보였다. 카이드는 빛이었다. 라이우스와 영지민에게 길잡이이자 모든 축복을 가져오는 태양 그 자체임과 동시에 늘 변치 않고 그 자리에 있는 빛이었다. 그렇기에 이번 사건은 온 라이우스 영지민을 뒤흔들었다. 이제 라이우스에 카이드라는 이름의 빛은 필수적인 존재였다. 내일 당장 태양을 없애 버리겠다고 위협하는 사람은 없었다. 언제나 변함없이 떠올라 온기를 주고, 작물을 싹틔우고, 빛을 주리라고 한 치의 의심 없이 믿어 왔던 존재가 아무 전조도 없이 사라지는 공포를 영지민이 알 리가 없었다. 라이우스에 내려앉은 어둠 속에서 살았던 사람들은 더 이상 그런 무시무시한 시절을 겪지 않아도 된다고 생각해 15년 간 안도했으리라.

그러나 생각지도 못 했던 공포가 현실이 됐다. 하지만 그들이 느낀 공포와 절망을 위로하고 치유한 것 역시 카이드였다. 태양은 하나뿐이듯이 라이우스의 빛도 하나뿐이다. 이번 사건으로 그것이 얼마나 위태로운 상황인지, 라이우스 전체가 통감했다.

"코르키아의 빛이었던 팔루아 가 사람은 이제 카이드 님뿐입니다. 아무리 겨울이 혹독하고 반복되는 증세(增稅)로 다른 계절마저 생계가 팍팍해져도 팔루아가 여러분은 항상 미소를 잃지 않으셨습니다. 자신들이 불안한 얼굴을 하면 주민도 불안해한다며 언제나 고개를 들고 괜찮다며 웃으셨습니다. 하지만 언제나 굳게 손을 잡고 몸을 맞대며 서로를 지탱했던 가족은 더 이상 안 계십니다. 카이드 님은 얼음장 같은 코르키아에 혼자 남겨졌습니다. 혼자가 되어도 내어주고 받쳐 주며 몸을 깎는 고생을 하고 발버둥 치다 죽을 뻔했지요……. 어린아이가 견딜 수 있는 삶이 아닙니다. 그런데도 그분은 계속 빛이 되어 주었습니다. 가슴을 펴고 항상 고개를 든 채 괜찮다 웃으면서 코르키아를 계속 비추셨습니다."

눈이 쌓여 무너지지 않게 튼튼한 구조로 지은 저택을 올려다봤다. 평소에도 일조 시간이 적은데, 눈이 들어오지 않도록 작게 낸 창문이 늘어선 저택 안은 낮인데도 어두웠다.

내겐 헬트라는 이름이 더 친숙하지만…… 어린 카이드가 저택 안을 기운차게 뛰어다니는 모습을 상상하니 흐뭇했다. 그런데 동시에 가슴이 아팠다. 분명 웃고 있었으리라. 계속해서 웃고 있었겠지. 무슨 일이 있어도, 무언가를 잃어도, 누군가가 죽어도 카이드는 웃고 있었던 것이다.

"카이드 님은 놀지도 장난을 치지도 않게 되셨습니다. '웃어야 할 때'만 웃게 되셨죠. …………하지만 그런 목소리로 장난을 칠 때만은 '웃어' 주셨습니다. 제가 그렇게 농담을 하자 '넌 언제나 여전하구나' 하며 활짝 웃어 주셨습니다. 마치 그 시절처럼, 아이처럼, 아무런 근심도 없었던 시절처럼 거리낌 없이 웃어 주셨습니다."

아르템이 보았던 카이드의 어린 모습을 보고 싶다고 생각했다. 내 눈으로 직접 보고 있는데도 다른 이의 눈에 비친 모습을 보고 싶다고 생각한 것은 처음이었다. 하지만 그것이 지극히 자연스러운 현상이라고 느껴질 만큼 아르템의 눈에 빛이 반짝였다.

"늙기 싫었습니다. 매일 밤 믿지도 않는 신에게 저분을 두고 가지 않게 해 달라고 기도했습니다. 그리고 절대로 변하지 않겠다고 다짐했습니다⋯⋯. 저분은 훌륭하게 성장하셨지요. 우리 코르키아의 빛이 이제는 라이우스에도 꼭 필요한 빛이 되었어요. 하지만 그럴수록 변하지 않으리라 믿었던 것들이 사라져 갔습니다. 옛날처럼 거리낌 없이 저분의 어깨를 두드리는 사람이 사라진 것이지요. 전 저분이 영주이든 아니든 장난치고 놀리면서 부끄러운 옛날 일을 계속 들추어낼 겁니다. 그러면 제 도련님이 돌아오시거든요. 사람의 위에 서는 존재는 감정에 몸을 맡기고 남을 호통쳐선 안 됩니다. 하지만 제 도련님은 제게 뭘 하시든 상관없죠. 어린아이는 힘을 조절하는 법을 몰라서 마음껏 울고, 화내고, 떠들고, 짜증을 부리며 팔을 휘둘러 대지요. 그분은 제게만은 그래도 됩니다. 제 앞에선 부릴 허세조차 이미 남아 있지 않다는 걸 알고 계시니까요. 사양도 허세도 의무도 책무도 제게는 필요 없습니다. 저는 도련님에게 그런 존재로 계속 남고 싶습니다. 그래서 저는 계속 이대로 있어도 상관없습니다. 저도 저분을 영주 취급은 커녕 어른 취급도 해 드리지 않을 겁니다. 그러지 않으면 저분은 주변이 바라는 그대로 어른이 되고 말겠죠. 전 저분이 문득 돌아보았을 때 한 치도 변함없는 존재가 되고 싶습니다. 저분이 어딜 가든 어떤 지위에 오르든 저분은 언제나 제 작고 귀여운 도련님이니까요."

아아, 부럽다. 진심으로 그렇게 생각했다. 나도 카이드에게 그런 존재가 되고 싶었다. 영주의 얼굴도 다 큰 남자의 얼굴도 두근거릴 만큼 멋지다. 하지만 나는 헬트로서의 모습을 좋아하게 됐다. 어린아이 같대도 상관없다. 칠칠찮고 볼품없는 모습도 보고 싶다. 꼴사납고 한심해도 상관없다. 언젠가는 내게도 그런 모습을 보여 줄까. 그런 카이드를 보는 날이 올까.

카이드가 아르템과 보낸 것과 같은 시절을 보내서는 안 된다. 내게라면 야무지지 못한 모습을 보여도 괜찮겠다고 생각할 만한 사람이 되어야 한다. 그것은 분명 카이드가 쓰러져도 서 있을 수 있는 사람이다. 함께 쓰러지는 것이 아니라 쓰러진 카이드를 떠받치고 함께 설 그런 사람.

"전 당신처럼 되고 싶어요."

"…………아가씨. 아가씨가 저처럼 되면 카이드 님은 절망의 구렁텅이에 빠져 재기 불능이 되고 말 겁니다. ……너무 성급하실 필요 없습니다. 저와 전혀 안 어울리는 조합이라 오히려 의미를 갖는 것이지, 아가씨는 지금 그대로가 제일 훌륭하십니다. 아니, 아가씨가 그쪽이 취향이시라면 존중하겠습니다만. 이 아르템, 개인의 취향과 기호에 이러쿵저러쿵 떠드는 야박한 인간은 아니니까요. 하지만 이렇게 되어야 한다는 강박관념이 있으신 거라면 걱정 마세요. 아가씨의 말투는 무척 아름다우시니 부디 진정하시고 정신 차리세요. 그것만은 제발 참아 주세요."

"·········말투를 말한 게 아니에요. 아니지만, 그치만······ 후, 후후······."

내가 참지 못하고 웃음소리를 내자, 아르템이 무척 당황했는지 멍하니 고개를 갸웃거렸다.

그 모습에 또다시 웃고 말았다.

"당신은 카이드와 닮았어요."

아르템이 나를 멍하니 바라보다가 이내 어깨 힘을 빼고 활짝 웃었다.

카이드가 양손 한가득 떠안은 짐을 떨어뜨리지 않으려 애를 쓰며 돌아왔다. 아르템이 재빨리 넘겨받더니 익숙하게 그것들을 정리하기 시작했다. 그 모습을 빤히 바라보는 금빛 눈동자는 신경도 안 쓰는 듯했다. 나는 콧노래가 나올 만큼 기분이 좋았다.

"아르템, 아가씨께 실례되는 소릴 한 건 아니겠지."

"어찌 그런 말씀을. 제가 실례되는 소리를 하는 건 도련님뿐입니다!"

"그렇다니 다······행이 아니군. 안 되겠다, 너랑 있으면 감각이 마비돼."

"다만 실례되는 소리는 안 했지만 도련님이 '꺅' 하며 소리 지를 만한 말은 한 것 같기도 하고오~."

"잠깐, 무슨 소릴 한 거야? 아르템!"

"에잉~ 아르템은 어려운 말은 잘 몰라요웅~."

아르템이 거구를 배배 꼬았다. 그 많던 짐을 언제 정리했는지 두 손이 텅 비었다.

"내 모든 과목 가정교사였던 녀석이 할 소리야?"

"그치만 그치마안, 아르템은 오늘 먹은 아침밥도 기억 못 하는 걸요웅~. 그야 아르템은 팔팔한 영감이니까요오~."

"뭐야, 그 모순되는 문장은."

카이드에게서 휴우, 하고 깊고도 무거운 커다란 한숨이 새어나왔다. 온몸의 힘을 한숨으로 내뱉은 것처럼 고개를 푹 숙였다.

"……너, 돌아온단 말은 진심이 아니겠지?"

"글쎄요, 어떨는지요."

"……아르템, 네가 나이 든 건 사실이야. 건강을 챙겨서 오래 살아야지. 부탁이니까 바보 같은 짓 하지 말고 얌전히 있어."

"제가 코르키아에 머무를지 말지는 모두 도련님의 평소 행실에 달렸지요~. 눈만 떼면 죽을 뻔해서 아르템은 도련님이 너~무 걱정이야~. 그런 연유입니다."

"윽."

겸연쩍은 듯이 신음하는 카이드 앞에서 아르템이 쓴웃음을 지었다. 얼굴에 선명하게 나타난 주름은 아르템의 인생 그 자체였다.

"허나 죽어선 안 될 이유가 생긴 지금의 당신이라면 걱정은

필요 없을지 모르겠군요. ……부디 건강히 지내십시오, 카이
드 님. 이 노구를 걱정하신다면 두 번 다시 부고를 알리시면
안 됩니다. 그걸 듣고 제 수명이 30년은 줄었어요……."

"미안, 아르………… 잠깐, 너 몇십 년이나 더 살려고?"

"지금이 딱 인생의 절반을 살았으니 어디 보자."

"……백오십까지 살 생각이었어?! 내가 늙어 죽었다는 소
식을 들더라도 불평하지 마."

"에잉~! 그러면 아르템 울 거야! 울면서 묘지기로서 곰잡이
라는 별명을 지킬 거야!!"

"내 묘를 어디에 세울 건지 그게 더 걱정되는데."

커다란 손이 카이드의 머리를 마구 쓰다듬었다. 황급히 멈
추려는 카이드의 손길을 간단히 피하고 검은 머리를 쓱쓱 쓰
다듬었다. 말썽부린 아이를 타이르듯이, 실수한 아이를 달래
듯이, 좋은 성적을 받은 아이를 칭찬하듯이 커다란 손이 라이
우스 영주의 머리를 흔들었다. 이윽고 카이드는 제지하기를
포기한 채 그대로 가만히 있었다. 무척이나 커다란 손. 카이
드가 아이였을 때부터 이미 어른이었던 사람의 손이, 이제는
어른이 된 카이드의 머리를 마구 쓰다듬었다.

"무슨 일이 생기면 이 아르템, 곧장 곁으로 달려가겠습니다.
지키고 싶은 것을 빼앗기지 않고 지키기 위해서 살아 있지 않
으면 이룰 수 없는 것이 얼마나 많습니까. ……지키십시오.
당신의 죽음이 당신이 가진 보물의 죽음과 직결된다는 사실
을 명심하세요. 도움이 필요하다면 손발이 되어드리겠습니

다. 더 많은 도움이 필요하다면 소리를 지르고 주변에 편지를 보내십시오. 카이드 님, 괜찮습니다. 누구에게나 유일무이하게 여기는 것이 있어요. 이론과 도덕, 그 모든 것을 버린다 해도 잃고 싶지 않은 것. 당신도 그런 존재를 가져도 됩니다. 그건 귀족, 평민, 왕족, 누구나 가질 수 있는 권리이고 누구도 그걸 빼앗을 권리는 없습니다. 인간이란 그런 생물입니다. 그게 인간이지요. 그러니 괜찮습니다."

머리카락을 마구 헝클어뜨릴 때는 언제고 이번에는 아주 섬세하게 빗기 시작했다. 머리를 쓰다듬고 정리하며 타이르듯이 말을 이었다.

"당신은 옛날부터 똑똑한 아이였습니다. 제가 가르쳐온 것은 이것뿐일지도 모릅니다."

"…………나 다음가는 불사신의 대명사가 기특한 소리를 다 하는군."

"……이 노구가 할 수 있는 건 사실 그리 많지 않습니다. 하나 나이 덕에 도와드릴 수 있는 것도 있지요!"

아르템의 목소리가 확 바뀌고 드높이 울려 퍼졌다. 카이드는 뭔가를 느꼈는지 머리 위에 올라온 손을 뿌리치고 내가 탄마차 앞까지 뒷걸음질 쳤다.

과장스러운 동작으로 두 손을 펼친 아르템은 커다란 몸을 우아하게 숙여 인사했다. 그리고 몸을 일으킨 순간, 손에는 컵두 개를 쥐고 있었다. 그것을 본 순간 카이드와 나는 깜짝 놀라 양손으로 입을 가렸다.

묘하게 걸쭉하고 거의 검정에 가까운 녹색 액체가 작은 유리 컵 안에서 흔들렸다.

"자아, 이쪽은 평소의 세 배 농도로 만든 아르템 특제 해독제입니다. 혹시라도 몸에 독이 남아있으면 큰일이니 신경 써서 진하게 만들었지요. 자아, 드시죠. 자아, 자아, 자아!"

어제 내 입안에서 느낀 쓰다고도, 맵다고도, 아리다고도, 달다고도 표현할 수 없는, 그 모든 감각이 되살아나서 무의식중에 고개를 도리도리 가로저었다. 물론 처음 마셔 본 거라 익숙지 않은 것일지도 모르지만, 아무튼 어제 것으로도 의식이 날아갈 뻔했는데 그보다 세 배나 진하다고?

나는 입가를 누른 채 조심스레 올려다봤다. 파랗게 질린 카이드가 내 앞에서 방황하던 금빛 눈동자를 멈췄다. 얼굴에는 눈에 확 띌 만큼 당황함과 미안함이 드러났다. 점점 열려 가는 입술에서 미안하다는 말이 나올 것을 알아차리고 각오를 다졌다.

"마, 마실게요."

"아가씨?!"

카이드와 이자도르의 비명이 겹쳤다. 카이드는 날 구해줬다. 그러니 독에 중독됐다 하더라도 카이드 잘못이 아니다. 해독제 맛이 굉장한 것은 더더욱 카이드의 잘못이 아니다. 독에 중독된 몸을 억지로 움직이면서까지 날 구해준 사람이 사과할 이유는 전혀 없다. 그럴 이유를 만들고 싶지 않았다.

아르템이 허리를 숙여 내 손에 컵을 건넸다. 아르템이 들었을 때는 그 큰 손 때문인지 상대적으로 무척 작아 보였는데, 내가 들어 보니 의외로 커서 소름이 돋았다. 조금씩 떨리는 손 안에서도 거무죽죽한 진녹색 액체가 전혀 안 흔들려서 다시 소름이 돋았다. 얼마나 농도가 진하기에 약간의 흔들림조차 없을까.

나는 침을 꿀꺽 삼켰다. 여, 역시 무리일지도 모르겠다.

"아가씨."

"네, 네에. 저기, 아르템 님. 양을 조금 줄여 주실 수는……"

"카이드 님을 부디 잘 부탁드리겠습니다."

"네……!"

예상하지 못했던 방향에서 퇴로가 막혔다. 이런 말을 들으면 설령 의미가 다르다 해도 할 수 없다, 무리라고 말할 수 있을 리가 없다. 진지하고 부드러운 눈빛은 카이드에게 받은 은혜 그 자체였다. 이 눈을 실망시키면 나는 카이드의 곁에 있을 수 있는 커다란 허가를 잃을 것이다. 그리고 그 허가를 잃는 것은 카이드가 자신의 소원을 용서할 수 없게 되는 이유가 된다.

"카이드."

"네, 네? ……아가씨?"

"나 아르템 님처럼 되고 싶어."

"아가씨?!"

나는 숨을 삼키고 단숨에 컵에 든 액체를 들이켰다.

라이우스 최북단이자 가장 봄이 늦게 찾아오는 코르키아는 아주 따듯한 도시였다. 카이드가 사랑한, 그리고 카이드를 사랑한 그 사람의 출발점. 우리의 약속의 땅.

이곳 코르키아를 언제 떠났는지 나는 기억하지 못했다.

제8장 당신과 나의 귀환

가슴에서 통증이 느껴지지 않았다. 나는 몸 오른편을 아래로 향하고 누워 있다가 어느 순간 계속 이어지는 진동을 중간에 감지하고 눈을 떴다. 몸 위에 가볍고 따듯한 모포가 덮여 있었다.

마차는 서두르면서도 최대한 흔들리지 않게 조심하는 듯했다. 살짝 열린 창문으로 빠르게 경치가 바뀌는 것과는 달리, 안은 꾸벅꾸벅 졸던 우리가 안 깰 만큼이나 조용했다.

그렇다, 우리다.

누운 내 시야 맞은편에는 앉은 카이드가 비쳤다. 나는 팔짱을 낀 채 작은 숨소리를 내는 카이드를 멍하니 바라보았다. 계속 졸았던 나와 달리, 카이드는 오는 도중에 마을을 지날 때마다 말에 올라 영주가 건재함을 과시해 영지민을 안심시켰다. 카이드가 지나가는 것만으로 이 세상에 봄이 온 것을 환영하는 듯한 환성과 기쁨이 솟아올랐다.

카이드가 지나간 곳에서는 애도가 사라져 갔다. 사람들은 희소식을 전하는 말에 타 달리며, 도시에서 도시로, 사람에게서 사람으로 기쁨을 전했다. 고작 하룻밤 만에 라이우스를 뒤덮은 밤의 장막이 올라갔다. 지금쯤이면 라이우스 전역에 영주가 무사하다는 소식이 전해졌으리라.

내건 현수막에는 '해방제'가 아니라 '늑대 부활제'라고 적혀 있었다. 행여 앞으로 이 표현이 정착될까 걱정해 머리를 감싸 쥔 카이드를 귀엽다고 생각했던 것은 비밀이다.

나보다 훨씬 피곤했을 텐데 피곤하다는 말 한마디 흘리지 않는 그 모습은 영주로서 훌륭하다. 하지만 개인으로서는 어떨까.

이자도르가 여기에 있었으면 분명 그렇게 말했겠지만, 정작 이자도르는 같이 저택에 돌아가면서도 마차에는 타지 않은 채 병사들과 말에 탔다. 애초에 출발하기 전부터 기수가 없는 말을 쓰다듬었었기에 놀라지는 않았지만, 그래도 같이 타면 좋았을 텐데, 하고 생각했다. 급한 행군이었기에 마차 수를 최소한으로 줄인 것은 안다. 그래도 이 마차는 내가 누울 수 있을 만큼 넓으니까 같이 타도 될 텐데, 이자도르는 '절대 싫습니다.'라고 거리낌 없이 말했다. 고개를 갸웃거리며 카이드를 보니 '제가 이자도르 입장이었어도 절대 싫었을 겁니다.'라는 대답이 돌아왔다. 두 사람의 진지한 얼굴을 보고 '혹시 내가 심하게 코를 고나?'라는 생각이 들어서 눈물이 날 뻔했다. 마음속으로 안 곤다고 강력하게 부정했지만 왠지 모르게 조금 신경 쓰여 똑바로 눕지 않았다.

덜컹덜컹 바퀴가 도는 소리를 들으면서 멍하니 카이드를 바라봤다. 의외로 속눈썹이 긴데 여성처럼은 안 보여서 신기하다. 신기하고 재미있고 이상해서, 더 가까이서 보고 싶기도, 최대한 떨어져서 보고 싶기도 한 것이, 낯간지러워서 참을 수가 없었다. 그 사람에 다가가는 것이 허락되어 이런 행복한 고민을 할 수 있다는 사실이 부끄러우면서도 자랑스러웠지만 동시에 낯간지러웠다.

내가 모포를 끌어당겨 입가를 가리자, 아무 말도 하지 않았는데 금빛 눈동자가 열렸다. 카이드는 눈을 두세 번 깜빡인 다음 내 눈을 바라보고는 부드럽게 미소 지었다. 몇 번인가 침대에서 떨어진 경험이 있어서인지 이번에는 카이드가 침대에서 떨어지지 않았다. 하지만 괜히 내가 부끄러워져서 모포를 코까지 당겨 올렸다.

"아가씨? 물 드릴까요?"

무심코 쓴웃음을 지었다.

"그건 막 잠에서 깬 네게 내가 할 말이야. 수고했어, 카이드."

"마을 밖에선 계속 잤으니 그리 힘들진 않습니다."

이런 강행군에도 그렇게 말한 건 날 신경 써서 그런 것일까, 아니면 원래 일상이 너무나도 가혹하기 때문일까. 아마 양쪽 다일 테니 캐묻는 건 다음으로 미루자.

"지금 어디쯤이야?"

"잠시만요."

카이드가 창문으로 얼굴을 내밀고 주위 풍경을 확인하더니 가슴팍에서 지도를 꺼내 내 앞에 펼쳤다. 일어나려 했지만 카이드가 누워있으라며 말렸기에 할 수 없이 누워 있었다. 카이드는 내가 보기 편하도록 바닥에 두 무릎을 꿇고 설명했는데 얼굴이 몹시 가까웠다. 손가락으로 가리키는 지도보다 그 얼굴쪽으로 시선이 갈 뻔해서 황급히 시선을 아래로 향했다.

카이드가 가리킨 곳은 생각보다 코르키아에서 멀리 떨어져 있었다. 이 상태라면 오늘 밤에는 저택에 도착할 듯했다.

"꽤 빠르구나."

"곧장 오면 이 정도예요."

하긴 그렇겠지. '산사태로 봉쇄' 된 길을 지나고 '떠내려간 다리'를 지나서 '물이 불어난 마을'을 빠져나왔으니까.

꽤나 멀리 돌아갔다고는 생각했지만, 상상 이상으로 멀리 돌아갔던 모양이다. 게다가 조블린의 체형이 체형인 만큼, 확실하게 안전해 보이는 길로만 가겠다고 판단했으리라. 봉쇄되지 않았어도 좁은 길이나 믿음직스럽지 못한 다리가 걸린 길은 처음부터 제외했기에 그 일행이 고를 길을 추측하기는 쉬웠을 터다.

카이드가 지도를 보려고 고개를 숙이느라 검은 머리가 흔들리는 모습을 바라봤다. 문득 예전보다 성장했다고 생각했다.

"있지, 카이드."

"네?"

"내 말투를 고쳐야겠다고 코르키아에서 실감했어. 아무리 그래도 영주인 네게 실례야."

줄곧 생각했던 바를 꺼내자 카이드가 아주 불쾌해 보이는 얼굴을 했다.

"봐주세요. 아가씨가 제게 공손하게 대해 주시면 죽을 것 같거든요."

"그, 그렇게나?! ……잠깐만, 너 설마 저택에 가서도 지금처럼 대하려는 건 아니지?"

"네?"

"……어?"

침묵이 내려앉았다.

살짝 열린 창문으로 맑은 하늘이 보였고, 시원한 바람이 불어오는데도 마차 안은 뭐라 말할 수 없는 공기로 둘러싸였다.

나는 이래서 이자도르가 기를 쓰고 마차에 안 타려고 한 거구나, 하고 자연스럽게 납득했다.

마차 안에서 급작스럽게 회의가 열렸다. 하지만 둘이 하는 회의라고 해서 들뜰 만한 일은 조금도 없었다. 아마 이자도르는 둘이서 들떠 있는 모습을 피하려 했으리라.

의제는 '앞으로의 우리'에 대해서다.

나는 무릎을 꿇고 카이드를 마주봤다. 등을 꼿꼿이 세운 카이드를 앞에 두고, 나도 완벽하게는 힘들었지만 되도록 등을 펴려고 했다.

"카이드."

"네, 아가씨."

"…………있지, 난 셜리 힌스라고 해."

"압니다."

뭐라고 말해야 좋을지 열심히 생각하며 이야기했다. 어찌 됐든 피할 수 없는 대화이기는 하지만, 이 일로 서로 불쾌해지거나 싸우는 건 피하고 싶었다……. 나는 싸운 적이 없다. 이번에 윌프레드와 처음 한 다툼은 물론이고 일반적인 싸움도. 카이드는 물론이고 다른 누구와도 싸운 적이 없다. 이번뿐만 아니라 이전 생에서도 그렇다.

나는 곁에 또래 아이가 없어서 어른 틈에서 자랐다. 그래서 누구도 나와 다투려 하지 않았다. 애초에 만나는 사람 자체가 적었던 데다 날 대등하게 대해주는 사람도 그것이 허락된 사람도 없었다. 이번 생에서도 마찬가지로, 사람들이 이야기한 적이 거의 없는 기분 나쁜 여자와 다툴 이유가 없었다. 다들 다툼이 일어나기 전에 먼저 멀리 피했고, 나도 그러기를 바랐다. 그래서 싸워 본 적이 없었고, 싸움에 이르는 전제 조건인 인간관계조차 제대로 맺지 않았었다.

그렇게 생각하니 한 번 싸워 보고 싶기도 했지만 지금 하고 싶지는 않았다.

검지와 중지를 감싸 쥐고 어느새 말라 버린 입술에 침을 살짝 묻혔다.

"저기, 카이드. 지금 난 왕족의 피를 잇지도 않았고 귀족의 딸도 아니야."

"그래도 당신이 저의 아가씨란 점은 변함없습니다."

"넌 영주이자 내 고용주야. 지금은 내가 널 주인님이라고 불러야 할 처지지. 원래라면 이런 말투를 쓰면 안 된단 것도 알아."

그렇게 말을 꺼내기 시작하면 사실 이런 입장에 있어서도 안 되는 것이 맞다. 원래는 주인인 카이드가 이야기를 시작하길 기다려야 하지만, 카이드는 내가 말할 때까지 기다릴 속셈인지 아무리 기다려도 대화가 시작되지 않았다.

얼굴을 보니 방금 한 농담도 비아냥대는 게 아니라 진심으로 그렇게 생각하는 듯했다. 나는 지금부터라도 말투를 바꿔 보려 했지만, 말투를 원래대로 되돌리자 '죽고 싶어집니다' 라고 한 말대로 정말로 죽어 버릴 듯한 얼굴로 변했다. 그래서 황급히 말투를 되돌렸다. 이로써 갑작스럽게 말투를 바꾼다는 선택지는 사라졌다.

"카이드, 내가 가족 없이 카이너의 고아원에서 자란 메이드란 건 틀림없는 사실이야. 너도 채용할 때 알아봤지?"

"당신보다 신분이 높은 사람은 왕성에 사는 왕족뿐입니다."

"카이드."

카이드를 설득해야만 한다고 분발한 것까지는 좋았지만, 이야기가 자꾸만 평행선을 달렸다.

난처해진 내게 카이드도 같은 얼굴을 보였다. 아니, 나보다 훨씬 괴롭고 슬퍼 보였다.

그 순간, 날 모조리 태울 듯이 강렬하게 빛나던 금빛 눈동자가 당장이라도 울음을 터뜨릴 것처럼 변했다.

"……부디 허락해 주세요. 제게 있어 아가씨는 아가씨일 뿐입니다. 당신이 저를 좋아해 주신다는 사실을 믿을 수 없었어요. 아가씨는 정말로 천상의 꽃과 같아서 그 모습에 목소리, 말과 감정까지 세상에 발하는 모든 것이 아름다웠기에 당신을 섬기고 싶었습니다. 항상 그렇게 생각했습니다. 당신을 마지막 주인으로 섬기며 살 수 있었다면 얼마나 기뻤을까요……. 전 원래 누군가의 밑에 있는 게 잘 맞는 남자입니다. 당신을 위해 살아가며, 당신이 다스리는 라이우스를 지키고 싶다고까지 바랐습니다."

카이드의 고백에 나는 눈을 크게 떴다.

그런 생각을 하고 있는 줄은 몰랐다. 영주 정도나 되는 사람이 무슨 그런 바보 같은 소원을 바라는 거지. 내게는 이 땅을 다스릴 능력이 없다. 아무것도 보지 않고 듣지 않은 채 그저 주어진 행복에 순종하며 흠뻑 취해 있던 여자였다.

아니, 카이드 역시 그 사실을 안다. 그래서 나와 같은 길을 고르지 않았다. 아니, 고를 수 없었다고 해야 할지도 모른다.

그 무렵 라이우스에서 그 길을 선택했다면, 그것은 라이우스의 붕괴와 같은 뜻이었다. 단순히 붕괴하는 것뿐만 아니라 더 지독한 내란이, 전쟁이 일어났으리라.

원흉인 영주 일족 중 한 사람을 살려 두는 것도 모자라 나중에 영주로 추대했으면 어떻게 됐을까. 현명한 카이드가 모를 리가 없다. 어리석은 나도, 그 무렵의 나조차도 아는 사실이었다.

어디까지나 주범은 우리 영주 일가였다. 그런데 말단만 처벌하고 나는 영주라는 자리에 앉히는 게 용납될 리가 없다. 라이우스의 백성은 그 결단을 결코 용서하지 않았을 것이다.

카이드가 무슨 짓을 해도, 아무리 대단한 공적을, 그야말로 지금처럼 라이우스의 영웅이라고 불릴 정도의 공적을 남겼다 해도. 사람들은 카이드가 한 치의 오점만 남겨도 비난했으리라. 아무리 큰 공적을 쌓고, 노력을 하고 희생을 치러도 오점 하나에 사람들은 비난하기 마련이다. 사람은 비난할 거리가 생기면 그 이외의 것은 보지 않은 채 언제나 쉬운 길을 고른다. 여러 관점에서 생각하여 결과와 비교하는 수고를 피하고자 우선 눈에 보이는 약점을 파고들려 한다.

오점은 확실한 약점이 된다. 다른 부분이 청렴결백하면 할수록 유일한 약점은 절호의 공격 대상이 된다. 다른 부분이 청렴결백하기 때문에 카이드를 따르는 아군은 늘어간다. 카이드의 청렴결백함을 사랑하는 아군과 공격해 오는 상대의 싸움은 늘어갈 것이다. 설사 그 대가를 치르는 것이 카이드라 해도…… 아니, 그것이 카이드이기에 누구도 멈추지 않을 것이다. 멈출 이유가 없다.

라이우스 전체가 싸움에 휩싸이고 어느새 전란에 빠지리라. 그도 그럴 것이, 사람들은 혁명으로 인한 해방을 이미 맛보았다. 그것이 아무리 타인에 의해 생각을 바꾼 최후의 방법이었다 해도 눈앞에 보이는 건 성공의 결과뿐이다. 사람은 성공을 시험하는 것을 주저하지 않는 생물이다. 성공이라는 결과만을 보고 그 과정이나 희생은 보지 않는다. 그리고 결말을 맞이했을 때 목격한 산더미 같은 희생을 앞에 두고 넋이 나가 그 책임을 질 사람을 찾기 시작한다. '내가 저지른 것이 아니다, 내

탓이 아니다, 전에는 이 방법으로 성공하지 않았냐, 이렇게 희생이 동반된다는 말은 못 들었다, 어째서 가르쳐 주지 않았냐, 먼저 한 번 경험했으면서 가르쳐 주지 않은 사람 탓이다' 라고 그럴듯한 책임자를 필사적으로 찾고 싸움의 이유로 삼아온 사람을 지목한다. 모두 저 녀석 탓이라며.

이자도르는 약함이란 그 자체만으로 특권이 된다고 말했다. 그것은 분명한 사실이다. 백성에게는 허용되지만 귀족에게는 허용되지 않는 것이 있다. 약함을 방패가 아니라 창으로 삼는 인간을 앞에 두면 강자가 얼마나 불리한지. 자신의 일상 자체가 불만이라며 상대를 후려쳐 놓고 후려친 손이 아프다고 강자를 비난한다. 내가 후려칠 계기를 만든 네가 잘못한 거라며 또 한 번 후려친다. 그러면서 얻어맞아 피를 흘리는 상대에게 너를 후려쳐서 손이 아프다고, 너를 후려치느라 손에 피가 묻어 더러워졌다고 고래고래 소리 지르며 사죄를 요구한다.

주먹이든 말이든 형태만 다를 뿐 똑같은 폭력이다. 오히려 말이 더 강한 폭력이 되는 경우도 많다. 이런 건 딱히 대단한 것도 아니라며 단정 짓고, 상대방이 강함에서 우러나온 긍지와 이성을 바탕으로 봐주지 않는 것을 약자에 대한 모독이라고 외치면서.

그렇게 되면 이제 멈출 수 없다. 억지력을 가진 귀족이라는 제도 자체가 단죄의 대상이 되면 머릿수로 밀어붙이는 백성의 폭동을 멈출 수 없다. 그 결과로서 다음에 처형되는 건 카이드일 테고 카이드는 분명 말없이 받아들일 것이다. 불합리함에 익숙한 건 학대받은 약자만이 아니다.

그래서 진심으로 카이드의 이성이 이겨서 다행이라고 생각했다. 카이드의 바람이 이루어지지 않아서 오히려 안도하다니, 정말이지 형편없는 여자라는 건 나도 알지만 진심으로 안심했다. 윌프레드가 죽이려 했던 것도 용서 못했는데, 카이드가 지켜온 백성이 카이드를 죽이는 걸 용서할 수 있을 리가 없다.

카이드는 쓴웃음을 짓는 건지 괴로운 건지 알 수 없는 얼굴로 내 모습을 바라보다가 말을 이었다.

"그러나 전 당신께 사랑을 하고 말았습니다. 그리고 당신도 절 좋아해 주셨죠. '왜 나 같은 걸?' 하고 생각했습니다. ……지금도 그렇고요. 아무리 생각해도 알 수 없었어요……. 하지만 죄송합니다. 전 이제 포기할 수 없어요."

카이드는 두 손으로 얼굴을 가리고 고개를 숙였다. 성장해서 이미 청년의 영역에 들어선 지 오래인데도 마치 어린아이처럼 불안해 보였다.

"……죄송합니다, 아가씨. 제 이 감정은 좋아한다든가 사랑한다든가 하는 그런 아름답고 고상한 것이 아닐지 모릅니다.

아니, 옛날엔 확실히 그랬죠. 그렇게 여기고 싶은 것일지 모르지만. 하지만 지금은 집착과 욕망이 뒤섞여 제멋대로 구는 흉포한 무언가예요. 그렇기에 더욱 놓칠 수 없어요. 전 분명…… 그 남자와 별반 다르지 않습니다. 죄송합니다, 죄송합니다 아가씨. 당신이 주시는 다정하고 따뜻한 것이 아니라 이런 추한 것을 드려서 정말 면목 없습니다."

허락을 간청하는 목소리가 차츰 갈라지더니 이윽고 사라졌다. 깍지 낀 손가락에서 삐걱거리는 소리가 울릴 만큼 힘줄과 뼈가 도드라져 있었다.

"무엇도 당신을 사로잡아선 안 돼요. 당신은 어디든 갈 수 있습니다. 하지만 걸을 때마다 상처를 입어서는 안 됩니다. 좋아하는 신을 신고 가고 싶은 곳으로 달려가야 해요. 아무도 앞길을 가로막아선 안 되고 방해해서도 안 됩니다……. 하지만 전 당신의 손을 잡아 세웠습니다. 스스로는 라이우스에서 한 발짝도 움직이지 못하는 주제에 아가씨를 붙잡고 싶습니다……. 귀족은 내어 주는 것이 일입니다. 제 것을 내어 주는 것은 당연한 일이었죠. 목숨줄인 식량이건 줄곧 원했던 보석이건……. 하지만 당신만은 내어 주기 싫습니다. 싫어요. 저는 당신이 누군가를 선택하는 것을 절대 용서 못 합니다. 당신이 넓은 세상으로 나가길 바라실지라도 전 그 뒤를 쫓고 말 겁니다."

비교적 평탄한 길에 들어섰는지 아까보다 흔들림이 잦아들었지만 아직도 작게 흔들렸다. 흔들리면서 숙인 카이드의 정수리를 바라봤다. 이런 상황에서도 옛날과 마찬가지로 가마가 오른쪽 방향이네, 하고 멍하니 생각했다. 옛날에는 이 머리를 내려다봤었는데, 하고 생각하며 깊고 가늘게 긴 숨을 토했다. 내가 숨을 토할 때마다 카이드에 팔에 들어간 힘이 뼈가 부러질 듯 강해져 가는 것이 느껴졌다.

"……그러면 지금 그대로도 괜찮도록 모두에게 어떻게 설명할지 생각해야겠네."

그렇게 말하자 고집스레 올라오지 않았던 머리가 움찔거렸다.

"미안해, 난 설명도 서투르고 그런 생각도 잘하는 편이 아니거든……. 그렇지…… 내가 무서워서 존댓말을 쓴다는 건 어떨까? 그래, 내가 공처가 될게. 영주의 위엄에 해가 될까……? 그래도 맡겨만 줘! 옛날에 어머님과 할머님이 읽었던 숙녀 통신과 할아버님과 아버님이 읽었던 신사 통신을 읽고 공부해서 여러 이야기를 알아. 숙녀 통신에서는 '살림의 기술', 신사 통신에서는 '오늘의 공처' 라는 기고가 있었는데……."

그 무렵에는 왠지 먼 나라 이야기라고 느꼈다. 나와 전혀 상관없는 이야기인 데다 현실감이 없어서 소설과 마찬가지로 단순한 읽을거리로 생각했던 신사 숙녀의 소양.

지금이야말로 그 지식이 도움될 날이 왔다고 생각했는데, 카이드가 뭐라 형용할 수 없는 얼굴을 했다. 이왕 얼굴을 든 거 웃어 주면 좋을 텐데.

"……저기, 아가씨?"

"응?"

"…………저와 결혼해 주실 건가요?"

"헉."

긴 침묵 끝에 튀어나온 말에 이번에는 내가 창백해질 차례였다. 핏기가 가실 정도로 이는 수치심이 나를 엄습해서 나도 모르게 두 손으로 입가를 가렸다.

"그, 그렇지. 지금 난 귀족의 딸도 아니고 뒤를 봐줄 사람도 없으니 영주의 아내가 될 수는 없겠구나. 나도 모르게……. 염치없었지, 미안해. 그래, 첩이겠지. 괜찮아, 카이드와 마님을 열심히 도와줄게. 메이드로 돌아가면 저택에 있어도 돼? 절대 나서거나 마님의 자리를 위협하거나 하지 않을게. 저기……저택이 안 되면 적어도 마을엔 있어도 될까?"

자연스럽게 뻔뻔한 생각을 하던 나는 너무 부끄럽고 가슴이 아픈 나머지 고개를 숙였다. 오만한 데도 정도가 있지. 함께 살아가자고 약속했다 한들, 지금 나와 카이드는 신분이 하늘과 땅 차이인데 뭘 당연하다는 듯이……

고개를 숙인 내 시야에 그의 손이 비쳤다. 황급히 얼굴을 들자 내 앞에 무릎을 꿇은 카이드가 있었다. 나보다 창백한 얼굴이 더욱 창백해졌다.

"미, 미안해, 물론 마님이 싫다고 하시면 친구라도 괜찮아. 그래, 친구………… 안 되려나…… 안될까……? 그럼 지인…… 얼굴만 아는 사이…… 지나가는 사람 정도면 괜찮을까?"

"점점 멀어지시면 어떡합니까. 왜 그런 부분만 제대로 귀족 감성이세요? 게다가 왜 다른 이의 신분에는 관대하면서 당신 신분에는 그리도 엄격하십니까. 신분 같은 건 어디 양녀로라도 들어가면 그만이고 전 딱히 지금 그대로도 문제없어요. 오히려 과거에 있었던 양녀 입양을 거절해 주셔서 다행일 정도입니다. 우리 둘이서만 얘기를 진행시킬 수 있으니까요. ……아가씨만 허락해 주신다면 그 저택의 여주인은 아가씨입니다."

카이드는 그렇게 말하자마자 내 손을 감싸 쥐고 이마를 갖다 댔다. 동굴에서는 손끝만 잡았었지만 이번에는 손 전체를 잡았다. 하지만 강에 빠져 한 번 내려갔다가 올라갔을 때와는 달리, 계속 뭍에 있었던 카이드의 손은 아주 차가웠다.

"……괜찮으세요? 아가씨. 전 이런 남자인 데다 반지 준비도 전혀 하지 않았습니다……."

나는 금빛 눈동자를 들여다보고 어깨의 힘을 뺐다. 착각한 게 아니라서 다행이다. 어디에 있든 마음만 통한다면 함께 살아갈 수 있겠지만, 가능하면 서로가 닿을 거리에서, 그것이 허락되는 위치에서 살아가고 싶다. 마음은 이어졌지만 허락되지 않는 사이보다는 당연히 이해와 축복이 함께하는 편이 좋다.

카이드에게 두 손을 붙잡힌 채, 이마에 입맞춤했다.

"그럼 약속해 줘. 앞으로…… 이번에야말로 행복해지겠다고, 함께 행복해지겠다고 내게 약속해 줘."

제일 먼저 '크게 뜬 눈이 귀엽다'라고 생각했고, 이어서 사랑스럽다는 마음이 샘솟았다.

카이드가 얼어붙은 것을 기회 삼아 다시 한번, 이번에는 눈꺼풀 위에 입맞춤했다.

"영주라면 원래 날 그렇게 대하면 안 되지만…… 그게 카이드의 바람이라면 상관없어. 나는 카이드의 바람이 이루어지도록 노력할게. 네가 양보할 수 없다면, 그게 카이드의 바람이라면 괜찮아. 내게는 잔뜩 어리광 부려도 돼. 나는 네 어리광을 듣고 싶어. 너무 심할 때는 혼내기도, 화내기도 토라지기도 할게. 그러니까 안심하고 어리광 부려줘. 네 어리광이 듣고 싶어. 네 소원을 알고 싶어. 있지, 카이드. 나한테 지금껏 감춰 온 네 소원을 가르쳐 주지 않을래? 조금씩이어도, 아무리 작은 거라도 괜찮으니까."

이번에는 내가 카이드 손을 쥐고 입맞춤을 했다.

그리고 맹세했다.

"널 사랑해, 카이드. 집착도 욕망도 네가 주는 것이라면 기뻐. 사랑은 그런 거잖아? 게다가 나도 분명 같을 거야. 연인이니까. 전혀 안 이상해. 앞을 달리는 내 뒤를 따라와 주지 않으면 쓸쓸해. 손이 텅 비었다면 잡고서 껴안아 줘. 네가 날 붙잡아둔 게 아니야. 내가 너와 함께 있고 싶은 거지. 함께 있고 싶은 사람이 손을 줄곧 잡아준다면 그건 무척 행복한 일이거든."

길을 내려가지 말아줘. 네가 만든 길에서 네가 내려가지 말아줘. 여러 명분을 내세워 가라앉지 말아줘. 카이드로서 살아가는 길을 버리지 말아줘.

"억지를 부려도 돼. 나도 부릴게. 이번에야말로 거짓말은 하지 말자. 비밀이야 조금 정돈 있어도 상관없으니 대화를 많이 나누자. 내가 모르는 너를 알려줘. 그리고 네가 모르는 나도 알려주고 싶어. 우리 서로 번거로운 성격이잖아. 제대로 말 안 하면 분명 전해지지 않을 거야. 있지, 카이드. 나 너와 '다시' 시작하고 싶은 게 아니야. 우리는 한 번 헤어졌어. 그러니까 이번에야말로 너와 처음부터 시작하고 싶어. 고민해 보자, 우리만의 방법을. 그렇게 처음부터 우리만의 모양을 만들어서 우리만의 모양으로 삼는 거야. 그게 함께한다는 거잖아?"

나도 똑같았다. 여기저기서 그럴 명분이 보이니까 그것만을 소중히 품고 계속해서 가라앉았다.

"네가 행복해졌으면 좋겠어."

가라앉고 또 가라앉아도 지옥에 바닥 같은 건 존재하지 않는다. 괴로워하며 발버둥 치며 다른 사람까지 끌어들인다. 그렇게 상처 준 사람을 보고 더욱 가라앉아 가는 끝없는 모래 지옥. 나는 행복해지고 싶어.

그래도 부탁해.

껴안을 거라면 날 안아줘.

"너와 행복해지고 싶어."

명분 따윈 버리고 날 안아줘.

나도 그렇게 할게. 이번에야말로 그렇게 살아갈 테니까.

내가 카이드를 내려다보고 미소 짓자 길고도 긴 한숨이 들려왔다. 카이드는 내 손을 잡은 채 가슴에 이마를 댔다. 무겁지는 않지만 머리카락이 닿아 살짝 간지러웠다. 카이드가 내 손을 잡고 있어서, 나는 그 머리를 감싸 안는 것 대신에 검은 머리칼에 뺨을 대고 눈을 감았다. 카이드가 웃었는지 몸이 살짝 흔들린 게 느껴졌다.

"……너무 대담하세요, 아가씨. 곧 서른인 저 자신이 한심해집니다."

"15년을 살았지만 이제야 숨이 트인 기분이야. ……어어,

힘이 넘치는…… 아니, 신나는…… 느낌? 저기, 신나 해도 용서해 줄래?"

"……아가씨는 들어주셨으면 하는 억지는 없으세요?"

촉촉하고 갈라진 목소리는 언급하지 않고 잠시 생각했다.

"그러게……. 손을 놔 줬으면 좋겠어."

자유로워진 손으로 곧장 카이드의 머리를 안았다.

"그리고…… 저기………… 처음 얘기로 돌아가는데."

"네?"

카이드가 머리를 들려고 하길래 힘을 다해 누르자 다시 얌전히 품속으로 들어갔다. 그래서 다행이라 여기며 카이드의 머리카락 속에 새빨개진 얼굴을 숨겼다.

"……영주로서 이대로는 안 되겠다고 생각한 건 사실이야. 하지만 네가 원한다면 태도와 말투는 안 바꿔도 된다는 게 거짓말은 아니고……. 여, 연인이라면 조금 더……저기…… 스스럼없이 편한 모습도 보고, 싶은데…… 그래서 셜리란 이름으로 불러줘서 기뻤어……."

아버님처럼 배를 울리며 크게 코를 고는 정도까지 바라는 건 아니지만, 아니 그건 그것대로 귀엽겠지만, 아무튼. 나와 함께할 때는 맘 편히 있었으면 좋겠다고 생각했다.

하지만 이것이야말로 정말 억지다. 이름으로 불러주길 바라다니. 어린아이가 부릴 법한 억지를 입에 담자 괜히 부끄러워져서 귀에서부터 목까지 열기가 뻗치는 게 느껴졌다. 어떻게 하면 열기를 식힐 수 있을까 초조해하는 동안에 얌전히 있던 카이드가 다시 움직이기 시작해서 황급히 머리를 눌렀다.

"아가씨."

"싫어."

"얼굴을 보고 싶어요."

"안 돼."

"아가씨."

"비밀이야."

"셜리, 보고 싶어."

숨을 꿀꺽 삼켰다. 지금 그렇게 부르다니 치사하다.

"당신의 많은 모습을 보여주시겠다고 했죠."

"……싫어."

"보여 줘요."

"……치사해."

이런 건 치사하다.

나는 입을 삐죽 내밀며 최후의 저항으로 카이드의 머리카락을 헝클어뜨렸다. 그런데 천천히 올라온 얼굴이 아주 즐거워 보였다. 방금까지 울상을 짓던 남자는 어디로 가버린 거지.

반대로 나는 분명 꼴사나울 만큼 빨개졌을 것이다. 귀나 볼, 목덜미를 건드려 보지 않아도 열기가 흘러넘친다는 걸 알 수 있겠지. 가까이에서 내 얼굴을 빤히 바라보는 카이드는 마치 콧노래마저 흥얼거릴 것만 같았다. 즐거워 보이는 모습이 아르템과 비슷해서 귀여웠지만, 지금은 그런 생각을 할 때가 아니었다. 두 손으로 금빛 눈동자를 가리고 싶을 정도였다. 하지만 그 눈동자가 마치 빛 그 자체인 것처럼 반짝거려서 막을 수 없었다. 내 갈등은 아랑곳 않고 금빛 눈동자 속에서 빛이 헤엄쳤다.

"귀여워. 셜리, 귀여워."

"……짓궂다니까."

"알고 계시지 않았나요?"

잠시 뜸을 들이는 입술에서 송곳니가 보였다.

분명 웃은 걸 텐데도 사냥감을 앞에 둔 사나운 표정으로 보였다.

"전 나쁜 늑대라고요."

겹쳐진 입술에서 달콤한 알사탕과 해독제의 맛이 났다.

영주 저택이 있는 거리는 지금까지와 비교가 안 될 정도로 환성에 둘러싸였다. 축제 준비 단계에서 보았던 축제 장식의 세 배는 될 법한 장식이 거리 전체를 메웠고, 축제에서 느껴야 할 기쁨을 카이드의 무사 귀환을 축하하는 데 전부 표현하고 있었다. 코르키아에서 장작을 마음껏 쓰며 밤을 밝혔듯이 꽃과 장식, 환희의 마음, 그것을 표현하는 체력 역시 아끼지 않는 거리는 마치 이 세상의 봄 같았다.

대단하다는 생각이 들 정도로 환성이 커서 내가 말하는 소리조차 들리지 않았다.

나는 창문을 활짝 열고 밖을 향해 웃으며 손을 흔드는 카이드의 모습을 맞은편에서 바라봤다. 카이드는 다른 도시를 지

날 때는 마차에서 내려 말에 탔는데, 이번에는 사람이 많아서 그런지 마차 안에서 건재함을 드러냈다.

그리고 결국 마지막까지 이자도르는 마차에 타지 않았다. 그 이유가 말에 차여서, 라는 사실은 누구도 가르쳐 주지 않았다. 나는 휴식하러 마차에서 내렸을 때야 비로소 영지민 모두의 뜨뜻미지근한 시선을 알아채고 얼굴이 새빨개졌다.

그때 필사적으로 삭인 열기. 그때는 분명 부끄럽고 뜨거워서 견딜 수 없었던 열기였다. 그런데 지금 나는 지푸라기라도 잡는 심정으로 그걸 되찾으려 몸부림치고 있었다. 지금 나는 분명히 기쁨으로 들떠 열광하는 거리 중심에 있을 텐데도, 몸은 한가운데부터 식어 갔고, 필사적으로 쥔 두 손가락은 감각 없이 창백해졌다.

카이드는 나를 힐끗 보고 손을 내려 작게 신호했다. 밖에서는 결코 안 보일 위치에 있는 손이 움직여 나를 불렀다. 나는 고개를 갸웃거리며 옆에 앉았다.

내가 자리를 옮김과 동시에 카이드도 자리를 바꿔 자기 몸으로 덮듯이 창문을 가렸다. 그리고 밖에서는 안 보일 위치에 있는 내 어깨를 끌어안았다. 카이드는 여전히 얼굴만은 창밖으로 향했다. 나를 안은 손이 놀라울 정도로 다정해서 내 불안을 눈치챘나 싶어 쓴웃음만이 나왔다.

마차가 멈췄다. 멈춘 이유는 휴식을 위해서도, 진창에 빠져서도, 바퀴가 고장 나서도 아니었다.

저택에 도착한 것이다.

감싸 쥐었던 검지와 중지는 마치 한겨울처럼 차가운데도 땀이 흥건했다.

심한 말을 했다. 따듯한 사람들을 무척 상처입히는 말을 골랐다. 소중하고 부드러운 부분을 칼로 도려내려고 말을 뱉었다. 그런 거짓말을 한 것은 윌프레드 때문이었지만, 따지고 보면 우리의 운명이기도 했다. 우리의 악행이 착한 아이들을 갈라놓았다.

이 문 저편에서 날 어떻게 바라볼지 모른다. 카이드가 파발을 보내서 '나는 인질로 잡혀 있었다'라고 설명한 건 안다. 다들 분명 내가 괜찮은지 걱정해 줄 사람들이다. 그건 안다. 인질로 잡혀서 어쩔 수 없이 내뱉은 폭언을 이유로 누군가를 비난하거나 따질 사람들이 아니라는 것도 안다.

다 아는데도 손발이 떨렸다. 이가 부딪쳐 딱딱 소리를 냈다.

당연하다. 여기는 내가 단죄당한 땅이기 때문이다.

그날 많은 환성이 내 죽음을 바라며 환희했다. 차가운 칼날이 목을 지나가는 순간, 세상에 핀 기쁨을 보았다. 지금 기뻐서 들뜬 사람들의 목소리가, 예전에 이곳에서 해방되어 들떴던 사람들의 목소리와 겹쳐서 살짝 힘들었다.

내가 고개를 숙이고 있는 동안에 문이 열리고 바람이 밀려들어갔다. 얼굴을 드니 먼저 내린 카이드가 손을 내밀고 있었다. 결코 서두르지 않고 미소 지으며 기다리는 모습을 보고 나는 결심해 손을 뻗었다. 가슴이 아파 오지 않도록 한 손으로 누르고 등을 살짝 구부린 채 내렸다.

신발은 튼튼해서 지면과 내 발바닥 피부가 직접 맞닿지는 않았다. 지면의 단단함만이 전해졌고, 자잘하게 박힌 돌 때문에 아프거나 냉기가 느껴지지는 않았다.

괜찮다. 몸이 불타는 게 아니다. 그 붉음은 이미 과거 일이다. 그런 소리도, 냄새도, 누구의 눈동자에도 붉음은 없다. 피부를 태우는 뜨거운 바람이 소용돌이치거나 열기에 그림자가 흔들릴 리도 없다.

그렇게 몇 번이고 스스로를 타일러도 심장은 경종보다 둔탁하지만 힘차게 계속 울렸다. 심장 소리가 빨라지면 빨라질수록 호흡은 거칠고 작아져 갔다. 제대로 숨을 쉴 수가 없었다. 머릿속이 새빨개졌다. 고개를 숙이자 드러난 목덜미에 땀이 맺혔다가 부드러운 바람에 식었다. 바람의 온도는 목덜미에 닿았던 칼날의 서늘함과 아주 비슷했다.

하지만 분명 다르다. 같을 리가 없다. 지금은 15년 전이 아니고 이곳은 같은 라이우스다. 하지만 극악무도한 영주 일가는 죽어 사라졌고, 다시 꽃피운 라이우스에는 이제 과거의 황폐함은 없다. 이곳은 강하고 현명하면서도 다정하고 우수에 찬 늑대가 통치하는 라이우스니까.

지금은 팔이 꺾여 땅에 무릎을 꿇지 않았다. 몸을 부축해 주는 손길이 있기에 두렵지 않다. 무서우면서도 무섭지 않다. 괜찮다. 나는 이 늑대를 돕고 싶어서 이 땅에 돌아왔으니까.

의지하기만 하거나, 보호받기만 하는 것이 아니다. 내가 건 저주와 족쇄를 제거하는 것만으로는 아직 부족하다. 더 많은 것을 나누고자 여기에 왔다. 내가 앞으로 나눌 것은 그저 보호받기만 하는 어리석은 여자는 건넬 수 없다. 하지만 늑대라고 불리는 이 사람은 내가 아무것도 모른 채 살아간다 해도 허락하리라. 그럴 거라는 확신이 있었다. 그렇기에 더더욱 나는 거기에 매달릴 수 없다.

악문 입을 떼고 천천히 얼굴을 들었다.

이때를 기다렸다는 듯이 한목소리가 들렸다.

"주인님."

"아가씨."

"어서 오십시오."

죽 늘어선 사람들이 같은 각도로 머리를 숙인 모습을 보자 조금 전까지 느꼈던 떨림이 멎었다. 방금까지 필사적으로 떨치려 했던 떨림은 사라지고 당혹만이 남았다.

카이드는 안다. 여기는 카이드의 영지이고, 카이드는 여기 영주이자 이 저택 주인이다. 주인님. 그래. 그 말대로다.

"어서 오십시오." 그렇게 말하는 것도 납득이 간다. 여기는 카이드의 저택이다. 저택 주인이 돌아왔다. '주인님, 어서 오십시오.' 그렇게 말하는 것이 당연하다.

하지만.

"…………아가씨라고?"

나는 멍하니 되묻고 카이드를 올려다봤다.

아마 누가 봐도 넋 나간 표정을 했으리라. 카이드는 쓴웃음을 지으며 내 등을 살짝 밀었다.

머리를 숙이는 낯익은 사람들의 선두에는 카이드의 부관과 직속 부하, 집사장과 메이드장이, 그리고 그 옆에는 제각기 다른 직책에 있는 사람들이 나란히 서 있었다. 캐롤과 마찬가지로 줄곧 여기에 있었던 사람들이다.

"다들 왜 그러고 있지. 약속대로 무사히 셜리를 데려왔다. 캐롤리나, 네가 움직여야 재스민도 움직이지. 뒤에서 안절부절못하고 힘들어하잖아."

카이드의 말에 캐롤이 천천히 머리를 들었다. 마찬가지로 그곳에 있는 사람들도 얼굴을 들었다. 그리고 활짝.

활짝 얼굴을 일그러뜨렸다.

그 얼굴을 보고 떠올랐다. 그래, 난 이곳을 나설 때 캐롤리나를 캐롤이라고 불렀어. 소중한 너를 캐롤이라 불렀다. 전하고 싶었던 말을 모두 삼키고 이름만을 전했다. 그것만으로 날 믿어줬다고? 이 믿기 힘든 삶을 그 말만 듣고서………… 그런 것치곤 아무래도 사람 수가 많은데.

캐롤과 나란히 선 사람들 사이에는 초로에 접어든 남자도 있었는데 당장에라도 울음을 터뜨릴 것처럼 모두 똑같은 얼굴을 했다. 깜짝 놀라서 바로 카이드에게 시선을 돌리니, 카이드는 장난꾸러기 같은 얼굴을 하고는 몸을 숙여 내 귓가에 속삭였다.

"저는 캐롤리나에게만 얘기했습니다."

"……에게만?"

하지만 아무리 봐도 내 눈에는 여럿에게 이야기한 것 같아 보였다. 내 의문 섞인 시선에 카이드는 천연덕스럽게 "저는." 하고 덧붙였다.

"이 얘기를 누구에게 전할지는 캐롤리나에게 맡겼습니다 만……. 저 모습을 보아하니 아마 예전부터 있었던 저택 사람 들은 알지 않을까요?"

아가씨, 하는 떨리는 목소리를 듣고 깜짝 놀라 시선을 돌렸다.

캐롤과 다른 사용인들은 비틀거리는 발걸음으로 한 걸음 한 걸음 다가와 내 발치에서 쓰러졌다. 젊은 사람들은 자신들을 통솔하는 입장인 사람들이 일제히 울며 쓰러지는 모습을 보고 가여우리만치 혼란에 빠졌다. 그 누구도 움직이지 못했다. 나도 마찬가지였다. 눈앞에서 사람들이 울고 있는데 당연하다. 예전보다 옅어진 화장이 지워져서 귀여운 주근깨를 드러낸 소중한 네가 나에게 손을 뻗었다.

"기다리고 있었습니다."

"캐롤."

나는 흐느껴 우는 캐롤의 손을 잡았다. 변함없이 사용인 특유의 살짝 두꺼운 피부에 뼈마디가 굵은 손이 아주 따듯했다.

"저희 일동은 아가씨가 돌아오시길, 무사하시길 진심으로, 진심으로 바라고 있었습니다."

목소리가 한데 모였다.

"아가씨……!"

"셜리……!"

한 사람에게서만 다른 말이 튀어나왔다.

각을 맞춰 선 줄에서 재스민이 뛰어나왔다. 사무아도 다른 사람을 밀치고 눈물과 콧물 범벅이 된 재스민과 함께 달려 나왔다.

그 뒤로도 너나 할 것 없이 다들 달려 나와 순식간에 줄이 흐트러졌다.

재스민은 달려오다가 발에 걸려 넘어진 건지, 아니면 원래 그럴 생각이었는지 모르겠지만 달려오던 속도 그대로 내게 뛰어들었다. 그래서 나도 모르게 양손을 펼쳤는데 아직 나에게 닿지도 않았는데 벌써부터 갈비뼈가 욱신거렸다. 정 많은 이 아이는 내가 아파하면 분명 신경 쓸 테니까 신음소리 만큼은 참아보자고 각오를 다졌다.

하지만 충격도 통증도 없었다. 내 눈앞에서 재스민이 우뚝 섰다.

"야, 기다려 재스민! 셜리는 다쳤다고 했잖아!"

"셜리이!"

사무아에게 붙잡힌 재스민이 엉엉 울면서 손을 뻗었다. 그 손을 잡자 옛날 캐롤처럼 부드럽고 얇은 피부가 느껴졌다. 하지만 역시 사용인 특유의 손은 조금 거칠면서도 따뜻했다. 그 손 주인의 눈동자가 또 한 번 흔들리더니 뚝뚝 눈물을 흘렸다. 재스민은 눈물을 닦으려 하지도 않고 흐느껴 울었다.

"미안, 미안해, 눈치 못 채서 미안해. 무서웠지. 아팠지. 미안해, 미안해, 셜리이!"

"나야말로…… 심한 말 해서 미안해. 네가 상처받을 말을 고른 거야."

"뭐라고 해야 상처받을지 알 만큼 날 알아주다니 너무 좋아……!!"

"……항상 생각하는 건데 너, 너무 긍정적인 거 아니냐."

재스민은 어린아이처럼 소리 내 울더니 사무아에게서 풀려나자마자 화살이 발사되듯 뛰쳐나와 내 몸을 솜처럼 포근하게 안았다. 가볍고 부드럽고 따뜻한 몸은 생각했던 것보다 아프지 않아서 황급히 떨리는 등에 팔을 둘러 껴안았다.

"으아아아아아아앙, 졀리이!"

"졀리는 누구야! …………어서 와, 셜리. 무사해서 다행이다."

"고, 고마워. ……그런데 저, 아가씨라니 무슨 소리야?"

유일하게 안 우는 사람을 골라 물었지만 막상 얼굴을 들여다보니 눈이 새빨갰다. 사무아가 눈꼬리를 비비고 코를 훌쩍여서 내 미안함은 더욱 커졌다.

"무슨 소리냐니, 우리가 묻고 싶을 지경인데. 왜, 어느새 그렇게 됐는지는 몰라도 셜리는 주인님과 결혼하는 거지? 그러면 셜리는 우리의 여주인이자 주인마님이지만 아직 젊은 데다 결혼도 안 했으니 갑자기 마님이라 부르면 당황할 것 같아서 다들 어떻게 부를지 고민했거든. 셜리가 어떤 호칭을 불편해할지 모르니까. '셜리 님'도 괜찮았는데 캐롤리나 씨와 다른 분들이 아가씨가 좋다하시고, 우리도 왠지 그게 좋을 거 같아서…… 말투는 고치는 게 좋을까?"

"아니, 그러지 않아도 돼. 너희는 너희 그대로 있어 줬으면 좋겠어."

"그래? 손님 앞에선 제대로 하겠지만, 나도 그러는 게 좋아."

안심하며 웃는 사무아와 마찬가지로 나도 안심했다.

주위에서 나를 경외하는 유일한 이유였던 귀족의 핏줄과는 전혀 연관이 없는 지금, 나는 경외를 받을 만한 사람이 아니다. 그것도 이유 중 하나지만, 이 저택에서 만난 소중한 사람과 사이가 멀어지는 듯해서 쓸쓸했다. 그래서 변함없기를 바랐다. 그리고 상대 역시 그렇게 생각한다는 것이 고마워서 사무칠 만큼 기뻤다.

지금은 아직 머무를 곳을, 이곳에서 앞으로 어떻게 살아갈지 그 형태를 찾고 있는 중이다. 그 형태를 함께 고민해 줄 사람이 있다. 내가 있을 장소를 만들어 주고 날 생각해 주려는 사람들이 있는 곳은 이렇게나 따뜻하다.

"사무아, 팀은……."

"……그래."

그 이름을 입에 담은 순간 사무아가 입가를 앙다물었다. 내가 사용인들과 제대로 이야기하지도 않고 웃지도 않으며 음울한 눈으로 바라보던 때에도 보이지 않았던 굳은 표정을, 재스민이 슬픈 듯이 짓고 있었다.

정 많은 아이들이 슬퍼하는 모습을 보자, 이렇게 된 원인을 제공했지만 여기에는 없는 사람이 떠올랐다. 아아, 윌프레드. 우리는 어째서 이렇게나 어리석었던 걸까.

"팀은 널 무척 좋아했어."

"어?"

괴로운 듯이 내려뜨고 있던 눈동자가 동그래졌다.

"무척 좋아해서 널 표적으로 삼은 거야. 너희에게 독을 먹이지 않고 자신이 먹은 거야."

윌프레드에게는 얼마든지 기회가 있었다. 요리에 독을 섞어도 됐고, 일하느라 힘들어 보여서 주는 거야, 라며 사 온 음식에 섞어도 됐다. 딱히 자진해서 마실 필요도 없었고, 자신만이 마실 필요도 없었다.

일그러졌다. 비뚤어졌다. 그럴 바에야 차라리 단념했다면 좋았을걸. 그렇게 하지도 못하고 점점 빠져들어 갔다. 과거가 등을 밀어 단념하지 못하고 지옥 바닥으로 추락해 갔다.

카이드는 자신을 윌프레드와 같다고 했지만, 나도 똑같다. 윌프레드는 또 다른 나였다.

"다음에 만나면 한 방 때려 줘야겠는걸. 난 그 녀석 선배니까."

사무아는 뭔가 말을 하려다 말고 이를 보이며 씩 웃었다. 그 웃는 얼굴이 아주 눈부셨다.

바보 같은 팀. 바보 같은 윌프레드.

나나 당신이나 어리석었어. 여기에 이런 내일이 있었는데, 라이우스는 이제 그때와는 다른 내일을 바라보고 있는데. 붕괴로 향하던 날은 이미 끝나고 미소 지으며 싹을 틔우는 내일로 가득한데.

왜 과거에만 사로잡혀 있었을까. 왜 현재를 부수는 방법으로 살아올 수밖에 없었을까.

그때 태어나지 않았던 생명이, 그날이 없었다면 웃지 못했을 이 사람들이 이렇게나 소중한데. 윌, 너는 그걸 알고 있었어. 나보다 더 똑똑하고 총명했던 당신은 내가 눈치채기 전부터 알고 있었잖아.

우리에게 구김살 없이 웃음 짓고, 주저 없이 손을 내밀고, 곁으로 다가오는 아이들의 존재가 얼마나 따뜻하고 소중한 것인지 알고 있었기 때문에, 그랬기에 상처받고 분노를 느낀 것이다. 자신의 존엄이나 긍지 때문이 아니라 타인에게 상처입고 나서야 비로소 깨달은 분노를 왜 소중히 하지 못한 거야.

"아가씨."

카이드가 어깨를 부축해 줬다.

눈물이 멈추지 않았다. 흐느낄 때마다 가슴이 아파 왔지만, 그런 것보다 가슴 속 더 깊은 곳이 아팠다. 아프면서도 따뜻하고 괴로웠다.

후회만이 가득하다. 줄곧 잘못을 저지르며 주변에 상처를 주고 도망치기만 했는데 여긴 이렇게나 따뜻하다. 건물이 바뀌고 정원도 바뀌었다. 가족에 이어 나조차 사라졌지만 이렇게나 변함없다.

"아가씨."

"셜리."

옛날의 나를 아는 사람도, 지금의 나만을 아는 사람도 모두 똑같이 나를 불러 줬다. 울고 웃으면서 나를 기다려 주었다.

두 손을 잡고 깊이 머리를 숙였다.

"다녀왔습니다."

여기서 살아가자. 그들과 살아가자. 나라는 사람으로서 살아가자.

무슨 일이 있어도 이곳으로 돌아오자.

여기는 과거에 끝을 맞이한 나의 집이자 내가 지금을 살아가는 고향이니까.

종장 그리고 시작되는 당신과 나

"아가씨."

누군가가 뒤에서 불러 고개를 돌렸다. 깔끔하게 빗은 머리가 볼을 타고 미끄러져 갔다.

"이자도르 님."

복도 저편에서 혼자 나타난 것은 이자도르였다. 오늘 이자도르의 복장은 평상복보다는 화려하지만 왕도의 밤 연회에 나가는 것보다는 훨씬 편하고 살짝 구식인 듯하면서도 포근한 디자인이다. 중성적인 외모인 이자도르는 여성이 좋아할 법한 색의 옷도 잘 어울렸다.

카이드가 도착하기를 기다리는 동안 잠시 생각에 잠겼다.

"아기 족제비라고 부르셔도 된답니다?"

"윽…… 그건 좀 봐주세요."

풀이 죽은 이자도르를 보고 키득키득 웃었다.

결국 카이드도 이자도르도 호칭이 아가씨로 돌아가고 말았다.

카이드는 나를 '옛날에 신세를 졌던 분이다'라는 한 문장으로 설명했다. 나이 차를 생각하면 그 '옛날'이라는 표현은 아주 어릴 때가 되지만 얼렁뚱땅 얼버무렸다. 다들 이것저것 물었지만 아주 옛날 일이라고 우기며 넘어갔다.

내가 입은 옷은 더는 메이드복이 아니다. 옛날처럼 하늘하늘한 레이스도 없고 수수하기는 하지만 선이 아름다운 드레스를 입었다. 색은 파랑이다. 지금까지 검정이나 회색 같은 차분한 색조의 옷만 입어 왔기 때문에 갑자기 화려한 색 드레스를 입게 되어 살짝 긴장했다.

결국 나는 메이드로 돌아가지 못했다. 외부인의 시선이 미치지 못하는 곳에서는 지금까지처럼 대하겠다고 약속했다. 하지만 캐롤이 이끄는 동료들이 적어도 메이드로 돌아가는 것만은 참아달라고 간청했다. 확실히 나도 메이드로 일한 경험이 있어서 심정이 이해가 간다. 우선 여주인이라는 입장이 될 내가 곁에 있으면 일을 하기 어려우리라. 항상 주인의 눈이 따라다니는 저택이 직장이라면 마음이 편치 않겠지.

모두와 지금까지 쌓였던 얘기를 나누고 싶었기에, 메이드로서 사용인들 속에 섞여 들지 못하는 것이 무척 아쉬웠다. 하지만 어쩔 수 없는 일이었다.

사무아가 살짝 침울해하는 내 어깨를 두 손으로 잡고는 엄청난 기세로 고개를 저었다.

"여주인한테 예전 감각으로 빗자루 좀 달라는 그런 소릴 아무렇지도 않게 해 버릴 것 같은 우리 기분을!"

"맞아! 나도 분명 아! '거기 좀 부탁해~'라고 할 것 같다고!"

"그래요, 아가씨. 지금까지 아가씨께 차를 내라고 부탁했던 제 마음도 헤아려 주세요!"

나는 눈물을 글썽이는 세 사람을 앞에 두고 생각했다. 세 사람의 주장은 내가 메이드로 돌아가면 깨끗이 해결되지 않을까, 하고 말이다. 하지만 세 사람은 물론 다른 이들의 무시무시한 박력에 아무 말도 할 수 없었다.

신참이 모두에게 소중한 영주님을 빼앗아가다니, 원한을 사도 어쩔 수 없다고 생각했는데 맥 빠질 만큼 호의적이라 오히려 당황스러웠다.

재스민은 '오히려 메이드의 고생을 알아주는 주인님이 계시면 너무 좋지!', 사무아는 '집사장이 기쁘다고 울면서 매일 기분이 하늘을 찌르는 통에 엄청 일하기 편하거든.', 캐롤은 '사용인이 같은 편인 여주인은 강하다고요. 주인님께도 압승이에요.' 라며 제각기 말했다.

호의적으로 받아들여 주는 건 정말 고맙지만 캐롤, 나는 딱히 카이드와 싸울 마음은 없어.

해방제에서 이름이 바뀐 늑대 부활제가 끝나 다른 손님들을 전송한 저택은 다시 예전의 조용함을 되찾았다. 되찾았다 해도 지금은 다른 바쁜 일에 쫓기는 중이지만.

카이드가 본격적으로 침대를 저택으로 옮기기로 한 것이다. 지금까지는 집무실이 있는 요새 같은 일터에서 묵어 왔지만, 앞으로는 영주 저택을 제대로 쓰겠다고 한다. 이 결정에는 메이드와 집사 모두가 크게 기뻐했다. 주인의 눈이 없는 편이 편하기야 하겠지만, 그래도 주인이 있는 저택이 긴장감도 흐르고 의욕도 생기리라.

방을 옮기는 것은 카이드가 앞으로 하려는 일과도 관계가 있었다.

이번 일로 카이드는 여러 가지로 생각한 바가 있는지, 지금까지는 혼자서 해 오던 일을 조금씩 주위에 나누기 시작했다. 조블린은 카이드 한 명이면 충분하다고 했다. 그것은 그 한 명이 없어지면 붕괴된다는 말과 같은 뜻이었다. 카이드는 그것이 독재와 같다고 했다.

그렇게 안 되려면 어떻게 해야 할지 카이드는 알고 있었다.

이자도르가 주위를 힐끔 둘러봤다.

"카이드는 여기에 없나요?"

"네, 일이 생겨서 가 버렸어요. 조금 있으면 돌아올 것 같은데, 용무가 있다면 말을 전해 줄까요?"

"아뇨……. 당신께도 드릴 말씀이 있는데 잠시 괜찮을까요?"

살짝 낮춘 목소리와 등 뒤를 향한 시선을 보고 제안을 승낙했다.

고개를 돌려 뒤에 있던 재스민을 바라보자, 재스민은 그것만으로도 내 마음을 헤아려 주었다. 나는 싱긋 웃고 고개를 숙였다.

"재스민, 회장까지는 이자도르 님께 동행을 부탁할 테니 넌 먼저 갈아입고 와. 늦게 말해서 미안해."

그렇게 말하자 숙였던 고개가 확 올라왔다. 재스민의 반짝거리는 눈동자를 보니 나까지 웃음이 나고 말았다. 아까부터 옷을 갈아입은 동료들을 볼 때마다 안절부절못했던 것을 봤으니 마침 잘됐다.

"네! 그럼 이자도르 님, 실례하겠습니다."

재스민은 여기에 나뿐이었다면 분명 힘차게 숙였을 머리를 살짝 숙이는 데 그쳤다. 자신의 모습이 보일 때까지는 조용히 물러갔지만, 모퉁이를 돌자마자 다급해진 발소리에 무심코 웃고 말았다.

소리가 완전히 들리지 않을 때까지 기다렸다가 이자도르는 입을 열었다.

"이제 슬슬 시작되겠군요. 사용인 대부분이 옷을 갈아입었고요."

"맞아요. 사실은 더 일찍 옷을 갈아입으러 가도록 하려 했는데 일이 좀 밀려서요."

오늘은 하루종일 저택 전체가 소란스러웠다. 요 며칠 동안 이미 들떠 있던 저택 분위기는 당일을 맞이해 최고조에 달했다.

그렇게 되는 것도 당연하다. 오늘은 예년보다 꽤 늦어진 사용인을 위한 파티 날이기 때문이다. 평소라면 아무리 늦어도 축제를 마치고 나서 2, 3주 안에는 열렸었는데, 올해는 여러 일이 있어서 계속 밀리고 말았다. 그 원인 중 하나로 내 회복 상태가 꼽혀서 정말 면목이 없었다.

한때는 일어나려고만 해도 아파 오던 가슴이 지금은 가볍게 춤도 출 만큼 나았다. 카이드도 매일 힘차게 돌아다녔다. 나는 몰라도 카이드는 단순한 부상이 아니라 실제로 한 번 죽기까지 했다. 괜찮다는 카이드의 말은 조금도 믿을 수 없다. 괜찮다며 돌아다니는 카이드가 정말로 괜찮은지 주의 깊게 지켜봤지만 걱정할 필요는 없었다. 괜찮다는 말을 믿지 못하는 사람은 나뿐만이 아니었던 것이다. 캐롤에, 집사장에, 심지어 마구간 지기에 이르기까지, 온 저택의 시선이 카이드에게 향했다.

안색이 나쁘거나 조금이라도 비틀거리거나, 무심코 펜을 떨어뜨리면 바로 침대로 끌려갔다. 괜찮다며 침대에서 빠져나온 카이드를 발견하자마자 그 즉시 캐롤이나 집사장에게 전령이 달려갔다.

즉시 달려온 두 사람에게 붙잡혀 침대로 끌려간 카이드는 그것을 몇 십 번쯤 반복하고 나서야 겨우 포기했다. 단, 침대에까지 일을 가져오는 식으로.

지나치다 싶을 정도로 휴식을 안 취하는 카이드와 무슨 일이 있어도 쉬게 하고 싶은 사용인, 부하 일동의 공방에 속이 탄 캐롤이 내뱉은 "제대로 쉬지 않으시면 아가씨 침대 옆에 주인님 침대를 놓을 겁니다!"라는 한마디에 캐롤 일행의 완전 승리로 끝났다.

아르템을 부른다고 해도 괜찮았으려나. 하지만 결과적으로 카이드가 얌전히 휴식을 취하기 시작해서 모두 안심했다. 그리고 카이드가 쉬는 동안 무슨 일이 있어도 직접 카이드가 해결해야만 하는 것 외의 일은 모두가 분담해 처리하는 모습이 카이드의 결단을 뒷받침했으리라.

다만 늘 얼굴을 비치는 카이드에게 '서로의 침대가 붙어 있었다면 이야기를 잔뜩 나눌 수 있었을 텐데.' 하고 말하자 '정말이지 죽을 것 같으니 봐주세요.' 라는 진지한 대답이 돌아와서 이럴 땐 어떻게 반응하면 좋은가를 지금도 고민 중이다.

그런 나날도 일단락되어 나와 카이드가 항상 일어나 있을 만큼 회복하고 얼마 지나지 않은 오늘, 평년보다 늦은 파티가 개최됐다. 파티 시작도 전인 아침부터 음악이 울리는 걸보면 사람들이 얼마나 기대했는지를 알 수 있었다.

지금도 누군가가 피리를 연주하고 있었다. 음이 살짝 안 맞는데 누구의 연주일지 기대가 됐다. 음정이 안 맞는 소리를 또 한 번 들으면서 이자도르가 입을 열었다.

"저는 내일 돌아갑니다."

"네, 들었어요. 저도 배웅해 드릴게요."

다른 손님은 훨씬 전에 자기 영지로 돌아갔다. 하지만 이자도르는 오래 머물러 주었다. 엄청난 소동이 있었고 원래 축제 일정이 지났는데도 남아 주었기에 고마울 따름이다. 고맙긴 하지만 기미에 돌아가지 않아도 괜찮을까 걱정되기도 했다.

"카이드가 지금 하는 일을 아시나요?"

"네."

카이드는 주변 사람에게 일을 조금씩 나누기 시작했다. 지금까지 카이드가 처리해 왔던 일은 혼자서 하는 게 불가능할 수준으로 막대한 양이었다.

"……세습을 없앨 생각인가 보더군요."

"……네."

이자도르가 무슨 말을 하려는 건지 깨달았다.

복도에서 할 이야기가 아니라고 생각해서 바로 옆에 있는 문을 열고 안으로 들어갔다. 작은 객실인데 지금은 이것저것 어수선하게 짐이 쌓여 있었다. 창고 같은 방이었지만 이자도르는 불만이 없는지 선뜻 들어갔다. 문을 닫은 이자도르가 몸을 돌리면서 작게 중얼거렸다.

"영주를 없앨 생각인가요?"

"카이드는 그래도 좋다고 생각해. ……나도 그렇게 생각하고."

지금 당장은 아니다. 언젠가 먼 훗날의 이야기다.

하지만 언젠가 영주가 필요 없어지는 날이 올지도 모른다. 영주가 있어야만 성립하는 땅, 영주 한 사람만이 배부른 땅. 다 말이 안 된다.

"……알고 계신 겁니까? 그러면 다른 영주, 아니 왕조차 적으로 돌리게 될지 모릅니다."

"……그렇겠지."

영주가 없어도 성립하는 땅. 의회와 같은 것을 만들어서 한 사람이 빠져도 모두가 운영해 나갈 수 있는 제도를 만들고 싶다. 카이드는 모든 것을 한 사람이 짊어지지 않고, 한 사람에게 지우지 않을 수 있다면 좋겠다고 말했다.

그러나 그것은 영주가 없어도 나라를 꾸려나갈 수 있다는 뜻이다. 지금까지 내려온 제도를 근간부터 뒤흔들게 된다. 라이우스의 변화는 라이우스만의 변화로 그치지 않는다.

단순히 영주를 바꾸면 끝나는 이야기가 아니다. 한 곳에서 영주가 필요 없어지면 당연히 다른 곳 영주가 반발하리라. 정점에서 중재하는 존재가 불필요하다는 일례가 생기면 왕의 존폐 논의로까지 번질 가능성이 있다.

카이드는 영주가 반드시 필요 없다고는 말하지 않았다. 책임을 질 사람은 반드시 필요하지만 사람은 불안함을 악의로 바꾸는 법이다. 스스로 깨닫지 못한 사이에 악의로 바뀌어 말을 바꿔나간다. 영주는 불필요하다, 왕은 불필요하다고 했다. 그렇게 소문이 퍼질 가능성이 있었다. 아무도 책임을 지지 않고 내뱉은 말이 누군가를 죽일 수도 있다는 생각은 하지 않은 채.

"……어찌 됐든 시간이 오래 걸릴 거야. 라이우스는 굉장히 커졌으니까. 10년, 20년, 더 많은 시간을 들여서 여러 가지를 시도해 볼 생각이니까."

"그렇게까지 해서 이룬다 해도 다시 원래대로 돌아갈지 모릅니다. 민중은 책임을 전가할 자를 찾는 법이니까요. 의회가 조금이라도 실수를 저지르면, 바라던 결과를 내놓지 못한다면 영주 제로 돌아가자며 제도를 바꾼 당신들을 원망할 겁니다. 그리고 돌아온 영주가 실수를 저지르면 의회 제도를 되돌리라 말할 겁니다."

"그래. 남이 골라준 길은 편하니까. 하지만 아무것도 선택하지 않고 살아가는 건 괴롭지. 아니, 선택할 수 있다는 것 자체도 모르고 살면 슬프잖아?"

나도 지금 카이드에게 많은 것을 배우고 있다. 카이드는 라이우스에 관해서도, 영주에 관해서도 수고를 아끼지 않고 가르쳐 줬다. 머리가 혼란스러울 때도 있었다. 안타까운 일, 허무한 일, 몸을 자르는 듯한 결단까지 모든 것을 가르쳐 줬다.

아무리 시간이 걸리더라도 계속 공부해야만 한다. 배운 것을 제대로 쓰기 위해서.

"……당신들은 많은 것을 내려놓고 편하게 살아야 해요."

"그러게, 카이드에게 더 말해줘."

"당신께도 드리는 말입니다."

"어머. 그래도 난 무척 고집이 세거든."

그러자 이자도르는 쓸쓸한 듯한 얼굴을 했다. 분명 차기 영주 입장에서 보면 우리의 심정을 이해하는 표정을 내비쳐서는 안 되리라. 하지만 여기는 공식적인 자리도 아니고, 우리가 서로의 속내를 탐색할 관계도 아니었다.

이런 사람이 있다는 사실이 너무나 기뻤다. 거짓말을 하지 않고 살아갈 수 있다는 건 무척이나 행복한 일이니까.

"난 무슨 일이 있어도 카이드와 함께 끝까지 있을 거야. 이번에야말로 마지막까지 부부로 있을 수 있도록, 그 권리를 뺏기지 않도록 조심히 살 거야. 영지민에게 사랑받도록, 라이우스의 악몽이 되지 않도록 배우고, 알고 선택하며 살고 싶어……. 하지만, 하지만 만약 세상이 그 사람의 적이 된다면 그때는 세상을 배신하고 그 사람과 함께 악마가 될 거야. 눈을 가리고 귀를 막고 아무것도 몰랐던 그때와는 다르게, 이번에는 내 의지로 악마가 될 거야."

"그런 건 카이드가 절대 허락 못 할 겁니다."

"그러게. 그래서 도중에 도망치지 못하게 지혜를 기르는 중이야. 그 사람이 세상의 불합리함에 부딪혔을 때는 나도 함께 갈 수 있게. ……하지만 그렇게 되지 않도록 앞으로는 모두와 함께 노력할 거야. 물론 형편없는 사람도 있겠지. 눈앞의 이익만 좇는 사람처럼, 나처럼 어리석은 사람도. 하지만 따뜻한 사람도 있어요. 똑똑한 사람, 강한 사람…… 그런 여러 사람이 모여서 하나의 영지가 되는 거니까. 적어도 라이우스는 지배당하는 공포가 어떤 건지 알잖아? 단 한 사람에게 힘이 집약되는 공포는 이 나라의 누구보다 잘 알지."

"그건 확실히 다음 세대에 필요한 개혁일지 모릅니다. 하지만 그것 역시 당신들이 할 필요는 없잖아요."

"이 시대가 지나고 나면 사람들은 잊고 말 거야. 아픔과 슬픔 모두. 똑같은 사건이 눈앞에서 일어나지 않는 한, 매일 바쁜 삶 속에서 사람들은 잊고 말 거야. 누구든 슬픔만 보고 살아가고 싶진 않을 테니까. 하지만 이자도르, 우리도 불행해질 생각은 없어. 나와 카이드도, 라이우스도 15년 전과는 다르니까. 나는 영웅이 될 생각도 없고, 될 수도 없어. 다만, 흘러가는 시대 속에 작은 돌을 던져 보고 싶을 뿐이야."

"……정말이지, 당신들은……."

이자도르는 어깨를 으쓱거리고 쓴웃음을 지었다.

"당신에 관해 아까 그 메이드와 사이좋은 집사에겐 얘기하지 않았나요?"

"그 애들이 성인이 된 뒤에도 계속 일해 주면 털어놓을 거야."

카이드나 캐롤 일행과 그렇게 이야기를 나눴다.

두 사람을 못 믿는 게 아니다. 하지만 말한 순간 그들은 도망칠 수 없게 된다. 옭아매기엔 두 사람은 너무나 젊다. 도망칠 수 있다면 도망치는 것이 좋다. 누구나 반드시 해야 할 일이 있다. 아무리 무섭고 괴롭고 불합리하다 해도 누군가는 해야만 다수가 생활을 이어나갈 수 있는 일이 있다. 짊어지기에는 너무나도 무거운 책무를 무작정 지게 하는 것은 너무 무자비하다.

그것을 기다릴 시간은 충분할 것이다. 그도 그럴 것이 우리는 아직 시작조차 하지 않았으니까.

창밖으로 짐을 진 남자들이 지나갔다. 그중 한 사람이 나를 보고 손을 흔들었다. 내가 웃으며 답하자 그 사람이 화들짝 놀라더니 황급히 머리를 숙이고 펄쩍 뛰듯이 달려 나갔다. 옆에 이자도르가 있는지 몰랐던 모양이다. 내가 넘어지진 말았으면 하고 생각하는데, 그 순간 뭔가가 크게 뒤집히는 소리가 났다.

나는 놀라서 무심코 눈을 감았다 뜨고는 황급히 창밖을 바라봤다. 아까 본 사람은 모퉁이를 돌았는지 이미 안 보였지만 뒤이어 어이없어하는 웃음소리가 들리고 대답하듯이 부끄러운 웃음소리도 들렸다. 보아하니 큰일이 일어나진 않은 듯해 안심했다.

여기는 앞으로 어떤 곳으로 바뀌어 갈까. 적어도 사용인이 주눅 들어 있거나 얼굴이 파랗게 질린 곳은 아니겠지.

"제게 라이우스에서 행복의 상징 하면 당신들이었습니다. 기억하세요? 제가 정원을 헤메다가 저도 모르게 당신들이 밀회하던 곳으로 찾아왔던 때를."

"밀회…… 응, 기억해."

나는 가볍게 헛기침을 해서 얼버무렸다.

"당신이 화관을 엮어 카이드…… 헬트의 머리에 씌웠습니다. 헬트가 부끄러운 듯이 토라지자 당신은 웃었죠. 제 어린 마음으로도 아름답다고 느꼈습니다. 저는 그것보다 아름다운 광경은 본 적이 없습니다. 이것이 행복이자 평화이고, 영주란 그런 것을 지키기 위한 존재라고 생각했죠. 그런데 뚜껑을 열어 보니 제 소중한 사람들은 모두 울고 있고 영지민만 신나게 노래를 부르더군요. 카이드가 이를 악물고 고쳐 나간 길을, 영주님이라는 지위 하나로 뒤따랐죠. 무슨 일이 생기면 그 녀석들은 또 모든 것을 당신들 탓으로 돌릴 겁니다. '너희에게 떠넘기면 어떻게든 되겠지. 전에도 그랬으니까.' 라면서."

"나 훌륭한 영주가 될 거예요. 그리고 아가씨들을 돕겠어요!"

그렇게 말하며 웃던 어린 소년. 눈앞의 청년은 그 무렵의 모습을 간직한 채 아름답게 성장했다.

하지만 그 시절과 똑같아서는 안 된다. 좋든 싫든, 그 시절 그대로의 모습일 수는 없었던 것이다.

"그래서 전 영주를 없애겠다는 당신들의 정책에 찬성입니다."

그와 마찬가지로 모두 다 변하는 일도 분명 없을 것이다.

성실하고, 또 착한 아이였다. 그런 아이를 아주 슬프게 만들었으리라. 그리고 두려움에 떨게 만들었을 것이다. 부드러웠던 이자도르의 마음이 얼마나 많은 상처를 입었을까.

"어디까지나 개인적으로요. 사람에겐 짊어질 수 있는 데에 한계가 있어요. 유능한 자가 계속할 수 있다면 좋겠지만 같은 능력을 갖춘 사람은 태어나지 않죠. 그렇다면 같은 제도가 성립되지 않는 것은 필연적입니다. 어느 시대에나 영웅은 태어납니다. 하지만 언제나 같은 영웅이 태어나진 않습니다. 무한히 태어나지도 않죠. 그렇다면 보편적인 제도로는 무리가 따르는 것이 당연합니다. 영지민에게 영웅이 되라고 하려는 게 아닙니다. 다만 영주에게 영웅이 되라고 강요하지만 않으면 됩니다. 누군가를 영웅으로 삼지 않아도 범인 백 명 정도가 지혜를 짜면 조금은 제대로 된 안이 나오기도 하겠죠. 뭣하면 영지민 전원이서 의논하면 됩니다. 그래서 시간을 잡아먹든 말든 그 책임은 모두가 지면 됩니다. 영주만이 고민하고 결단하고 책임을 진다면 영지민이란 존재는 부담스러울 뿐입니다. 맡겼다면 결과가 어떻게 되든 운명을 같이해야 해요. 만약 영지민이 무책임하다면 영지 채로 해체해 버리면 그만이고요."

"카이드도 대담한 결단을 내리지만 너도 엄청난 소릴 아무렇지도 않게 하는구나."

"전 제 가족에겐 무척 관대하거든요. 누구나 생판 남보다 가족이 행복하면 그만이니까요. 우리가 아무리 영지민을 위해 애써 봐야 그 녀석들은 그저 누리기만 할 뿐입니다. 누구도 우리를 위해 애쓰고 희생하지 않을 거예요. 그러니 적어도 저만은 우리를 위해서만 생각하고 행동하자고 결심했습니다."

이자도르는 한 손을 가슴에 대고 머리를 숙였다.

"기미 령으로선 약속할 수 없지만 저 개인은 끝까지 당신들 편에 서겠다고 맹세하죠. 아가씨, 부디 카이드를 잘 부탁드립니다. 전 절벽에서 처음으로 그 녀석이 자기 생각을 우선하는 걸 봤습니다. 모든 걸 버리고 당신 곁으로 달려간 그 녀석은 영주가 되고 처음으로 자기 자신을 위해 움직였죠……. 부디 이번엔 꼭 행복하시길 편안하게 지내시길 빕니다."

"너도야, 이자도르. 너도 행복해져야 해."

그렇게 말하자 얼굴을 든 이자도르는 한쪽 눈을 찡긋 감았다. 조금 장난기 섞인 얼굴이 귀여웠다.

"가족과 친구 모두 건재하고 동경하던 사람이 돌아온 지금 전 생각보다 행복해요."

"와아 멋져라! 그게 누굴까? 나도 아는 분이야?"

"카이드~ 안 통해."

내가 두 손을 모으고 들떠 있는데 갑자기 이자도르가 웃음을 터뜨리더니 과장스럽게 탄식하고 고개를 돌렸다.

몸을 살짝 빼서 뒤를 보니 어느새 카이드가 있었다. 열린 문에 기댄 채 킥킥 웃고 있었다.

"그렇게 쉽게 통하면 고생을 안 하지. 나도 여태껏 잘 안 통했어."

싱글싱글 웃는 카이드를 보니 나도 기뻐졌다. 저택 사람들 모두가 옷을 차려입었는데도 카이드는 평소 복장이었다. 그게 카이드답다. 차려입지 않아도 충분히 멋있었다.

카이드가 손을 내밀기에 엉겁결에 손을 뻗자, 카이드는 살짝 몸을 숙여 내 손끝에 입맞춤했다. 함께 맞춘 반지에 반사된 빛이 아직 익숙지 않아서 왠지 낯간지러웠다.

"다녀왔습니다, 아가씨."

"어서 와, 카이드."

카이드가 몸을 숙여서 닿게 된 이마에 마주 입을 맞추자 이자도르가 어깨를 으쓱거렸다.

"그래요, 훼방꾼은 이만 퇴장하죠. 카이드도 어서 돌아가라며 시끄러우니. 야, 카이드. 내일 일찍 돌아갈 테니까 오늘이야말로 같이 한잔하자."

"네가 한 달이나 기미를 비워서 그렇지. 나한테 재촉한다고."

"아버님은 내가 뒤를 잇길 필사적으로 바라시거든."

"…………너, 그런 중요한 일을 내팽개치고 온 거야?"

"어머님과 세계 여행을 가고 싶어서 은퇴하려는 거야. 열 받잖아. 아직 현역인 주제에."

손을 흔들면서 이자도르는 방에서 나갔다.

카이드는 깊이 한숨을 내쉬었다. 그러나 그 얼굴에는 못 말리겠다는 쓴웃음이 떠 있었다. 이러니저러니 해도 카이드는 이자도르에게 무르다. 이자도르는 말할 것도 없이 카이드에

게 다정하니 서로를 돕는데 주저는 하지 않으리라.

좋은 친구를 뒀다. 15년 동안 줄곧 카이드 곁에 있어 줘서 정말로 다행이라고 생각했다.

둘이서 파티 시작까지 남은 시간을 느긋하게 보냈다. 무질서하게 쌓인 상자에 걸터앉아 다리를 흔든다는, 저번 생에서는 해선 안 됐던 일을 하자 가슴이 두근거렸다. 공중에 뜬 다리를 붕붕 흔들면서 뒤꿈치를 가볍게 상자에 부딪쳐서 소리를 냈다. 어릴 때부터 해 보고 싶었던 것을 또 하나 이뤄서 기쁘다. 왠지 가슴이 아주 설레서 얼굴을 확 치켜들었다. 카이드는 그런 나를 보고 소리 내 웃었다.

카이드도 마찬가지로 상자에 앉았지만 나와는 달리 다리가 바닥에 닿았다. 그래서 앉았다기보다는 기댔다는 표현이 맞을 것 같았다. 나는 허공에 완전히 뜬 내 다리를 봤다. 그만큼 다리 길이가 차이 난다는 뜻이겠지.

"아가씨? 왜 그러시죠?"

카이드는 품속에서 시계를 꺼내 확인하더니 저를 빤히 바라보는 내게 고개를 갸웃거렸다.

힘줄이 쭉 뻗은 목덜미에 남았던 짓무른 흔적이 희미해졌다. 아르템의 약이 효과가 있었나 보다. 쭉 뻗은 팔다리, 옷 위로도 알 수 있는 군살 없는 몸이 왠지 아주 눈부셨다. 그래서 살며시 눈을 감았다. 내 머릿속에 팔다리가 가늘어서 믿음직스럽지 못하고 왜소한 몸이 살짝 스쳐 지나갔다.

"카이드, 너 정말 많이 자랐구나."

"지금도 작으면 안 되죠."

한순간 숨을 삼킨 카이드가 시선을 돌렸다.

"후훗, 그건 그러네."

"작았을 때가 좋았어요?"

"작았던 너도 정말 좋았어. 지금도 무척 멋지지만. 더 멋있어지면 난 가슴이 두근거리다 못해 쓰러질 거야. 카이드가 지금보다 더 멋있어지면 어떡하지……? 난처해라……."

그저 상자에 기대앉은 것만으로도 이렇게 멋있는데 더 멋있어진다……라. 한 번 본 것만으로도 가슴이 두근거려서 기절하지 않을까. '그럼 안 보면 되잖아'라고는 말하지 않았으면 한다. 그럼 쓸쓸해서 분명 울고 말 것이다.

나는 만약을 대비해 어떻게 해야 할지 생각에 잠겼다가 문득 카이드가 한마디도 안 한 것을 깨달았다. 내가 얼굴을 들자 카이드는 한 손으로 얼굴을 가린 채 미동도 없었다.

"카이드?"

"…………왜 그러시죠?"

"몸 상태가 안 좋아? 그럼 무리하지 마."

"……차라리 그랬으면 좋겠어요, 괜찮습니다."

하나도 안 괜찮아 보였고, 카이드의 괜찮다는 말은 믿으면 안 된다는 것은 익히 아는 사실이었다. 어떻게 하면 좋을까? 캐롤에게 의논하는 편이 나을지도 모른다.

아마 캐롤은 이미 회장에 있겠지. 아침에 캐롤이 말해 준 일정을 떠올리는데, 카이드가 깊은 한숨을 내쉬었다. 숨을 내쉬어 폐를 모두 비웠는지 이어서 가슴이 부풀어 오를 만큼 가득 공기를 들이마시고 이번에는 짧지만 큰 한숨을 내쉬었다.

카이드가 얼굴을 가렸던 손을 치우고 생각했던 것보다 또렷한 금빛 눈동자로 나를 똑똑히 바라봤다.

"정말 아무 문제 없습니다. 슬슬 시간이니 가시죠."

카이드가 그렇게 말하고 내 손을 잡아 일으키는데, 얼굴을 보니 안색은 나쁘지 않았다. 창백하지도, 입술이 하얘 보이지도 않았다. 오히려 차츰 붉은 기가 솟아나는 것처럼 보였다. 가만히 든 내 손을 카이드가 잡았다.

"열도 없고 몸 상태도 괜찮으니 신경 안 쓰셔도 됩니다."

그 손이 이끄는 대로 방을 나섰다. 확실히 발걸음도 똑바르고, 손에 느껴지는 체온도 적당했다. 비지땀을 흘리는 것 같지도 않고, 눈빛도 멀쩡한 데다, 이를 악물지도 않았다. 늘 침대에서 나올 때마다 카이드가 철저하게 숨겼던 나쁜 상태를 하나씩 찾는 동안, 카이드는 나와 절대 눈을 마주치지 않았다. 이건 이것대로 수상하다. 혹시 나쁜 상태를 숨기는 새로운 방법을 터득했나 싶어서 이리저리 살피느라 내 눈이 열기를 띠었다.

현시점에서 카이드의 나쁜 상태를 가장 잘 간파하는 사람은 캐롤이다. 듣자 하니 아델이 무척 기대하는 일이 생기면 밤에 너무 들뜬 나머지 다음 날 열이 나고 마는데, 그걸 속이려 하는 행동과 똑같다나. 자신과 세 살밖에 차이가 안 나는 남자의 어머니 역할도 맡아야 하는 거냐고 투덜대며 카이드를 침대로 내던지는 모습이 호쾌해서 무심코 박수를 쳤었다. 참고로 세실의 경우에는 반대로 꾀병인지 아닌지를 간파해 내야 한다고 한다. 그런 일을 반복해 온 나머지, 캐롤은 꾀병을 이유로 쉬려 하던 사람들을 간파해 내는 데 도가 트였다고 한다.

나는 아직 미숙하지만 언젠가 캐롤처럼 카이드의 나쁜 상태를 알아채고 싶어서 매일 특훈 중이다. 하지만 이 특훈은 카이드의 몸 상태가 나빠야 할 수 있기 때문에 특훈을 할 수 있겠다는 생각을 할 때마다 몹시 괴로웠다.

"……응?"

그저 직진하던 카이드가 문득 발걸음을 멈췄다. 손님도 없고 사용인은 회장으로 모이기 시작해서 인기척이 드문 복도는 우리가 움직임을 멈추자 고요해졌다. 카이드의 시선 끝을 더듬어보니 창문 하나가 살짝 열려 있었다.

거기에서 소곤소곤 이야기 소리가 들려왔다.

카이드가 크게 발을 내디뎌 창문 쪽으로 다가가서 내 시야의 반 이상이 카이드 등에 가려지고 말았다. 옛날에는 나도 그 몸을 감싸 안을 수 있을 만큼 왜소했는데, 지금은 그 모습은 온데간데없이 커진 몸이 창문을 불쑥 열고 아래를 내려다봤다.

"너희였군, 뭐 하는 거냐."

창문 아래 있던 두 사람은 위쪽에서 들린 목소리에 놀라 펄쩍 뛰었다.

"우와아아앗?!"

"꺄아아아악?!"

용수철이 뛰어 오르듯이 갑자기 튀어나온 것은 목소리뿐만이 아니었다. 웅크리고 있던 목소리의 주인이 펄쩍 뛰어올랐다. 엄청난 기세로 일어났지만 곧 딱딱하게 직립부동 상태가 된 두 사람은 사무아와 재스민이었다.

재스민은 움직임에 맞춰 사뿐사뿐 흔들리는 귀여운 복숭아색 원피스를 입었다. 이렇게나 잘 어울리는 원피스인데 한 번도 입지 않은 새것을 내게 빌려주려고 했었다니. 게다가 기장마저 수선해도 된다고 했었던 것을 떠올리니 제대로 이야기를 나누려 하지 않았던 나 자신을 때려 주고 싶어졌다. 머리도 예쁘게 잘 묶었다. 사무아는 집사복과는 다르지만 멀끔한 옷을 입었다. 오늘은 다들 파티용 복장으로 멋을 부렸다.

"미안하다, 놀라게 할 생각은 없었는데. 그건 그렇고 무슨 일이지? 이미 모여있을 시간 아닌가?"

"그, 그렇죠. 그게, 저기, 잠깐……."

나는 머뭇거리는 사무아를 보고 고개를 갸웃거렸다. 그 모습에서 뭔가 위화감이 들었다. 재스민도 마찬가지였다. 물론 머리 모양이나 하고 있는 목걸이는 본인이 고심해서 골랐을 테니 말할 것도 없이 아주 귀여웠다. 하지만 뭔가…….

"사무아, 타이는 어쨌어? 재스민도 머리핀을 안 했네?"

사무아는 흰 셔츠 맨 위까지 꼼꼼히 단추를 채웠지만 목 부분을 장식하는 것이 아무것도 없었다. 재스민도 머리카락을 깔끔히 정돈했지만 머리카락 안쪽에 가려진 끈과 핀 외에 겉으로 보이는 장식은 없었다.

한껏 꾸민 만큼 오히려 부족한 부분이 두드러졌다. 두 사람도 그것을 깨달았는지 내 말이 끝난 순간 사무아는 목가를, 재스민은 머리를 엄청난 속도로 가렸다.

"타이가 없어? 내 걸 줄까?"

그렇게 말하고 자신의 타이에 손을 댄 카이드에게 사무아는 얼굴이 새파래져 두 손을 내저었다.

"당치도 않은 말씀 마세요!"

"난 기본적으로 첫인사 때만 나갈 거니 신경 안 써도 돼."

"어? 주인님, 올해도 평소처럼 계시려고요? 셜리가 있는데?"

"내가 있으면 너희가 제대로 못 놀잖아. 편하게 마음대로 놀면 될 것을 죄 성실한 놈들만 있으니 원."

"으…… 아니, 그게……. 적어도 한 곡은 추고 가시죠."

"…………실은 말이다, 춤을 잘 못 춰."

소리를 죽이고 고백하는 카이드에게 사무아는 눈을 동그랗게 뜨고 가만히 얼굴을 들여다봤다. '마치 거짓말 하는 거지?'라고 묻듯이. 나는 은근슬쩍 도망치는 금빛 눈동자에 당황한 사무아는 내버려 두고 재스민에게 물었다.

"재스민. 달고 갈 머리핀을 정했다면서, 왜 안 했어?"

신음소리까지 내 가며 열심히 고른 걸 알기에 드디어 정했다는 말을 들었을 때는 내 일처럼 기뻐했었다. 하지만 지금 재스민의 머리에는 아무 장식도 없었다. 혹시 망가졌나? 그럼 지금 내가 한 걸 주면 어떨까. 흰색 장식이니까 재스민의 원피스에도 잘 어울릴 거다. 내 목에서 흔들리는 푸른 꽃 목걸이는 재스민이 골라 준 것이다. 나도 뭔가 답례를 하는 게 맞지만, 지금껏 장식품이라곤 사 본 적이 없어서 가진 게 하나도 없었다. 이 머리 장식도 캐롤이 준비해준 것 중 하나다. '여주인이 될 분이 머리 장식 하나 없다는 건 라이우스의 불명예이자, 메이드장인 자신이 욕을 먹을 일이라면서.'

사실 미리 재스민을 위해 열심히 고른 것을 선물하면 좋았겠지만 지금 당장은 어려우리라.

하지만 재스민은 머뭇거리며 두 손을 비비더니 고개를 숙였다.

"재스민?"

재스민은 시선을 힐끗 들더니 나와 사무아를 번갈아 봤다. 마찬가지로 멋쩍은 얼굴을 한 사무아가 재스민과 나, 그리고 카이드를 봤다. 어색해 보이는 눈동자가 왠지 울음을 터뜨릴 것만 같았다. 재스민도 면목이 없다고 울음을 터뜨리기 직전인 얼굴이었다. 나도 모르게 깜짝 놀랐다. 어쩌면 좋지, 내가 울리고 말았어. 울지 않았으면 하는 마음의 상징과도 같은 두 사람이 눈앞에서 울음을 터뜨릴 듯한 얼굴을 했다.

카이드도 깜짝 놀라기는 마찬가지여서, 두 손을 어떻게 할지 모른 채, 안절부절못했다.

"왜, 왜 그래?! 누가 괴롭혔어? 혹시 도둑맞은 거야?"

"아닙니다! ……죄송합니다, 주인님. 제 타이와 재스민의 머리핀 모두 여기에 있어요."

그렇게 말하고 사무아가 주머니에서 꺼낸 것은 분명히 타이가 맞았다. 녹색 광택이 도는 것이 사무아에게 잘 어울릴 것 같았다. 재스민도 조용히 손바닥을 펼쳤다. 손에는 귀여운 흰 꽃 머리핀이 있었다. 작은 꽃이 잔뜩 겹쳐진 장식은 절제된 화려함이 돋보여서 재스민에게도, 재스민이 입은 원피스에도 아주 잘 어울렸다.

허전한 자리에 딱 맞는 물건을 그 당사자들이 손에 쥐고 있었다. 대체 어떻게 된 거지? 나는 카이드와 얼굴을 마주봤다.

두 사람은 우리의 시선에 어색한 듯이 고개를 숙였다. 우리에게서 살짝 물러난 모습이 이 자리에서 떠나고 싶은 심정을 표현한 것 같았다. 밖에 있는 두 사람과 아직 복도에 있는 우리는 벽을 사이에 두었지만, 창문이 열려 있으니 사실상 없는 것이나 마찬가지다. 하물며 상대는 카이드다.

"아."

자연스럽게 창문을 훌쩍 넘은 카이드를 보고 두 사람의 절망적인 목소리가 겹쳤다. 순식간에 두 사람 옆에 선 카이드의 등을 보고 나는 내 발치를 봤다. 내 복장은 장식이 적긴 하지만 드레스다. 메이드복보다 훨씬 긴 기장이지만 그래도 괜찮을 터다. 이제는 천박하다고 혼날 일도 없다.

나는 기합을 넣고 창틀을 잡은 채 한쪽 다리에 체중을 실었다.

"셜리?!"

두 사람이 갈라진 목소리로 소리치자 카이드가 황급히 고개를 돌렸다.

"아가씨!"

새파랗다고 할지 새빨갛다고 할지 모를 안색일 때는 몸 상태를 어떻게 판단하면 좋을지 다음에 캐롤에게 물어보자.

　창문을 뛰어넘은 것은 나인데 어째선지 세 사람이 축 늘어져 있었다. 아무리 운동이 특기가 아니라고 해도 창문을 넘는 정도는 할 수 있다. 둘은 그렇다 치고 왜 카이드까지 놀란 거지? 옛날에 카이드와의 약속 장소에 갈 때 창문으로 빠져나간 적이 있다는 건 다 알 텐데.

　나는 치맛자락을 가다듬고 아직도 멍한 표정인 재스민의 손을 잡았다.

　"재스민, 무슨 일이야? 혹시 내가 도울 일은 없어?"

　내가 인간관계에 있어 서투르다는 건 잘 안다. 친구를 제대로 사귀는 방법도 모른다. 그래서 이럴 때 어떻게 하면 되는지 모른다. 어떤 것을 하면 안 되는지도 모른다. 하지만 늘 내게 웃어 주는 이 아이가 곤란하다면 뭐라도 좋으니 돕고 싶다. 하지만 그 방법조차 모르니 이제 대놓고 물어볼 수밖에 없다.

　나는 저번 삶인 17년에 이어 이번 15년간의 삶도 정말이지 헛되게 살아온 한심한 사람이었다. 그래서 눈앞에서 울먹이는 소녀조차 안심시켜 줄 수 없었다.

　재스민은 옅은 화장이 지워질까 신경 쓰는 건지, 아니면 달리 이유가 있는 건지 눈에 한가득 눈물이 고였지만 흘리지 않으려 애를 썼다. 그리고는 입을 악물고 뭔가를 삼켰다.

　"……죄송합니다, 주인님."

먼저 입을 연 것은 사무아였다. 카이드는 호칭이 불려 살짝 놀라더니 팔짱을 끼고 벽에 기댔다.

"그 사죄는 저택 주인인 내게 하는 거냐, 아니면 나 개인에게 하는 거냐. 어느 쪽이지?"

"양쪽 다입니다. 이 타이와…… 재스민의 머리핀도……."

거기까지 말한 사무아는 다시 머뭇거렸다. 몇 번인가 입술을 열었다 닫기를 반복하더니 이내 꾹 닫았다. 그 곁에서 재스민이 예쁘게 칠한 분홍색 입술을 꽉 깨물고 있었다.

다시 입을 연 것은 재스민이었다. 빛의 아이와도 같은 두 사람은 희비를 똑같이 느끼고 있었다.

"팀에게 받은 겁니다."

오랜만에 재스민의 입에서 들은 그 이름은 굳은 채, 상처 입어 애처로웠지만 끝끝내 버리지 못한 친밀함으로 가득 차 있었다.

앙다문 입술, 힘껏 쥔 손. 그 안에 있는 아름다운 색의 타이와 귀여운 머리 장식.

"전에 거리에서 보고 저희에게 어울릴 것 같다며 갑자기 사 왔어요. 늘 신세가 많았다면서 사다 주기에 전 깜짝 놀랐지만 기뻤어요…… 그래서."

"…………약속했어요. 이걸 하고 파티에 가겠다고. 하지만 그런 일이 벌어지고 팀도 사라져 버렸고………… 이걸 하면 주인님을 배신하는 것 같아서…… 그래도 약속했어요. 팀에게 고맙다고, 꼭 하고 가겠다고요."

두 사람은 고개를 숙인 채 떨었다. 두려워서인지, 아니면 그것과는 다른 감정을 느껴서인지 나는 알 수 없었다. 앙다문 입술과 힘껏 쥔 선물. 더 이상 숨길 수 없어서 털어놓은 뒤에도 소중히 쥔 두 가지 선물은 둘에게 아주 잘 어울렸다.

옆에서 휴우, 하고 긴 한숨이 들렸다. 탄식에 가까운 한숨을 토한 카이드는 기댔던 벽에서 등을 뗐다.

"뭘 고민하나 했더니, 그냥 하면 되잖아."

별 것 아니라는 듯한 맥 빠진 목소리는 두 사람의 얼굴을 멍하게 만들기 충분했다. 아주 어린 아이가 된 듯이 두 사람은 멍한 얼굴을 하면서도 손에 쥔 물건을 결코 놓지 않았다. 살짝 가늘어진 금빛 눈동자가 두 사람이 힘껏 쥔 선물을 내려다보았다.

"내 암살을 도왔다면 또 모르지만, 그 녀석을 무조건 싫어하라고 명령할 생각은 없어. 나와 나와 그 녀석 사이 일을 너희까지 신경 쓸 필요는 없으니까."

카이드는 사무아가 쥔 타이로 손을 뻗었다. 무심코 뒤로 빼려 하는 손을 잡고 타이를 빼 냈다. 절망적인 얼굴을 한 사무아에게 쓴웃음을 지으며 늘어진 타이를 사무아의 목에 댔다.

"오히려 난 그 녀석이 누군가를 위해 선물을 보냈다는 사실에 감동까지 한 참이다. 그래, 아주 잘 어울리는군. 그 녀석은 너희에게 어울리는 물건을 고를 만큼 너희를 잘 보고 있었구나."

카이드가 무엇을 하려는지 깨닫고 나도 재스민의 손을 잡았다. 꽉, 하지만 핀이 망가지지 않도록 살며시. 소중히 쥔 머리핀을 만지자 긴장했던 손가락이 점차 풀려 갔다. 귀여운 핀이다. 흰 꽃잎이 잔뜩 있는 것이 가련하면서도 사랑스럽고 살짝 어른스러워서 마치 재스민 같았다.

"재스민, 뒤돌아볼래?"

"어?"

"달아 줄게."

"어어?!"

깜짝 놀란 재스민의 어깨를 잡고 빙글 돌렸다. 이미 묶어 놓은 머리 모양을 보니 어디에 꽃을 생각이었는지 바로 짐작이 갔다.

"사무아, 각오해."

"허억?!"

어째선지 옆에서도 무시무시한 대사가 들리며 같은 상황이 연출되고 있었다. 사무아는 타이였기에 여전히 앞을 보고 있었는데, 창백한 얼굴로 내게 필사적으로 도움을 요청해 왔다.

"셔, 셜리."

"아, 안 돼! 아, 안되거든?! 셜리는 나한테 머리핀 달아 줄 거야! 나, 주인님이 꽂아 주시면 기절로 끝나지 않을 것 같은 예감이 드니까 절대 안 돼!"

"그, 그 뒤라도 상관없어!"

울먹이는 목소리를 매달리는 사무아에게는 정말 미안하지만, 한 가지 전해야 할 것이 있다.

"……미안해, 난 타이 매는 법을 몰라서."

"아, 그래? 그럼 이번에 알려줄게. 결혼할 거면 알아둬야 하지 않겠어?"

"어휴~ 바보야, 주인님이 알려주시겠지. ……후, 좋았어! 셜리, 잘 부탁할게! 핀 꽂아 줄래?"

재스민은 기합을 넣고 가슴을 폈다. 이왕이면 턱을 조금 당겨 줬으면 했지만, 모처럼 기합을 넣었으니 흐름을 끊고 싶지 않아서 대신 내가 무릎을 살짝 굽혔다.

"……그렇게 대놓고 싫어하면 아무리 나라도 일단은 상처받거든."

"네?! 싫은 게 아니라요! 그, 저기, 죄송해서 말이죠!"

"나도 알아. 너희처럼 젊은 녀석들이 보기엔 곧 서른인 나 같은 건 그냥 아저씨처럼 보이겠지……. 나도 안다고……. 옛날에 아버님이 우리와 자려 할 때마다 형님과 같이 간발의 차도 두지 않고 어머니와 잘 거라 대답했는데 그때 아버님 기분이 이랬겠군……."

"아니요, 아니에요, 아니라고요!"

카이드가 어깨를 축 늘어뜨려서 사무아가 당황해했다. 그 틈을 놓치지 않고 카이드가 사무아의 목에 타이를 둘렀다. 순식간에 둘러진 타이에 사무아의 몸이 굳자, 움직임이 멈춘 것을 기회 삼아 그대로 콧노래라도 부를 듯한 모습으로 타이를 맸다.

나도 재스민의 머리를 망가뜨리지 않도록, 핀이 비뚤지 않도록, 혹여나 머리를 세게 당겨 아파하지 않도록 살며시 머리핀을 꽂았다.

"다 됐다. 재스민, 귀여워."

"……정말? 너무 귀여워 보이진 않아? 이런 건 분명 셜리한테 더 어울릴 텐데."

"정말 잘 어울려. 마치 재스민을 위해 만들어진 물건 같아. 팀에게 보는 눈이 있다고 칭찬해주고 싶을 정도야."

카이드도 똑바로 맨 타이를 손등으로 툭 치더니 동의했다.

"동감입니다."

사무아의 목소리는 만족스러운듯했지만 움직임은 아직도 어색해 보였다. 동의를 구하듯 나를 힐끗 보기에 고개를 끄덕여 줬다. 아주 잘 어울렸다. 타이만 놓고 보면 조금 어른스럽게 보일 수도 있지만 이제 열여섯이기도 하고, 성장 중인 사무아에게 딱 좋았다. 재스민 역시 소녀와 여성의 경계에 접어든 복잡한 나이대임에도 위화감 없이 녹아드는 머리핀이 사랑스러웠다.

"하지만 이거…… 제겐 너무 어른스럽지 않나요?"

"내 건…… 너무 고급스러운 것 같아."

나도 옛날에는 만날 때마다 '선물'을 받았다. 물론 갑자기 나타나는 일은 절대로 없었고 허용되지도 않았다. 그래서 윌프레드는 몇 달 전부터 정해 둔 날에 맞추어 나를 만나러 왔다. 부모님과 조부모님을 만나고 대화를 나누다가 상황을 봐서 나와 이야기하러 왔다.

빈손으로 올 때는 한 번도 없었고 매번 뭔가 선물을 들고 왔다. 선물은 어느 것이나 지금 유행하는 물건이라는 꼬리표가 달린 것뿐이었다. 내 또래의 소녀가 좋아하는 물건, 유행하는 물건, 가치 높은 물건 등등. 윌프레드는 내가 좋아하는 색 같은 건 몰랐고, 물어보지도 않았다. 나도 대답하지 않았고, 알아주길 바라지도 않았다.

그렇기에 더더욱 잘 안다.

"하지만 둘 다 마음에 들지?"

그렇게 묻자 두 사람은 눈을 크게 뜨더니 시선을 이리저리 움직였다. 그리고는 옷이 주름지는 것도 신경 쓰지 않고 물건을 꽉 쥔 채 대답했다.

"⋯⋯⋯⋯응."

두 사람은 똑같이 고개를 끄덕였다. 잘 어울리는 것과 본인 취향에 맞는 것은 별개의 일이다. 그러나 타이는 사무아가 비싸서 좀처럼 살 엄두가 나지 않는다며 낙담했던 염료로 물들인 것이고, 머리핀은 꽃 장식품을 몇 개나 가진 재스민이 가장 좋아한다고 했던 꽃이 달린 것이다.

"팀이 제대로 자기 눈으로 보고 골랐구나. 너희에게 어울리는 걸 분명 열심히 찾았겠지⋯⋯. 써 주면 분명 기뻐할 거야."

정말로 제멋대로인 남자다. 상처 주고 배신하는 자신을 바꿀 순 없었던 주제에 마치 잊지 말아 달라고 외치듯이 선물을 두고 갔다. 흩어져 가는 기억이나 추억이 아니라 눈에 보이게, 시간이 지나도 만질 수 있게 두 사람이 좋아하는 형태로 남겨서.

"……우리를 좋아한다고 했던 말은 정말이었을까."

사무아가 멍하니 중얼거렸다.

"물론이지. 그 녀석은 쓸모없는 짓은 안 하는 주의거든. 나 갈 생각으로 가득한 저택에서 호감도를 올리겠다며 선물 같은 걸 줄 필요는 전혀 없었어. 그런데도 두고 간 걸 보면 그 녀석에겐 중요한 일이었을 거다."

재스민은 가만히 머리핀을 만지더니 눈을 감았다. 그리고 눈을 떴을 때는 평소처럼 눈동자 속에서 빛이 헤엄치고 있었다.

"그래…… 그렇겠죠……. 응, 나 이거 꼭 쓸래. 소중히, 하지만 자주 써서 부서지면 다시 팀한테 사 달라고 해야지!"

"넌 왜 벌써부터 받을 생각으로 가득한 거야! 달리 줄 남자가 없을 것 같아서 그런…… 아얏!"

"꼭 군소리를 해요!"

평소와 같은 광경이 눈앞에서 펼쳐졌다. 두 사람의 허전한 곳을 메우는 물건이 자리를 잡자 평소와 같은 모습이 됐다. 물론 귀엽고 멋있다. 하지만 하는 짓은 고아원에서도 자주 봤던 어린아이들 장난과 똑같았다. 이럴 때 다급하게 두 사람을 말리던 팀은 이제 없는데도 두 사람은 변할 생각이 없는 듯했다.

카이드가 손뼉을 쳤다.

"다 준비됐으면 그만 가자. 다들 기다리다 지쳤을 테니, 내가 혼나겠어."

두 사람은 앗, 하고 외치더니 황급히 시계를 확인했다.

개최 시각까지 2분이 남았다고 알리는 바늘이 다시 한번 째

깍 소리를 냈다.

"이런 때 긴 얘기는 듣고 싶지 않을 테니 예년대로 짧게 하지. 다들 올해도 수고했다. 오늘은 마음껏 즐기도록. 이상, 개최!"

정말로 최소한의 문장으로 개최사를 끝내자, 모두가 익숙한 기색으로 와아, 하고 환성을 질렀다. 이곳저곳에서 유리잔이 맞부딪치는 소리가 챙, 하고 울렸는데 마치 하늘까지 닿을 것만 같았다.

매일 일이 끊이지 않아서 늘 바쁜 저택에서 평소에는 안 들리던 음악과 식기 부딪히는 소리가 울려 퍼졌다. 나는 왁자지껄하게 이어지는 대화에는 섞이지 않은 채 웃음소리만을 계속 듣고 있었다.

음악이 끊임없이 울렸는데 따로 악단을 부른 것이 아니라 손이 빈 사람이 자유롭게 악기를 연주하는 것이었다. 연주자는 약간 다룰 줄 아는 사람부터 악기를 처음 만져보는 사람까지 다양했다. 누군가가 리듬에 맞춰 몸을 흔들며 피리를 연주했는데 소리가 삑삑거리며 음정이 맞지 않는 바람에 춤을 추던 사람들에게서 야유가 날아왔다.

잔잔한 음악에 몸을 흔들며 여유롭게 춤추다가도 연주자가 바뀌어 북소리가 울리면 모두가 춤에 진심이 되었다. 음악도 사람도 춤추는 방식도 빠르게 바뀌었지만, 모두가 웃는 것만은 변함없었다.

"셜리, 나랑 춤춰 줘!"

눈앞에는 어째선지 꽃을 든 재스민이 내게 머리를 숙이고 있었다.

카이드는 자신이 있으면 누군가가 신경 쓴다면서 파티를 개최하자마자 몇 가지 음식만 들고는 사라졌다. 아무리 저택을 전세 낸 파티라 해도 모두를 보초병으로 세울 수는 없기에 엄중한 제비뽑기 결과 오늘 같은 날 문지기가 되어 눈물을 삼키는 병사에게 음식을 가져다주고 잠시 이야기를 나눈다고 한다. 평소에는 바쁜 영주님이 자신들에게 시간을 쏟으며 느긋하게 있어 준다. 그건 그것대로 횡재라며 병사들 사이에서는 은밀한 즐거움이 된 모양이다. 개중에는 그 특권을 얻기 위해 일부러 보초병으로 뽑힌 사람에게 바꿔 달라고 부탁하는 이도 있다고 한다.

회장을 둥그렇게 둘러싸듯 놓인 테이블 위에는 음식이 산처럼 차려져 있었다. 게다가 술독이 통째로 놓여서 따로 음료가 필요하지 않을 듯했다. 따로 나눠 주는 이가 없어서 모두가 마음대로 먹고 마시며 춤추고 웃었다.

주방장이 이날을 위해 분발해 만든 요리 중에 일부는 어째선지 거의 줄지 않는 것 같았다. 거기엔 주방장이 혼신의 힘을 다해 만들었다는 조각이 놓인 듯했다. 멀리 있어서 잘 보이지는 않지만 공포의 대마왕이 세계를 멸망시키러 오는 모습처럼 보였다. 기분 탓이겠지.

아무튼 지금은 공포의 대마왕보다 재스민이 중요하다. 나는 재스민이 부들부들 떨며 내민 꽃을 받았다.

"기꺼이."

재스민이 눈부신 미소와 함께 하얀 머리핀을 단 머리를 확 들었다.

"사무아! 사무아!! 셜리가 같이 춤춰준대!"

"취한 집사장에게 붙잡힌 나를 보고 하고 싶은 말이 그거야?! 축하한다!"

빙글 빙글 빙글.

집사장은 술이 약한지 파티를 시작한 지 얼마 되지도 않았는데 취해서 사무아를 댄스 파트너로 선택한 듯했다. 빙글빙글 휘둘리며 어지러워하는 사무아를 향해 여기저기에서 덕담이 쏟아졌다.

"그럼 잠시 갔다 올게, 캐롤."

"네, 아가씨."

"캐롤도 지금부터는 마음대로 해도 돼."

"저는 지금도 더할 나위 없이 행복하니 신경 쓰지 마세요, 아가씨."

캐롤은 싱긋 미소 짓더니 이 틈에 요리나 음료를 가져올 생각인지, 나를 위해 준비해 뒀던 접시와 컵을 정리하기 시작했다. 내가 있으면 계속 시중을 들었으리라. 카이드가 재빨리 물러난 것도 이래서였구나, 하고 쓴웃음을 지을 수밖에 없었다. 올해는 재스민과 약속을 했기에 나왔지만, 내년에는 나도 카이드와 함께 물러나는 편이 좋을지도 모르겠다.

재스민이 들떠서 내 손을 끌고 댄스홀로 들어가는 모습을 보니 나도 기뻐졌다. 나와 춤추는 것만으로도 이렇게나 기뻐해 주다니. 캐롤에게는 미안하지만 올해 파티에 참가해서 다행이라고 생각했다.

"저기, 재스민."

"왜?"

"난 옛날 춤밖에 못 추거든. 이상하면 웃어도 돼."

내가 아는 춤은 15년 전에나 주류였다. 유행은 점점 바뀌어 간다. 드레스와 마찬가지로.

"어?! 춤에 새것이나 옛날 게 있어?!"

지금 주류인 춤은 모른다고 미리 알려 두려고 했는데, 아무래도 기우였던 모양이다. 재스민은 깜짝 놀라며 말했다.

"아! 나도 잘 아는 건 아닌데 그냥 즐겁게 몸을 흔들면 된다고…… 팀이 알려줬어."

"그렇구나."

내가 미소 지으며 대답하자 재스민이 안심한 듯 방긋 웃었다.

"나랑 사무아는 춤 같은 건 잘 몰랐는데 셋이서 빙글빙글 돌면서 췄었어. 팀이 무척 잘 췄어. 우리 중에서 제일 키가 큰 사무아를 빙글빙글 돌리는 게 재밌었어."

"그랬구나."

"나도 돌리고 싶다고 했더니 팀이 빙글빙글 돌아줬거든."

"응."

"나는 팀의 손을 잡고만 있었는데도 빙글빙글 돌았어."

"응."

사전에 맞춰 본 적이 없는 연주는 서로 부딪쳐 불협화음을 냈고, 손장단이 어울리는 곡에서 밤에 어울리는 곡까지 모든 장르가 뒤섞였다.

"나랑 사무아 모두 엄청 웃었더니……."

"그래서?"

"팀도 크게 웃었어."

댄스홀에서 춤추는 사람 중에는 이성이 한 쌍인 팀도 동성이 한 쌍인 팀도 있었다. 나이, 성별, 직책 모두 뒤죽박죽이었지만 모두 이 저택에서 일한다는 연결 고리를 가진 사람들이었다.

그 안에서 나와 재스민도 춤추고 있었다. 몸을 흔들고 돌기만 하는, 정해진 형식 따위는 없는 춤이었다. 격식 없는 파티라 온갖 입장 관계를 모두 내려놓은 회장에서는 자칫 파트너의 손을 놓치면 엉뚱한 파트너와 춤을 출 만큼 복잡했다.

나는 가느다랗지만 의외로 억센 일꾼의 손에 이끌려 다시 한 번 빙글 돌았다.

"있지, 셜리."

"응?"

"팀에 관해 언젠가 말해 줄래?"

"…………응, 약속할게. 네게도, 사무아에게도…… 꼭 말해 줄게."

다른 소리에 섞여 버릴 듯 작은 내 대답은 가장 가까이 있는 재스민에게만 들렸다. 재스민은 마치 어른처럼 방긋 웃었다.

"응, 기다릴게."

약속이야.

그렇게 말한 재스민은 나보다 훨씬 어른스러워 보였다.

빙글빙글 도는 사람들과 함께 노래가 휙휙 바뀌었기 때문에 춤추는 시간을 곡 수로 가늠할 수는 없었다. 순식간에 곡이 바뀌기 때문이다. 가끔씩 어느 악기 소리 하나만 튈 때면 와하하, 하고 웃음이 터져 나왔고 연주자도 에라 모르겠다, 라는 식으로 튄 소리를 바탕으로 음정이 안 맞는 유쾌한 음악을 연주해 나갔다.

그런 상황이었기에 곡이 끝나는 기준으로 시간을 짐작할 수 없었다. 모두들 만족할 때까지 춤을 추다가 댄스홀에서 벗어나기도 하고 파트너를 바꿔 가며 추기도 했다.

재스민은 내게 힘껏 안기더니 사무아를 구출하러 달려갔다. 그대로 취한 집사장에게 붙잡혀 빙빙 도는 사무아를 낚아채나 싶더니, 정작 사무아는 완전히 무시한 채 그 자리를 빠져나갔다. 사무아는 멋진 녹색 타이를 빛내면서 절망적인 눈으로 재스민을 좇았다. 사무아의 절망을 짊어진 재스민은 음식 산을 향해 쏜살같이 달려가더니 공포의 대마왕……이 아니라 공포의 장식을 덥석 잡고 돌아오더니 이렇게 말했다.

"집사장님! 손님이에요!"

그리고는 얼굴이 빨개진 집사장에게 건넸다. 공포의 손님을 마주한 집사장은 투철한 직업 정신과 취기를 바탕으로 손님을 정중하게 대접하기 시작했다.

"살았다……."

"그럼 이제 나랑 춤춰! 셜리의 고상한 춤에 감화된 나는 좀 다를 거야!"

"고상함에 감화된 사람은 저 공포의 대마왕을 움켜쥐지 않아. 오히려 손대지 않으려 하지."

저건 역시 다른 사람들에게도 대마왕으로 보인 듯했다.

두 사람은 소리 내 웃더니 음정이 안 맞는 경쾌한 음악에 리듬을 타며 천진난만하게 춤추기 시작했다. 두 사람은 잡은 손을 놓지 않았고, 맞잡은 두 손을 벌리며 분명 한 소년을 떠올렸으리라. 하지만 주위 사람들은 그저 온화한 웃음을 띨 뿐이었다.

"……저기요, 아가씨."

기억에는 남아 있지만 아직 익숙하지는 않은, 치마가 붕하고 떠오르는 감촉에 무심코 다리를 가렸다.

"아델, 안녕."

"안녕하세요, 아가씨."

시선을 내리니 그곳에는 예상대로 작고 귀여운 둥근 머리가 보였다. 파티에 참가할 수 있는 조건인 저택 관계자에는 그 가족도 포함된다. 아델 역시 매년 이 파티를 무척 기대했다는데, 올해는 열이 나지 않았다고 캐롤이 말했다. 뭔가 실례되는 짓을 할지도 모른다며 머리를 감싸 쥐었기 때문에 아마 내게 볼일이 있을 것 같다고 생각했는데, 정답이었던 모양이다.

아델은 음식을 가지러 가다가 테이블 앞에서 누군가에게 붙잡힌 캐롤을 힐끗 보더니 이내 나만을 빤히 바라봤다. 나는 커다란 눈과 시선을 맞추기 위해 무릎을 꿇었다.

"아가씨, 저 질문이 있어요."

"말해 보렴."

아델은 작은 몸을 펴고 손발을 모아 꼿꼿이 섰다. 시선 역시 얼버무림이나 망설임을 모르는 것처럼 곧게 뻗었다. 커다란 아델의 눈에 비친 나는 어떤 모습일까.

"전에 만났을 때는 정말 사귀던 게 아니에요?"

"맞아."

"그럼 거짓말한 게 아닌 거죠?"

"그렇지."

"내가 어리다고 적당히 말해서 넘기려고 한 게 아닌 거죠?"

작은 손이 치마를 꼭 쥐어 주름을 만들었다. 하지만 눈빛만은 흔들리지 않았다. 눈동자 속에서 올곧고 아름답게 헤엄치는 빛이 눈부시면서도 사랑스러웠다. 이런 곳에도 라이우스의 빛의 상징이 있다. 지금 라이우스에는 빛의 상징이 넘쳐나고 있었다.

빛이 넘치면 넘칠수록 그 빛을 받은 그림자는 짙고 커져 간다. 하지만 이 빛을 위해서라면 빛과 그림자의 경계에 서는 것도 주저하지 않을 것이다. 이 작고 사랑스러운 생명이 불합리하게 소외되는 일 없이 자라나는 행복을 위해서라면 그 무엇도 망설일 것이 없었다.

"그런 짓 안 해. 아델은 진심이었잖아. 정말로 카이드를 좋아하는 사람을 거짓말로 속이거나 하지 않아."

"네, 정말 좋아해요. 난 줄곧, 더 어렸을 적부터 카이드 님을 좋아했어요. 그러니까 포기 안 할 거예요!"

"그래, 나도 네가 카이드를 무척 좋아한다고 해도 절대 포기 안 할 거야. 나도 카이드를 무척 좋아하고 사랑하거든."

"그럼 됐어요!"

"고마워."

"용서해 줄게요!"

"기뻐라."

거칠게 콧바람을 내쉬며 가슴을 편 아델의 머리를 누군가가 딱 때렸다.

"요게 진짜! 뭐가 잘났다고! 아가씨니까 너그럽게 넘어가 주시는 거지, 다른 분께 그랬으면 진즉에 감옥에 가도 모자랄 짓이야!"

"엄마, 아파! 머리가 납작해지면 엄마가 책임질 거야?! 첫사랑의 아픔보단 훨씬 덜 해서 다행이지!"

"……너 그런 말은 어디서 배웠니."

캐롤은 기가 막혀 어깨를 축 늘어뜨렸다.

"아가씨…… 죄송합니다. 조금 더 신분에 관해 가르치고서 데려왔어야 했어요. ……."

"괜찮아, 캐롤. 연적에게 신분은 관계없는걸."

"예절은 관계있습니다……. 얘! 그건 술이니까 마시면 안 돼!"

아델은 선언을 마치고 한숨 돌리자 갈증을 느낀 모양인지 근처에 있던 컵에 손을 뻗고 있었다. 캐롤은 황급히 작은 손을 막고 차가운 차가 든 잔을 건넸다. 어느새 컵에는 술이 들어 있고, 양주잔에는 차가 들어 있었다. 파티는 이제 엉망진창이었다. 엉망진창이고 질서 정연하지 못한 데다 절도가 없는 모두의 낙원.

"엄마, 오늘은 격식 없이 즐기는 파티잖아."

"그건 이런 파티를 열어 주시는 쪽에서 하실 말이지 네가 할 말이 아니야."

"사랑의 아픔으로 힘들 때는 술 좀 마셔도 된다고!"

"어른은 말이지……. 아무튼 그런 말은 대체 어디서 배워 오는 거야."

캐롤이 한입 크기로 자른 과일이 담긴 접시를 내게 건네서 인사를 하고 받아들었다. 그대로 가만히 있었더니 캐롤의 시선이 날 찌를 듯이 날카로워졌다. 황급히 과일을 입으로 가져가니 그제서야 시선이 부드러워졌다. 내가 눈앞의 접시를 비우는 것을 목표로 묵묵히 과일을 먹는 동안에도 모녀의 대화는 계속됐다.

"그리고 첫사랑은 이루어지지 않는다고들 하니 기억해 두렴."

"뭐어?! 엄마도 아빠랑 야반도주했잖아!"

"첫사랑이라곤 한 적 없잖니."

"어?"

"아……?"

두 목소리가 겹쳤다. 캐롤은 깜짝 놀라 고개를 돌렸다.

"캐롤리나……? 난 못 들었어, 못 들었다고, 못 들었어."

"세실, 언제부터 거기 있었어?!"

세실은 깜짝 놀란 캐롤을 바라보더니 한입 크기의 구움 과자가 담긴 접시를 내게 건넸다.

"드세요, 아가씨. 맛있답니다."

"고, 고마워요. 하지만 난 아직 과일이 남았어요."

"드세요."

"네……."

내가 과자를 받자 만족스럽게 고개를 끄덕인 세실은 아델을 향해 몸을 빙글 돌렸다.

"아빠랑 엄마는 중요한 얘기를 해야 하니 오늘은 할아버지 댁에서 자고 오렴."

"넵, 좋.은 시.간. 보.내.세.요."

방금까지 시원시원하게 떠들었던 아델의 목소리가 딱딱해졌다. 그 옆에서는 캐롤이 고개를 옆으로 딱딱하게 저었다.

"나는 없어. 전혀 없어."

"난 잔뜩 있는데 말이야."

"그.러.세.요?"

어쩌지. 지금도 음정이 안 맞는 경쾌한 음악이 밝게 울렸지만 조금도 웃을 수 없었다.

그리고 나는 첫사랑이 이루어졌지만 가만히 있는 편이 현명하겠다고 판단해 말없이 과일 접시를 해치우는 데 전념하기로 했다.

재스민과의 약속도 지켰고, 캐롤과 세실에게서 각각 받은 접시도 해치웠고, 아무래도 다 알면서 술잔에 손을 뻗는 것 같은 아델에게서 잔을 치우고, 어째선지 함께 춤을 추자고 손을 내민 사무아와 춤을 춘 다음 나는 회장을 뒤로했다.

나는 기본적으로 왕성의 큰 파티밖에 몰랐고 그런 파티에는 익숙지 않았다. 새삼 이렇게 맘 편히 모두가 웃으며 춤추는 곳은 같은 파티라도 전혀 다르다고 생각했다.

사용인들이 내가 부지 안에서 혼자 걷는 걸 반대했기에 마지막에 같이 춤을 췄던 사무아와 함께했다. 정문에서 출발해 두 군데의 대문을 모두 돌아봤지만 카이드의 모습이 안 보였다. 그래서 엄중한 제비뽑기의 결과를 받아들인 사람들에게도 찾아갔다. 하지만 그 어느 곳에서도 카이드는 안 보였다. 그러다 마지막으로 찾아간 곳에서 방으로 돌아간다는 정보를 입수해서 답례로 과자를 선물로 건네고 우리는 방으로 돌아가고 있었다.

저택은 평소에 업무를 보는 사용인들의 힘찬 목소리가 안 들려서 고요했다. 하지만 쓸쓸하지는 않았다. 같은 부지 안에서는 음정이 안 맞는 소리마저 진심으로 즐기고 있으니까.

사무아는 두서없는 대화를 계속하다가 카이드의 방이 가까워지자 우뚝 발걸음을 멈췄다. 춤추느라 더웠는지 어느새 재킷을 벗었다. 그러더니 타이를 꼭 잡았다.

"어울려?"

"응, 아주 잘 어울려."

"……아~ 나랑 재스민도 그 녀석 생일에 타이를 선물했는데 들고 갔으려나. 엄청 고민한 거라 마음에 들었으면 좋겠는데."

사무아는 두 손을 뻗어 등을 폈다. 손을 떠난 타이는 가슴팍에서 부드럽게 흔들리며 광택이 났다.

"분명 액자에 넣어서 걸어 뒀을 거야."

"그건 적어도 써 줘야지!"

"후후, 그러진 못할걸. 우린 그렇게 멋진 선물은 받아본 적 없거든. 더러워질까 걱정돼서 도저히 쓸 수 없을 거야. …… 소중히 하고 싶지만 방법을 몰라."

"쓰면 돼."

사무아는 기지개를 끝내고 다시 타이를 잡더니 아무렇지 않게 말했다.

"쓰고 있으면 아, 마음에 들어 했구나~ 하는 게 보이잖아? 더러워져서 허둥대는 모습을 보면 소중히 하고 있단 게 느껴지고…… 그런 거지. 너랑 팀 둘 다 너무 어렵게 생각한 거야. ……그래! 나도 셜리한테 뭔가 사 줄게."

"어?!"

지금까지의 이야기 흐름에서 어떻게 그런 말이 나오는 걸까. 그 의문이 그대로 말로 나와 버렸지만 사무아는 개의치 않았다. 오히려 좋은 생각이 난 것처럼 들떠 있었다.

"맞아, 중요한 건 익숙해지는 거야. 선물은 '받으면 기뻐할까?' '그러면 좋겠다.'라는 생각으로 주는 게 딱 좋거든. 사족인데 나랑 재스민도 팀과 셜리가 골라준 거라면 뭐든 좋아. 그게 뭐든 간에."

싱겁게 웃는 이 청년과 소년의 경계에 있는 그는 누구보다 좋은 남자라고 윌은 말했다. 그 말도 이해가 간다. 이런 곳에서 구원을 받았으리라. 구원 따위는 바라지 않는다고 울었던 주제에 이렇게나 싱겁게 구원을 뿌리는 그들을 싫어하기는커녕 사랑했던 것이다.

"무척 좋은 말이란 것도 알겠고 동의도 한다만, 할 거면 방 안에서 얘기하지?"

몇 걸음 떨어진 문이 열리고 카이드가 나왔다. 조용한 저택 안에서는 목소리가 잘 들린 듯했다.

사무아는 느닷없이 나타난 카이드를 보고 깜짝 놀라 두 손을 부들부들 떨다 싶더니 "실례했습니다!"라고 외치고 쏜살같이 달려 나갔다.

카이드가 순식간에 사라진 사무아 쪽으로 손을 뻗었는데 그 손에는 과자 꾸러미가 들려 있었다. 받아줄 사람을 잃은 꾸러미가 쓸쓸히 흔들렸다.

"……젊은 애들을 어떻게 다뤄야 할지 모르겠어요."

"……그러게, 나도 잘은 모르지만 과자를 줘서 어떻게 될 애들은 더 아래 세대가 아닐까?"

"……아델도 슬슬 넘어가지 않게 됐어요."

"……아델에게도 안 통하는 걸 사무아에게 쓰려 한 거야?"

라이우스를 다시 세운 유능한 영주이자 영웅은 아무래도 이런 쪽으로는 영 서툰 사람인 모양이다.

과자는 행복의 마법이지만 만병통치약은 아니다.

복도에서 이야기하기도 그래서 어느샌가 책으로 뒤덮인 카이드의 방으로 장소를 옮겼다.

지금까지 카이드는 이 방을 쓰지 않았기 때문에 가구 말고 다른 물건은 거의 없었다. 그러나 지금은 대량의 자료가 쌓여 있었다. 캐롤이 카이드의 침실이 바뀌었다기보다 침실이 집무실이 된 기분이라고 말한 것도 이해가 간다.

이제부터 저택은 온갖 보수 공사에 들어간다. 조만간 여기도 요새처럼 변해가겠지.

하지만 여기라면 밤에 공부를 하다 모르는 부분이 생길 때 책을 빌리러 오기 편하다. 나는 살짝 득을 본 기분이었다.

"있지, 카이드. 네가 없을 때 이 방의 책을 빌리려면 어떻게 해야 해? 손대면 안 되는 곳은 없어?"

"아가씨라면 금고까지 뒤지셔도 상관없습니다."

"금고 같은 게 있어?"

방 안을 둘러봐도 금고 같은 물건은 보이지 않았다. 집무실에서 옮겨온 것도 아니리라. 금고는 대체로 무거워서 옮기려면 수고가 드는 만큼 남의 눈에도 잘 띄기 마련이다.

카이드는 고개를 갸웃거리는 내게 아아, 하고 혼잣말을 하더니 손짓했다. 내가 다가가자 벽에 걸린 그림 아래를 가리켰다.

그리고 그곳을 찼다. 덜커덩, 하고 둔탁한 소리가 나더니 벽의 일부가 꺼졌다. 부서졌나 했는데 그곳으로 손을 넣어 잡아당기자 벽이 옆으로 움직이기 시작했다. 그 앞에는 커다란 철문이 담담히 기다리고 있었다.

"열쇠와 번호로 열립니다. 열쇠는 지금 이것밖에 없지만 다음에 아가씨 것도 준비하도록 하죠."

"아니야, 안 그래도 돼! 그렇게 중요한 걸 어떻게 맡아!"

"혹시나 이 저택이 습격당하면 여기가 가장 안전하니 이리로 도망치세요. 셋 정돈 아슬하게 들어가니."

"피난소였구나……."

"일단 창고로 쓸 생각으로 만든 겁니다. 다만 지금은 밀폐성이 너무 높아서 공기가 부족해지니 다음에 공기구멍을 내고 안에서 열 수 있도록 개조하는 걸 고려해 보죠."

나는 번호를 듣고 잊어버리지 않도록 몇 번이고 머릿속으로 되뇌었다. 써놓을 수도 없어서 필사적으로 외우려는 나를 보고 어째선지 카이드가 미소 짓고 있었다. 기억력이 나쁘다고 비웃을 사람이 아닌 건 알지만 좀 불편했다.

"자, 열렸습니다."

무거운 철문을 여는 모습에 눈썹이 내려갔다. 그것을 눈치챈 카이드가 고개를 갸웃거렸다.

"아가씨?"

"나도 이 문을 열 수 있을까? 카이드처럼 단련하면 되려나?"

"……아가씨가 어떤 모습을 하든 사랑스럽겠지만, 저처럼 되면 눈물이 나올지도 몰라요. 그건 그렇고 아가씨, 머리색이 바뀌기 시작했네요."

"그러게 말이야. 뭔가 옛날 같아."

카이드는 손을 뻗어 내 머리를 만지며 그리운 듯 눈을 가늘게 떴다.

여물 같은 색을 띤 머리카락은 색이 옅어지나 싶더니 어째선지 금색이 되기 시작했다. 외모가 조금 변하지 않았냐는 말도 들었다. 그건 제대로 식사를 하고 성격이 유해져서라고 생각했다.

조금씩 식사량을 늘리려고 노력하는 내게 주방장도 의욕을 보였다. 음식이 귀여워 보이도록 재료를 조각해 장식하는 횟수가 늘어난 것이다. 스튜 안에서 원념이 소용돌이치는 해골이 나와서 깜짝 놀랐는데 주방장이 귀여운 작은 새를 본뜬 당근이라고 했을 때의 충격은 잊을 수 없다. 어떻게 생긴 새를 참고했던 걸까. 흥미가 생겨 물어보니 사랑스러운 분홍색의 작은 새였다. 아무리 봐도 귀여운 작은 새였다. 그런데 그게 어떻게 해골이 됐는지는 아직 그 누구도 모른다.

다양한 것을 조금씩 해 나갈 수 있도록 바뀌고 싶다. 공부도, 식사도. 그리고 실은 검술 훈련도 조금 해보고 싶다. 상황이 좀 더 안정되면 캐롤, 재스민과 함께 번화가에 물건을 사러 가자고도 약속했다. 좋아하는 사람에게 초콜릿을 주는 여자아이의 축제가 다가오니까 셋이서 함께 물건을 고를 것이다.

지금까지 경험해 보지 못한 것을 해 보고 싶다. 사랑하는 사람과 함께 해 나가고 싶다.

친구와 놀고 이야기하고. 달려도 보고, 과자를 받아 기뻐하고도 싶다. 머리를 묶고, 밝은 색 옷을 고르고, 화장도 하고 싶다.

그리고 싸움도 좀 해 보고 싶다. 주먹질은 지긋지긋하지만 싸운 뒤의 화해를 해 보고 싶다. 하지만 슬픈 것도 남을 슬프게 하는 것도 싫으니까 되도록 그럴 일이 없었으면 좋겠다는 생각도 든다.

금고 안은 두꺼운 철벽에 막혀 있었고, 주로 서류나 열쇠가 보관되어 있었다. 돈이 될 만한 물건보다는 영지를 다스리는 데 필요한 것들이 들어 있는 것이리라.

나도 소중히 여겨야겠다. 그렇게 생각하며 살짝 긴장한 채로 바라보다가 문득 이곳에 어울리지 않는 물건을 하나 발견했다. 작고 귀여운 유리 상자다. 다른 물건은 그냥 놓였는데, 꽃이 새겨진 그 상자만은 어째선지 부드러운 천 위에 놓여 있었다.

"이건?"

"앗."

만지면 안 되는 건가 싶어서 손을 펴 상자를 가리키며 물었다. 카이드가 내 시선 끝을 따라가다가 기겁했다. 그 모습에 나도 깜짝 놀랐다.

"왜, 왜? 열면 안 되는 거야? 알면 안 되는 거면 바로 잊을게."

"아뇨, 그게."

식은땀을 흘리며 횡설수설하는 카이드를 보고 나도 당황했다. 그만큼 중대한 것이나 알리고 싶지 않은 것이었다면 경솔하게 물어서 미안했다.

"괜찮아, 금방 잊을 수 있어! 뭣하면 어제 먹은 식사에 오늘 아침까지, 아침 식사로 팬케이크가 나왔는데 거기 그려진 그림이 원한이 소용돌이치는 원령인 줄 알았더니 사실 귀여운 개였다는 사실도 잊어버릴게!"

"그렇게 서둘러 잊으실 것까지야……. 아침식사에 나온 팬케이크는 잊으셔도 상관없습니다. 그것 때문에 다들 식욕이 없다고 한 거군요."

카이드는 이마를 누르더니 곧장 그 생각을 뿌리쳤다. 그리고 가만히, 마치 망가진 물건을 조심스레 들어 올리듯 두 손으로 유리 상자를 들었다.

나는 눈앞에 내민 상자를 조심스레 바라보았다.

"열어 주세요."

"……괜찮아?"

"네, 하지만 보고 웃지는 마세요."

카이드의 두 손에 올라가자 상자가 꽤나 작아 보여서 귀여웠다. 가만히 만져 보니 서늘한 금고 안에 있어서인지 얼음처럼 차가웠다.

만의 하나라도 흠집이 나지 않도록 조심하며 천천히 뚜껑을 들어 올렸다. 대체 뭐가 들어 있는 걸까. 나는 가슴을 두근거리면서 상자를 열었지만 내용물을 보고 나서 맥이 풀렸다.

작은 종이, 리본, 연노란색 종이, 손수건.

손수건만 없었으면 쓰레기라고 생각했을 물건이 왜 이런 곳에 소중히 모셔진 걸까. 나는 고개를 갸웃거리면서도 시선을 뗄 수 없었다. 뭔가가 신경 쓰였다. 왠지 어디서 본 듯한…….

나는 놀라서 얼굴을 들었다. 카이드는 아무 말도 하지 않았지만 작게 고개를 끄덕이는 모습을 보고 확신이 들었다.

눈과 코 안쪽이 뜨거워졌다. 견디지 못하고 열기가 눈에서 넘쳐흘렀다.

"지금은 더 잘할 수 있어."

"그때부터 무척 잘하셨어요."

"거짓말. 꽃은 비뚤어졌고 쿠키도 조금 태웠었잖아."

"전 이제 아가씨께만은 거짓말 안 합니다. 매일 바라보아도 어디가 비뚤어졌는지 찾을 수 없었고 쿠키는 절대 남들에게 뺏기지 않도록 몰래 숨어서 제가 다 먹었어요."

나는 떨리는 입가를 누르고 필사적으로 말을 꺼냈다. 이런 꼴사나운 얼굴을 보여주고 싶지 않아서 얼굴을 가릴 까도 생각했지만, 무슨 일이 있어도 보고 싶었다.

약속 시간에 쫓기며 써서 건넸던 편지. 약속 시간이 아슬아슬해질 때까지 어떻게 만들까 고민하며 만든 쿠키를 쌌던 종이와 리본, 한 땀 한 땀 꿸 때마다 실패할까 봐 걱정돼 손을 떨며 만든 손수건.

네게 줬었지, 꽤 오래전에. 아니, 어제 일처럼 떠올릴 수 있는 15년 전에 줬지.

아아, 그래. 네 말이 맞았어, 사무아. 선물을 고를 때 너무 어렵게 생각하면 안 돼. '받으면 기뻐할까?' '그러면 좋겠다.'

그런 마음으로 가슴을 두근거리며 준비한 선물이 영지의 앞날과 관련된 서류들과 함께 엄중히 보관되고 있었다.

버려도 상관없는데.

무거웠으리라. 괴로웠으리라.

다시는 돌아오지 않는 것을 소중히 갖고 있을 필요 없었는데. 버리고서 가볍게 그렇게 앞으로 나아갔어도 됐는데.

하지만 그렇게 생각함과 동시에 나는 기뻐하고 말았다. 이 얼마나 추악한 여자인가.

나는 카이드를 바보 같은 사람이라고 생각하면서 눈물을 닦다가 문득 한 가지 사실을 떠올렸다. 그리고 시야가 또렷해지게 제대로 눈물을 닦은 다음 상자 안을 확인했다. 그러나 몇 번을 봐도 새로운 건 찾지 못했다. 손수건을 펼쳐 봤지만, 꽃잎이 바람에 흔들리듯이 일그러진 꽃 자수밖에 안 보였다.

내가 뭔가를 찾는 모습을 보고 카이드가 고개를 갸웃거리며 나를 올려다봤다.

"저기, 카이드."

"네?"

"머리카락은?"

"…………."

머리카락을 한 다발 가지고 있다고 했던 것 같은데 이 안에 그런 것은 없었다. 이렇게 기회가 왔으니 적어도 닦아 놓는지만이라도 확인하고 싶었다.

그런데 카이드는 어째선지 시선을 돌려서 아무것도 없는 철

벽을 바라보고 있었다.

"……카이드?"

"……네."

"화 안 낼 테니 말해줄래?"

"으…… 네."

"내 머리카락, 어디에 썼어?"

"네?!"

눈을 부릅뜬 카이드를 이해한다며 달랬다.

"아니, 아가씨?"

"잘은 모르지만 옛날에 책에서 머리카락을 쓴 주술이 잔뜩 실린 걸 봤었는데 그런 데 쓴 거 아냐?"

"아니요! 애초에 머리카락을 쓰는 주술은 흑마술 아닙니까?"

"그래……?"

꽤나 옛날 일이고 실행할 생각이 없었기 때문에 기억이 잘 나지 않는다. 연애 주술 부분만 열심히 읽었기 때문이다. 좋아하는 사람의 머리카락을 종이 인형에 붙여 보름달 빛을 쬔다든가, 미산가 팔찌로 만들어 누구에게도 들키지 않은 채 몸에 지니고 한 달을 보낸다든가, 여러 가지가 있었다.

하지만 서로 좋아하게 되는 주술 외에는 그다지 기억해 두지 않았다.

"아마…… 짚 인형 안에 머리카락을 넣어서……."

"거기까지만 들어도 대충 알겠습니다. 그건 저주입니다."

"종이 인형에 머리카락을 붙여서 아무도 모르게 불태운다거나…….”

“그것도 저주네요.”

“옛날에 읽은 소설에서 주인공인 괴도가 머리카락을 먹으면 그 머리카락의 주인으로 변신할 수 있었는데…….”

“머리카락을 먹으려면 상당한 근성이 필요할 것 같은…… 아가씨?”

“……요전에 재스민과 이야기할 때, 재스민네 어머님이 어린 시절에 인기 있던 소설이라고 했어.”

“…………뭐, 그렇겠죠.”

카이드는 애수에 잠겼는지 내 등을 툭툭 두드려 줬다.

“그래서 머리카락은 어떤 주술에 썼어?”

“그냥 부적 삼아 평범하게 들고 다니고 있습니다.”

카이드가 품에서 꺼낸 작은 펜던트 안에 세 가닥으로 꼬인 짧은 금발이 들어 있었다. 물끄러미 들여다보니 일단 눈에 띄는 오물은 없었다.

“카이드.”

“……역시 싫으시죠.”

“내 머리카락에 액땜 효과는 없을걸?”

“효과를 보려고 들고 다니는 게 아니에요.”

결국 카이드만 내 머리카락을 가진 건 불공평하다고 생각해, 나도 카이드의 머리카락을 받는 것으로 합의를 보았다.

어째선지 녹초가 된 카이드에게 이끌려 금고를 나왔다. 무슨 일이 있었을 때 여기로 도망치면 된다고 했지만, 과연 내가 긴급 상태에서 이 문을 열 수 있을까? 무거운 문이 닫혀가는 모습을 보니 불안이 커졌다. 우선 맨 처음 단계인 벽을 차는 것부터 할 수 있을지 자신이 없다. 다음에 카이드와 함께 벽을 차는 연습을 하고 싶다.

열린 창문에서 기분 좋은 바람이 들어와 머리를 누르며 눈을 가늘게 떴다. 아득히 먼 곳까지 이어지는 시가지를 바라보면서 한 가지 생각을 떠올렸다.

"나, 카이너에 돌아가고 싶어."

벽이 잘 닫혔는지 확인하던 카이드 쪽에서 와자작, 하고 엄청난 소리가 났다. 내가 놀라서 돌아보니 구부러진 액자를 펴려는지 반대로 꺾고 있었다.

카이드는 무참하게 부서진 액자에는 눈길도 주지 않고 그림을 떨어뜨렸다.

"제가, 뭔가, 실수했나요?"

"으, 응, 액자를 부쉈네."

"액자는 아무래도 좋습니다."

"무척 중요해 보이는데……."

카이드가 중요해 보이는 나뭇조각을 아무래도 좋다고 단언하더니 잰걸음으로 이쪽으로 다가왔다. 그리고 내 어깨를 잡으려다가 손에 나뭇조각을 들었다는 것을 깨닫고 뒷짐을 졌다.

"있잖아……."

"네."

계속 말을 이어 가도 되나 고민했지만, 카이드가 기다리겠다는 자세를 해서 그대로 계속했다.

등을 편 채 기다리는 카이드의 등 너머로 부서진 액자와 바닥에 방치된 그림이 보였다. 보고 있자니 왠지 초조해졌는데, 이게 메이드의 천성이다. 정리하고 싶어 못 견디겠다.

"편지는 보냈지만 다시 제대로 얼굴을 보고 고맙다고 말하고 싶어. 원장 선생님은 기분 나쁘게 웃지도 않고 귀엽지도 않던 날 걱정하시고 무척 깊은 사랑으로 길러 주신 분이니까.

"그랬군요. 그러면 같이 가도 될까요? 아가씨를 길러주신 분께 저도 감사를 드려야 하니."

"바쁜데 괜찮겠어?"

"신혼여행을 가려면 며칠 동안 일정을 비워 놔야 한다고 집사장이 타일렀습니다. 그래서 서둘러 일을 분담했으니 괜찮습니다."

"⋯⋯⋯⋯⋯⋯그래서 서둘렀던 거야?"

"반은 그 이유죠."

"반씩이나?"

그런 이유가 목적의 반을 차지할 줄은 몰랐다.

뭐, 요양 중이라는 명목으로 밖에 나가는 일이 줄었으니 일을 분담해도 이상하게 생각하지는 않았으리라.

어째선지 무척 안심한 것 같은 카이드를 보고 나는 고개를 갸웃거렸다. 왠지 모르게 불안해 보였던 것이 걱정돼서 카이드의 손을 잡자 카이드가 쓴웃음을 지었다.

"친가로 돌아가신다는 줄 알았습니다."

"친가? 아, 그러게. 거기가 내 친가구나. 후후, 그렇게 부르니 왠지 낯간지럽네."

원장 선생님은 정말로 다정한 분이었다. 나이가 있으셔서 몸도 성치 않으셨을 텐데, 짓궂은 아이들을 상대하면서도 싫어하는 기색을 전혀 안 보이셨다. 멋대로 불행해지려 하는 어리석은 아이를 기분 나빠하지 않고 진심으로 걱정해 주셨다. 주위 사람들의 관심을 계속 뿌리쳐 온 나도 알 수 있을 만큼 계속해서.

현명하고 다정하고 온화했다.

그래서 분명 이자도르도 좋아할 만한 분이라고 생각한다.

이기적인 사람이 있으면 그렇지 않은 사람도 있다. 무서운 사람이 있으면 상냥한 사람도 있다. 소리 높여 불만을 외치는 사람이 있으면 믿고 계속 참는 사람도 있다. 상대를 끌어내리려는 사람이 있으면 손을 뻗어 지탱해 주려는 사람도 있다.

모든 사람을 싸잡아서 얘기할 수는 없다. 그 시대와 시기, 보는 관점에 따라서 사람을 평가하는 기준은 다르다.

진심으로 이자도르에게도 좋은 만남이 있으면 좋겠다고 생각했다. 물론 이자도르가 기미를 잇고 싶지 않다면, 자신의 일생을 바칠 가치가 없다고 판단한다면 그래도 상관없다고도 생각했다.

어떤 방향이 됐든 이자도르가 후회하지 않을 길을 고르는 게 제일이다.

그러기 위해 할 수 있는 일이 있다면 뭐든 할 것이다. 차기 영

주인 이자도르를 위해서가 아니다. 우리의 소중한 친구, 이자
도르를 위해서다.

　이자도르 생각을 하는데 톡, 하고 카이드의 이마가 맞닿아
서 무심코 눈을 감았다. 내가 잡고 있었을 손은 어느새 손가락
을 얽어 손을 맞잡고 있었다.
　"여기도 친가라고 생각해주시면 기쁘겠네요."
　"그러네. 여기도 친가고 저쪽도 친가야. 원장 선생님께도 소
개해야겠다. '주인님이 주인이 되었다'고."
　"그건 좀 그렇지 않나요?"
　"그럼, 주인 나리?"
　"그것도 좀 그런데요."
　"…………영주님이 남편이 되었다?"
　"평범하게, 평범하게 부탁드려요."
　"제 주인님이 될 분이에요, 는 어때?"
　"이상한 건 아닌데 굉장히 위화감이 드네요."
　"'제 주인님이시던 분'은?"
　"평범에서 더 멀어졌잖아요."
　"어떻게 해야 해?"
　"어떻게 할까요."
　곤란해져 눈썹을 떨어뜨리자 나보다 더 난처해 하는 카이드
가 있었다.
　만약 카이드에게 꼬리가 달렸다면 지금은 축 처졌겠다고 생

각하자 나도 모르게 웃음이 나왔다.

"후후…… 어휴, 카이드 너무 웃겨."

"……마음껏 웃으세요……. 웃음소리가 옛날 그대로네요."

"그, 그런가? ……후, 후후……."

"의외로 별것 아닌 일에 웃는 점도 똑같아요."

카이드의 목소리는 토라졌지만 나를 내려다보는 금빛 눈동자는 나도 모르게 얼굴이 빨개질 만큼 다정했다.

마냥 웃을 수 없어진 나를 봤는지 이번에는 카이드가 미소 짓는 것처럼 입가를 움직였다. 한 사람이 하품을 하면 다른 사람도 따라 한다고 들었는데, 웃음 역시 옮는가 보다.

마주 보고 있자니 낯간지러웠지만 그렇다고 떨어지긴 싫어서 과감하게 껴안자 커다란 몸이 나를 빈틈없이 안아주었다. 크고 따뜻하고 그 누구의 품보다 안심되면서도 두근거렸다.

"……이번에야말로 꼭 행복하게 해드릴게요."

다물어진 입술이 내려와 눈살을 찌푸렸다. 가슴을 떠밀자 이상하게 생각하면서도 순순히 떨어졌다.

"안 돼, 카이드, 다시 해."

"네?"

잡은 두 손을 빼고 살짝 구부린 얼굴을 향해 발돋움을 했다.

살짝 닿은 입술이 아가씨, 하고 한숨처럼 말을 자아냈다.

"'함께 행복해져요'라고 해. 둘이서 행복해지는 거야. 말해두겠는데 난 혼자서 행복해질 수 없고 그러지도 않을 거야. 난 성가신 여자야. 각오해."

"……………실례했습니다. 행복해집시다, 아가씨. 저와 함께 행복해져요."

"응, 기꺼이!"

기뻐서 카이드의 목을 껴안고 등에 팔을 두르자, 카이드가 그대로 나를 안아 올렸다. 나는 발끝으로 허공을 차며 붕붕 흔들렸다. 그대로 빙글빙글 돌아도 위태롭지 않았다. 떨어질까 봐 걱정되기 보다는 카이드와 이렇게 있을 수 있어서 행복하다는 마음이 더 컸다.

"있지, 카이드."

"네, 아가씨."

"나 너랑 춤추고 싶어."

음악은 여기까지 들렸다. 그렇다면 이곳도 회장이다.

내가 느낀 행복한 심정을 솔직하게 전하자 나를 안은 팔이 굳었다. 자세히 보니 팔뿐만 아니라 온몸이 굳어 있었다.

"……카이드?"

왜 그러나 싶어 말을 거니 카이드가 대각선 아래로 시선을 피했다. 가만히 아래로 시선을 내리깔더니 다시 대각선 위쪽으로 피했다. 나도 금빛 시선을 좇았다. 포기하지 않고 계속 좇자 카이드가 먼저 백기를 들었다.

"저기, 아가씨…… 전 정말로 춤을 잘 못 춥니다. 검 실력은 연습하니 늘었지만, 아무래도 우아함과는 연이 없는 모양이어서……. 행여나 발을 밟을지도 모르지만 부디 용서해 주세요."

"밟아도 괜찮아."

"제가 괜찮지 않습니다."

"……내 발에 그렇게 엄청난 힘이 있었다니…… 미안해, 카이드. 내 발이 너를 다치게 할 거라곤 생각 못 했어."

"……이런 상황에서 제 발을 걱정해 주는 건 아가씨밖에 없을 거라 단언하죠. 아무리 아가씨 발로 제 발을 밟고 차더라도 상처 하나 나지 않습니다. 제가 아가씨의 발을 밟는 실수를 용납 못 한다는 겁니다."

일부러 그런 게 아닌 이상 화낼 일도 아니고, 힘껏 밟힌 게 아니면 조금 아프긴 해도 큰 상처는 인 날 테니 상관없는데. 카이드는 성실하니까 지나치게 신경 쓰는 것이리라.

이렇게 진지한 얼굴로 발을 밟을까 봐 겁난다며 고개를 젓는 모습이 어딘가 어린아이 같아서 귀여웠다. 이런 모습을 보고 나면 오히려 화를 내기가 더 어렵다. 나는 까치발을 들고 서서 희미하게 독의 흉터가 남은 볼을 만졌다.

"그럼 밟으면 키스해 줄래?"

피부는 얇지만 따듯하고 부드러웠던 카이드의 뺨이 딱딱하게 굳었다. 숨도 멈췄다. 크게 뜬 금빛 눈동자가 다시 깜빡일 때까지는 5초의 시간이 필요했다.

"……아가씨, 그런 건 어디서 배우셨습니까?"

"어머님과 할머님한테. 왜?"

"듣기 전에도 복잡한 기분이었지만, 그 대답을 들으니 더 복잡한 마음입니다."

나는 다른 파티에 참석할 기회는 적었지만 집에선 자주 가족과 춤을 췄다. 아버지, 할아버지 모두 춤을 못 추는 것은 아니었지만 한 번도 실수가 없었던 것은 아니다. 실수로 발을 밟을 때마다 사과하는 남자들 앞에서 어머니와 할머니는 이렇게 말했다. 그리고 입맞춤을 하며 화해했다.

우리 집에서는 일상처럼 쓰던 화해 방법이다. 그런데 아무래도 평범함과는 조금 거리가 멀지도 모르겠다고 깨달은 것은 카이드가 한 손으로 얼굴을 가린 채 신음했기 때문이다.

"저기, 내가 이상한 소리 했어?"

"……아뇨. ……그렇군. 그 책 두 권을 아가씨가 읽으신 건 부부 사이가 원만했기 때문에 생긴 일이었네요."

"책 두 권이라면…… 신사 통신과 숙녀 통신?"

"그래요. 사이가 나쁜 부부면 서로의 입장을 알기만 해도 싸우는 법이니까요."

"그래…… 부부라는 건 심오하구나."

내가 모르는 이야기들뿐이다.

"……저기, 아가씨. 정말로 추실 거예요?"

"싫으면 억지로 안 춰도 되는데…… 발을 밟아도 부딪쳐도 괜찮아. 난 카이드를 정말 좋아하니까. 네가 해 주는 건 뭐든 좋아. 너는 나한테 어떤 짓을 해도 괜찮아."

네 손에 죽더라도 상관없을 정도인데. 가능하다면 함께 살고 싶지만, 카이드가 죽기를 바란다면 다시 죽어도 상관없을 정도니 발을 밟힌 걸로 화를 낼 리가 없다.

"카이드? 왜 그래? 카이드?"

내가 다시 얼굴을 가린 카이드를 들여다보자 카이드가 내 손을 잡고 두 손을 같은 방향으로 팔을 뻗더니 내 허리를 당겨 안았다. 자세의 의도를 알아차리고 기뻐졌다.

"춤춰 줄 거야?"

"추는 게 제 생존 확률이 올라갈 거라 판단했습니다."

"…………무슨 뜻이야?"

무슨 뜻인지 이해가 안 갔지만, 카이드가 쓴웃음을 지으며 춤추기 시작해서 그런 건 나중에 생각하기로 했다. 생존 확률이라는 말을 듣고 깜짝 놀라 카이드를 올려다봤지만 안색이 나쁘지도, 손의 온기도 변함없어서 괜찮다고 생각했기 때문이다.

귀족 딸에게는 필수 소양이었다. 그래서 잘 추지는 못했지만 권유를 받았을 때 허둥대지 않을 정도로는 출 수 있었다. 예전에 받았던 춤 수업이 이제서야 고맙게 느껴졌다.

카이드는 스스로 춤이 서툴다고 했지만 그렇지는 않았다. 억지로 나를 돌리지도 않았고, 다음 동작을 고민하지도 않았다.

방 안에는 거의 서류뿐이었고 방구석에는 아까 부순 액자 파편마저 널브러져 있었지만, 그 어떤 호사스러운 파티보다 즐거웠다. 음정이 안 맞는 음악, 끊임없이 샘솟는 웃음소리, 따듯한 라이우스의 햇살, 모든 게 즐거웠다.

"아가씨, 아까 하신 말씀 중 하나만 정정해 주세요."

"뭔데?"

카이드는 어느새 내 무릎 뒤쪽을 감싸고 나를 카이드의 팔에 앉히듯이 안아 올리고 있었다.

나는 어깨에 손을 대고 멍하니 카이드를 내려다봤다. 눈부신 것이라도 보는 것처럼 금빛 눈동자가 황홀하게 가늘어졌다.

"그런 건 성가신 게 아니라 귀엽다고 하는 겁니다."

"그건 카이드한테만 그런 거야."

"그게 아니라 곤란한 거예요. 그리고 말해두겠는데요, 저야 말로 진짜 성가신 남자이니 각오하세요."

"……왠지 그런 말을 들으니까 조금 무섭다."

"네, 무서워하세요."

카이드가 싱긋 웃었다.

하지만 방금까지 보였던 부드러운 미소와는 다른, 송곳니가 살짝 보이는 조금 위험한 미소였다.

"누가 뭐래도 남자는 늑대니까요."

늑대 영주는 그렇게 말하더니 세상에서 가장 사랑스러운 얼굴을 하고 웃었다.

후기

　이번에 '늑대 영주의 아가씨 2권'을 구매해 주셔서 진심으로 감사합니다.

　저는 서적화 할 작품에 수정할 부분이 잔뜩 있으면 오히려 쾌재를 부르는 타입이라 독자 여러분께서 기뻐해 주시면 좋겠다는 마음으로 열심히 수정한 결과, 1권이 작가가 욕을 먹을 법한 부분에서 끝나고 말았습니다. 그만큼 2권에서는 1권 이상으로 수정이 들어갔기 때문에 작가 욕을 하며 기뻐해 주시면 감사하겠습니다.

　과자를 절대적으로 신뢰하는 카이드입니다만, 원래 먼저 입에 사탕을 넣어 주었던 사람은 아가씨였다는 뒷이야기가 있습니다. 하지만 아가씨는 기억하지 못한 채, '왜 이 사람은 과자를 절대 마법처럼 취급하는 걸까'라고 귀엽게 생각하고 있으니 조만간 카이드가 가르쳐 주겠지요. 다만 심각한 상황에서 얘기했다가는 유언처럼 들릴 테니 부디 평온할 때 말해 줬으면 좋겠네요.

　'늑대 영주의 아가씨'와 같은 주제이자 연재 중에 공모 결과가 발표되는 등 이 작품과 왠지 인연이 있는 '쓸쓸한 왕은 하늘을 타락시킨다 ~천년의 어떤 사제~' 라는 작품이 제15회 빈즈 소설 대상에서 우수상을 받아 이번 12월에 빈즈 문고에서 발매될 예정입니다. 앞으로도 독자 여러분과 만나 뵐 수 있으면 좋겠습니다.

이 작품에 관련된 모든 분들, 책을 구매해 주신 분들께 깊은 감사 인사를 드립니다. 여러분, 감기에 걸리지 않도록 조심하시어 즐겁게 겨울을 보내시기 바랍니다.

모리노 이온

늑대 영주의 아가씨 2

2022년 07월 15일 제1판 인쇄
2022년 07월 20일 제1판 발행

지음 모리노 이온
일러스트 SUZ

번역 신동민

발행 영상출판미디어(주)
등록번호 제 2002-000003호
주소 21315 인천광역시 부평구 부평대로 283 A동 702호
전화 032-505-2973(代) | FAX 032-505-2982

ISBN 979-11-380-1518-9
ISBN 979-11-380-0266-0 (세트)

OKAMI RYOSHU NO OJO SAMA Vol.2
ⓒIon Morino, SUZ 2017
First published in Japan in 2017 by KADOKAWA CORPORATION, Tokyo.
Korean translation rights arranged with KADOKAWA CORPORATION, Tokyo.

구매 시 파손된 도서는 구매처에서 교환하실 수 있습니다.
기타 불편사항, 문의사항이 있으신 독자님께서는 노블엔진 홈페이지
[http://novelengine.com] 에서 Q&A 게시판을 이용해 주시기 바랍니다.